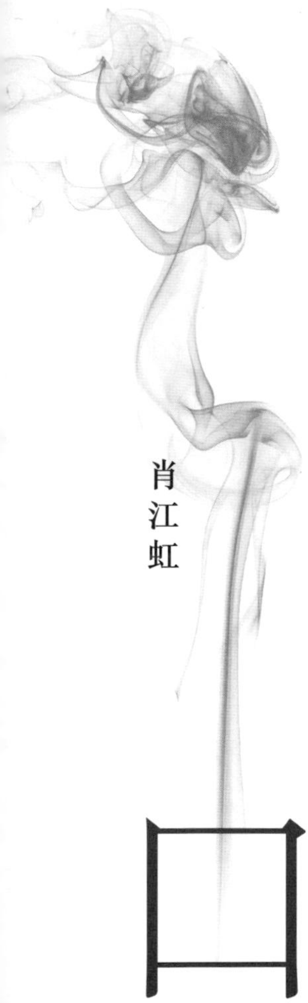

天堂口

肖江虹

人間出版社
中國作家協會

目錄

百鳥朝鳳 005
我們 085
天堂口 151
喊魂 173
犯罪嫌疑人 235
後記 當夢想照進現實 323
附錄 肖江虹創作年表 329

百鳥朝鳳

一

過了河，父親再一次告誡我，說不管師傅問什麼，都要順著他，知道嗎？我點點頭。父親蹲下來給我整了整衣衫，我的對襟短衫是母親兩個月前就做好的，為了讓我穿上去看起來老成一些，還特地選了藏青色。直到今天離開家時，母親才把新衣服給我換上。衣服上身後，父親不滿意，蹙著眉說還是沒蓋住那股子嫩臭味兒。看起來藏青色的短衫並沒有拉長我來到這個世界上的日子。畢竟我才十一歲，這個年齡不比衣服，過過水就能縮短或抻長的。

一大早被母親從床上掀下來的時候，還看見她一臉的怒氣，她對我睡懶覺的習慣深惡痛絕。可臨了出門，母親的眼神裡卻布滿了希冀、不捨，還有無奈。父親則決絕得多，他的理想就是讓我做個嗩吶匠。我們水莊是沒有嗩吶匠的，遇上紅白喜事，都要從外莊請，從外莊請也不是容易的事情，如果恰好遇上人家有預約，那水莊的紅白喜事就冷清了。沒有了那股子活泛勁頭，主人面子上過不去，客人也會覺得少了點什麼。所以被請來的嗩吶匠在水莊都會得到極好的禮遇，煙酒茶是一刻不能斷的，還得開小灶。離開那天，主人會把請來的嗩吶匠送出二里多地，臨別了還會奉上一點樂師錢，數量不多，但那是主人的心意。推辭一番是難免的，但最後還是要收下的。大家都明白這是規矩，給錢是規矩，收錢是規矩，連推辭都是規矩的一部分。

聽母親說，父親想讓我做一名嗩吶匠其實並不完全為了錢。母親說父親年輕時也想做一名嗩吶匠，可拜了好多個師傅，人家就不收，把方圓百里的嗩吶匠師傅都拜遍了，父親還是沒有吹上一天的嗩吶，人家師傅說了，父親這人鬼精鬼精的，不是吹嗩吶的料。許多年過去了，本以為時間已經讓父親的理想早就像深秋的落葉腐化成泥了，可事實並不是這樣。自我懂事起，我就發現父親看我的眼神變得怪怪的，像蹲在狗肉湯鍋邊的餓癆子，摩拳擦掌，躍躍欲試。有一次，我的老師在水莊的木橋上遇見了父親和我，他情緒激動地給父親反映，說我從小學一年級到五年級，數學考試從來沒有超過三十分。我當時就羞愧地低下了頭，想接下來理所當然地有一場暴風驟雨。老師說完了，父親點點頭，很大度地揮揮手說三十分已經不錯了。然後牽起我走了。走到橋下，他回頭看了一眼身後可憐的一頭霧水的教書匠，嘿嘿乾笑了兩聲。教書先生哪裡知道，水莊的游本盛對他兒子有更高遠的打算。

我確實不喜歡念書，我們水莊大部分娃子和我一樣不喜歡念書，剛開始還行，漸漸地就冷了。主要是聽不懂，比如我們的數學老師，自己都沒有一個準，今天給我們一個答案，明天一早站在教室裡又小聲地宣布，說同學們昨天我回去在火塘邊想了一宿，覺得昨天那個題目的答案有鬼，不正確，所以嚇得一夜都沒睡安穩，今天特地給大家糾正。我們就笑一回，後來又聽說數學老師其實也只是個小學畢業的，更有甚者說他根本連小學都沒有讀畢業。我們就無可奈何地生出一些鄙夷來。鄙夷的方式就是不上課，漫山遍野地去瘋。

我不喜歡念書，可我也不喜歡做嗩吶匠，我也說不清為什麼不喜歡做嗩吶匠，可能是從小到大總聽見父親在耳邊灌輸嗩吶匠的種種好，聽得多了，也膩了，就厭惡了。而且我斷定，我的父親之所以希望我成為一個吹嗩吶的，目的就是圖那幾個樂師錢。

二

翻過大陰山，就能看見土莊了。那就是我未曾謀面的師傅的家。我們這一帶有五個莊子，分別叫金莊、木莊、火莊、土莊，再加上我們水莊，構成了一個大鎮。按理這個鎮子該叫五行鎮才對的，可它卻叫無雙鎮。未來師傅的宅子在一片茂盛的竹林中，翠綠掩映下的一棟土牆房。我曾經從爺爺的舊箱子裡翻出一本繡像《三國演義》，裡面有一幅畫，叫三顧茅廬的，眼前的這個場景就和那幅畫差不多。通往土牆房的路一溜的坦途，可父親卻發出吭哧吭哧的喘氣聲，他額頭上還有針尖大小的汗珠兒，兩個拳頭緊緊握著。我看了他一眼，父親有些不好意思起來，他想我定是把他的緊張看破了，於是他就露出一個自嘲的訕笑。

面子有些掛不住的父親就轉移話題。福地啊！父親說，你看，左青龍，右白虎，後朱雀，前玄武，一看就不是一般人家。我想笑，可沒敢笑出來，父親是不識風水的，連引述有關風水的俗語都弄錯了。這幾句我也是聽水莊的風水先生說過，不過人家說的是前朱雀，後玄武。我想父親真的是太緊張了，他怕自己小時候的悲劇在下一代的身上重演。我頓時有了一些報復的快感，想師傅要是看不上我就好了，最好是出門了，還是遠門，一年半年的都回不來。

看見我左搖右晃的二流子步伐，父親在身後焦急地吼，天殺的，你有點正形好不好！師傅看見了那還了得。

父親的運氣比想像得要好，土莊名聲最顯赫的嗩吶匠今天正好在家。

我未來師傅的面皮很黑，又穿了一件黑袍子，這樣就成了一截成色上好的木炭。他從屋子裡踱出來的時候燃了一袋旱煙，煙火吱吱地亂炸。我很緊張，怕那點星火把他自己給點燃了。他大約是看出了我的焦慮，就抬起一條腿，架到另一條腿的膝蓋上，把鞋底對著天空，將那半鍋子剩煙杵滅了。做這樣一個難度很大的動作只是為了杵滅一鍋煙火，看來我未來的師傅真是一個不簡單的人。

焦師傅，我叫游本盛，這是我兒子游天鳴，打鳴的鳴，不是明白的明。父親弓著腰，踩著碎步向屋簷下的黑臉漢子跑過去，跑的過程中又慌不迭地伸手到口袋裡摸香煙，眼睛還一直對著一張黑臉行注目禮。可憐的父親在六七步路的距離裡想幹的事情太多了，他又缺乏應有的鎮定，這樣先是左腳和右腳打了架，接著身體就筆直地向前仆倒，跌了一嘴的泥，香煙也脫手飛了出去，不偏不倚地降落在院子邊的一個水坑裡。我的心一緊，趕忙過去把父親扶起來，父親甩開我扶他的手，說扶我幹什麼？快去給師傅磕頭啊！我沒有聽父親的，畢竟我認識父親的時間比認識師傅的時間要長，於情於理都該照看剛從地上爬起來的水莊漢子。主意打定，我仍然不屈不撓地挽著父親的手臂，我抬起頭，父親的額頭上有新鮮的創口，殷紅的血珠正爭先恐後地滲出來，我一陣心酸，眼淚就下來了。

師傅擺擺手，說磕頭？磕什麼頭？他為什麼要給我磕頭？這個頭不是誰都能磕的。

父親啞然，很難堪地從水坑裡撿起香煙，抽出一支來，香煙身體暴漲，還濕嗒嗒地落著淚。

這？父親伸出捏著香煙的手為難地說。

屋簷下的揚了揚手裡的煙鍋子說，我抽這個。

我、父親，還有我未來的黑臉師傅，三個人就僵立著，誰都不說話，主要是不知道說什麼。還是屋簷下的木炭坦然，不管怎麼說這始終是他的地盤，所以他的面目始終都處於一種鬆弛的狀態，他看了看天空，我也看了看天空，他肯定覺得今天是個好天氣，我也覺得今天是個好天氣。太陽像個剛煎好的雞蛋，有些耀眼，我未來的師傅就用手做了一個涼棚，看了一會兒太陽，又緩慢地填了一鍋煙，把煙點燃後，他終於開口了。

哪個莊子的？他問話的時候既不看我，也不看父親，但父親對他的傲慢卻欣喜如狂。父親往前走了兩步，說水莊的，是游叔華介紹過來的。父親把游叔華三個字做了相當誇張的重音處理。游叔華是我的堂伯，同時也是我們水莊的村長。

我聽見嗩吶匠的鼻子裡有一聲細微的響動，像鼻腔裡爬出來一個毛毛蟲。他繼續低頭吸煙，彷彿沒有聽見父親的話。看見游村長的名號沒有收到想像中的震撼力，父親就沮喪了。

多大了？嗩吶匠又問。

我的嘴唇動了動，剛想開口，父親的聲音就響箭般地激射過來：十三歲。比我準備說的多出了兩歲。怕嗩吶匠不相信，父親還做了補充：這個月十一就十三歲滿滿的了。

嗩吶匠的規矩你是知道的，十三是個坎。嗩吶匠說。

知道知道。父親答。

這娃看起來不像十三的啊。嗩吶匠的眼睛很厲害。

這狗東西是個娃娃臉，自十歲過來就這樣兒，不見熟。

嗯！嗩吶匠點了點頭。看見嗩吶匠表了態，父親的眉毛驟然上揚，他跑到屋簷下顫顫抖抖地問：您老答應了？

哼！還早著呢！

我原本以為做個嗩吶匠是件很容易的事情，拜個師，學兩段調兒，就算成了，可照眼下的情形來看，道道還真不少呢。

院子裡擺了一張桌子，桌子上放了一個盛滿水的水瓢，水瓢是個一分為二的大號葫蘆。嗩吶匠遞給我一根一尺來長的蘆葦稈，我雲裡霧裡地接過蘆葦稈，不知道嗩吶匠到底什麼用意。

用蘆葦稈一口氣把水瓢裡的水吸乾，不准換氣。我未來的師傅態度嚴肅地對我說。

我看了看父親，父親對著我一個勁兒地點頭，牙咬得緊緊的，他的鼓勵顯得格外的艱苦卓絕。

我把蘆葦稈伸進水裡，又看了看他們兩個人，嗩吶匠的眼神和父親形成了鮮明的對比，自然而平靜，像我面前的這瓢水。

我提了提氣，低頭把蘆葦稈含住，然後一閉眼，腮幫子一緊，一股清涼頓時排山倒海地湧向喉嚨。我睜開眼，看見瓢裡的水正急速地消退，開始我還信心滿滿的，等水消退到一半的時候，氣就有些喘不過了，水只剩下三分之一的時候，不光氣上不來，連腦袋也開始發暈了，胸口也悶得難受，我像就要死了。

快，快，快，不多了。是父親的聲音，像從天外傳來的。

終於，我一屁股坐倒在地，仰著頭大口地喘氣。我又看見太陽了，是個煎糊的雞蛋。

等太陽重新變成黃色，我聽見父親在央求嗩吶匠。

您老就收下他吧！父親帶著哭腔說。

他氣不足，不是做嗩吶匠的料子。

他氣很足的，真的，平時吼他兩個妹妹的聲音全水莊都能聽見。

嗩吶匠笑笑，不說話了。

這時候我看見父親過來了，他含著眼淚，咬牙切齒地抄起桌上的水瓢，劈頭蓋臉地向我猛砸下來。

你個狗日的，連瓢水都吸不乾，你還有啥能耐？水瓢正砸在我腦門上，我聽見了骨頭炸裂的聲音。我高喊一聲，仰面倒下，太陽不見了，只有一些紛亂的蛋黃，還打著旋地四處流淌。

怎麼樣？他叫的聲音夠大吧？氣足吧？父親的聲音怪怪的，陰森潮濕。

我努力睜開眼，又看見了父親高高揚起的水瓢。

叫啊！大聲叫啊！父親喊。

我不知道父親為什麼要這樣。我做不成嗩吶匠怎麼會令他如此氣急敗壞。

正當我萬分驚懼的時候，我看見了一隻手。

那隻手牢牢攥住了父親的手腕。

三

好多年後師傅對我說，你知道當初我為什麼收你為徒嗎？我說你老人家心善，怕我父親把我給活活打死了。師傅搖頭，說你錯了，我收你為徒是因為你的眼淚。我說什麼眼淚？師傅說你父親跌倒後你扶起他時掉的那滴眼淚。

父親走了，看著他離開的背影我頓時有一種無助的感覺，以往天天看見他，沒覺得他有多重要，被他揍了還會在心裡偷偷罵「狗日的游本盛」。現在才發現父親原來是極重要的。他就像一棵樹，可以擋風遮雨，等有一天自己離開了這棵大樹，才發現雨淋在身上是冰濕的，太陽晒在臉上是烤人的。

從此以後，我就是一個人了。看著父親漸漸變淡變小的背影，我忍不住哭了一場，師傅站在我旁邊，伸出一隻手搭在我的肩上，輕輕拍了拍，我心裡一熱，哭得更厲害了。

晚上吃飯，師傅給我介紹了師娘。師娘很瘦，也黑，走起路來左搖右晃的，像根煮熟的蕎麥麵條。師娘話多，飯桌上問了我好多事情，都是關於水莊的，還說她有個親戚就住在我們水莊。和師娘比起來，師傅的話則少了許多，一頓飯時間就說了兩句話，我端碗的時候他說：吃飯。我放碗的時候他又說：吃飽。

吃完飯，我主動把碗刷了。在刷碗的過程中我偷偷探頭看了看坐在堂屋裡的師傅和師娘，當時師娘對著我站的位置指指點點，還不住地點頭，臉上也有些不易覺察的笑容。師傅卻不為所動，他只是一個勁兒地抽煙，噴出來的煙霧也濃，讓我想起在水莊和父親燒山灰的日子。我明白師娘的笑容和我刷碗的行動有關。而我刷碗的行動又和臨出門那晚母親油燈下的嘮叨有關。母親說：出門在外不比在家，要勤快，眼要尖，要把你那根全是懶肉的尾巴夾好。

刷完碗師娘對我說，她的三個兒子都成家分出去了，家裡就他們兩老，所以你該做些力所能及的事情。

晚上我躺在床上，想明天就要吹上嗩吶了，有一些興奮，又有一些惶恐，總覺得我的人生不該就這樣拐彎的，我還沒有玩夠，我還是個娃兒，娃兒就該玩的。想起我的夥伴馬兒他們，此刻他們肯定正在水莊的木橋邊抓螢火蟲，把抓來的螢火蟲放進透明的瓶子裡，走夜路時可以當馬燈用。

一早，我還在夢裡捉螢火蟲，就聽見了兩聲劇烈的咳嗽聲。咳嗽聲是師傅發出來的，我一驚，知道這是起床的信號。師傅畢竟不是親爹，沒有像父親一樣衝進來掀開被窩照著屁股就一頓猛搧。我想他一定還當我是客人，所以方式也就間接一些。穿上衣服走出門，我先喊了一聲站在屋簷下的師娘，正在淘蠶豆的師娘對我點了點頭。打完一個呵欠我才發現太陽還在山那頭浴血掙扎，我心裡頭就上來了一些怨氣，想這太陽都還沒有出來呢，就得爬起來。在家雖然被父親搧屁股，但那時太陽都老高了啊。看見我嘴臉不好看，師娘說你師傅到河灣去了，你也去吧！

順著師娘指的方向，我看見了土莊的河灣。土莊雖然叫土莊，可河灣卻比水莊的還要大，河岸四周有煙柳，煙柳我們水莊也有，遠遠地看去像團滾圓的煙。煙柳四四方方的抱著一團翠綠的河灣，幾隻純白的水鶴在河灣上悠閒地飛來繞去。師傅站在河灘上，靜靜地看著水面，他的身影很孤寂，也渺小。

師傅從河岸邊齊根折來一根蘆葦，去掉頂端的蘆葦鬚，把足有三尺長的蘆葦稈遞給我，說過去把河裡的水吸上來，記住，蘆葦稈只能將將伸到水面。開始我以為這是件極簡單的事情，一吸我才知道沒有那麼簡單。我臉也紅了，腿也軟了，小肚子都抽筋了，還是沒能吸上一滴水。我回頭看了看師傅，師傅臉色灰暗，說等你把水吸上來了就可以回家了。

天黑盡了我才回到師傅家，師傅和師娘守著一盞如豆的油燈。看我進屋來，師娘端給我一碗飯，飯還沒到我手裡，師傅說話了。

水吸上來了？

我搖搖頭。

那你回來搓球啊？師傅猛地立起來，把手裡的旱煙桿往地上狠狠地一摜。他的臉本來就烏黑，此刻就更黑了。

我現在才意識到這個黑臉男人是認真的。

我的晚飯被師傅扒掉了半碗，雖然師娘一直給我說情，說天鳴他爹可是交足了生活費用的，再說娃兒在吃長飯呢！

娃？老子哪個徒弟不是娃過來的？老子當初拜師的時候，三天沒有飯吃呢！

夜晚我躺在床上痛快地哭了一回，哭完了就想父親的絕情，想完父親的絕情又想母親的好。想著想著就睡著了，睡著好像沒多久又聽見了咳嗽聲。我爬起來湊到窗戶邊，發現山那邊連太陽浴血的跡象都還沒有。

此後十多天，我天天攥著根蘆葦稈在河灘上吸水。有往來的土莊人隔得遠遠地就喊，焦三爺又收新徒弟了。還有的喊，這個娃子能成焦三爺的弟子，看來是有些能耐的。我聽見他們的喊聲裡有酸溜溜的味道，肯定是自己的娃沒能讓師傅看上。這樣我有了一些信心，就把吸水這個世間最枯燥的活兒有模有樣地幹起來。

大約是一個黃昏，我記得那天河灘上的水鶴特別多，沿著水面低低地滑翔，在一片耀眼的綠中拉出一尾又一尾炫目的雪白。我像之前千百次的吸水一樣，一沉腰，一頓足，一提氣，竟然牢牢地咬住了一股冰涼。我把嘴裡的水來回渡了渡，又把它輕輕地吐到掌心裡，不錯的，我把水吸上來了。看著掌心的一窩清澈，我恍若隔世，一股說不清道不明的東西在心窩子裡上下翻滾，喉嚨慢慢就變得硬硬的了。我撒腿瘋了似的向師傅的土牆小屋跑去，跑到院子裡，師傅正坐在屋簷下編葦席。

吸上來了。我一字一頓地說。

本來以為師傅會笑一個，然後點點頭，說這下你可以吹上嗩吶了。但不是這樣的。師傅聽我說完，從腳邊堆積的蘆葦裡挑出一根最長的，掐頭去尾遞給我。我把蘆葦稈立起來，比我還要高，我疑惑地看著師傅，師傅依然認真地低頭編著葦席，半晌才抬起頭對我說，去啊！繼續吸。

四

到土莊兩個月零四天，藍玉來了。

藍玉來的頭天晚上，土莊下了一場罕見的暴雨。第二天一大早我起得床來，看見院子裡跪著一個男娃子。他的全身上下都濕透了，衣褲上沾滿了黃泥。在他的身邊，是一個三十出頭的漢子，也披著一身的潮濕，他兩個手不停地搓著，眼睛跟著師傅轉。這個時候，我的師傅正在牛圈邊給牛餵草，他大把大把地把青草扔給圈裡的牛，還在院子裡過來過去的，就是不看院子裡的藍玉和他的父親，彷彿院子裡的兩個人只是虛幻的存在。我看出了藍玉父子的尷尬，想起自己剛來到這個院子的情景，就有些同情院子裡的人。

這個時候，藍玉抬起了頭，向我這邊看了一眼，我給了他一個淺淺的微笑，一臉黃泥的藍玉也笑了。他的笑意很薄很輕，彷彿往湖面上扔了一塊拇指大小的石子蕩起來一層漣漪。好多年後藍玉還在對我說，他說當時跪在泥水裡的他都有了天地崩塌的感覺，他已經打定回家的主意了，不管他的父親同不同意他都準備回家了，就是因為我的那個微笑，他留了下來。

師傅同意收下藍玉，是在藍玉的父親兩個膝蓋也重重地跌落在泥地裡後。當時師傅正抱著一捆青草往牛圈邊去。那個異樣的聲音至今還猶然在耳，我看見藍玉的父親兩腿一屈，接著他面前的水被砸得稀爛，咚，一個院子都顫抖起來。師傅回過頭就僵在那裡了，然後他說你起來吧，我可以試試他是不是吹嗩吶的料，不行的話，你還得把娃領回去。

和我相比，藍玉的測試多出了好幾項內容。除了吸水，還有吹雞毛，師傅把一片雞毛扔到天上，要藍玉用嘴把雞毛留在空中，一袋煙的工夫不能掉到地面。還有就是打靶，含上一口水，對著桌上的木牌，在四步外的距離用嘴裡的水把木牌射倒。我很為藍玉擔心，因為我連一瓢水也是吸不完的。

藍玉輕描淡寫地就完成了測試，不僅我驚訝，連師傅都有些驚訝了。雖然他把這種驚訝包裹得很嚴實。當藍玉把桌上的木牌射倒後，他的兩條眉毛很迅速地彼此湊了湊，眉間也多出來一條窄而深的溝壑。我至今都承認，我的師弟藍玉天分比我要高得多。

藍玉留下來了，和我住一張床。師傅還鄭重地把我介紹給了藍玉，說這是你師兄，師兄師弟，就要像親兄弟一樣的，懂不懂？藍玉點了點頭，我也點了點頭。

晚上藍玉在床上問我，吹嗩吶好玩嗎？我說不知道，藍玉驚訝地翻起來說你怎麼會不知道呢？你不是都來兩個月了嗎？我說我還沒吹上一天的嗩吶呢！那你在幹啥？藍玉問。喝水，喝河灣的水。我答。

打藍玉來後，土莊的河灣邊吸水的娃由一個變成了兩個。土莊人從河灣過就大聲說焦三爺又收徒弟了，焦家嗩吶班人強馬壯了。

在我們吸水的這段日子裡，師傅和他的嗩吶班共出了十多趟門。整個無雙鎮都跑遍了。我和藍玉還認識了焦家嗩吶班的師兄們。我的大師兄年紀和我父親差不多，師傅讓我和藍玉叫他大師兄，我們都有些不好意思，畢竟他是個滿臉鬍鬚的大人。我們怯怯地喊罷，大師兄摸摸我們的腦袋，然後看著師傅笑笑。師傅說磨磨都能出來。大師兄又笑一回，他笑的時候嘴咧得很大，鬍子滿臉跑，他把嗩吶湊到嘴裡，嗩吶的葦哨和銅圍圈就不見了。

接活後出門的前一晚，焦家班照例要吹一場的。院子裡擺上一張桌子，桌子上有師娘煮好的苦丁茶和炸好的黃豆。師傅和他的徒弟們散坐在院子裡，大家先聊一些家常。聊家常的時候有一個人聲音最大，說話像打雷，他是我的二師兄。據師娘講，二師兄是師傅最滿意的徒弟，天分好，也刻苦，特別擅長吹喪調，能在靈堂把一屋子人吹得流眼抹淚。聊一陣子天，師傅就咳嗽兩聲，眾人會意，各自從布袋子裡抽出嗩吶。第一步是調音，看看嗩吶音調對不對；然後師傅起調，如果接的是紅事，就吹喜調，喜調節奏快，輕飄飄地在院子裡奔跑；如果接的是白事，就吹喪調，喪調慢，彷彿潑灑在地上的黏稠的米湯。等到師傅獨奏的那一段，我和藍玉眼窩子都有了一窩水。

無雙鎮大部分人家接嗩吶都是四台，所謂四台，就是只有四個嗩吶手合奏；比四台講究的是八台，八台除了四個嗩吶手，還有一個鼓手，一個鈸手，一個鑼手，一個鈔手。八台不僅場面大，奏起來也氣勢非凡。師娘告訴我，如果練的是八台，土莊的人都會來，聚在院子裡，屏聲靜氣地聽完才散去。畢竟八台一是難度大，二是價錢高，一般人家是請不起的，土莊人近水樓台，運氣好的話一年能聽上一兩回。我又問師娘，有比八台更厲害的嗎？師娘笑笑，說有，我問：是什麼？

〈百鳥朝鳳〉，師娘答。

怎麼個吹法？我問。

獨奏！師娘說這話的時候神情肅穆。

獨奏？誰獨奏？我和藍玉驚訝地問。

夜風撩著師娘的頭髮，她的表情像一本歷史書，好久她才說，當然是你們師傅。

五

三個月了，我用一人多高的蘆葦稈把河灣的水吸了上來。可我還是沒有吹上嗩吶。師傅只是讓我和師娘下地給玉米除草。土莊六月的天氣似乎比水莊的要熱得多，我們水莊這個季節都是濕漉漉的。在玉米地裡，我對師娘說土莊不如水莊好，我們水莊沒有這樣熱，師娘就哈哈地笑，笑完了說游家娃是想家了。中午收工回家，經過河灣的時候，我的師弟藍玉扎著馬步在河灣上吸水。藍玉是有天分的，他才來一個月，就接到師傅遞給他的一人多高的蘆葦稈了。我到這一步比藍玉整整多用了一個月時間。

吃完晚飯，藍玉去刷碗，自從他來了以後，刷碗這個活就是他的了。剛開始我還覺得好，想終於可以不用刷碗了。可沒過兩天師傅對我說，跟你師娘下地吧。才下了半天的地，我又想念刷碗了。藍玉刷碗的聲音特別響，刷碗這活我是知道的，磕磕碰碰發出些聲響是難免的，但絕沒有這樣大的聲響的。連提個水壺，藍玉都要弄得驚天動地的，一弓腰，就發出咳的一大聲，彷彿他提起來的不是一個水壺，而是一扇石磨。很快，藍玉就從廚房出來了，他甩了甩兩隻濕漉漉的手，眼睛看著師傅和師娘，他的意思是告訴我們，該他的活已經幹完了。

藍玉得到了師娘的誇獎，師娘說藍玉刷碗動作比天鳴麻利。頓了頓師娘又說，麻利是麻利，但沒有天鳴刷得乾淨。

藍玉不僅話多，也會講。他坐在師傅和師娘的中間給他們講他們木莊的奇怪事，師娘被他逗得哈哈大笑，連師傅一直繃著的臉都會不時舒展開來。我沒有藍玉的嘴皮子，就在旁邊一直悶坐著。師娘好像看出來了，就對我說，天鳴是不是想家了，想家的話就回去看看吧。她說這話的時候眼睛一直盯著師傅，我想是這個事情她做不了主，在徵求師傅的意見。一提到回家，我的眼窩就一陣發熱，我真想家了，想父母，還有兩個妹妹，他們肯定也在想著我的。

我目不轉睛地看著師傅，老半天師傅才說，早去早回。

我又回到水莊了。

以前覺得水莊什麼都不好，一腳踏進水莊的地界，我發現水莊什麼都好。水莊的山比土莊的高，水比土莊的綠，連人都比土莊的耐看呢。

走進我家院子，母親正蹲在屋簷下剁豬草，父親站在樓梯上給房頂夯草。一看見我，母親就扔掉手裡的活跑過來，她摸摸我的頭，又摸摸我的臉，說天鳴回來了，還瘦了。母親的手有一股青草的腥味，但我覺得特別好聞。我好久沒有看見母親的臉了，好像黑了不少。看著母親，我的眼睛就模糊起來。

本盛，天鳴回來了。母親對著父親喊。

父親沒有從樓梯上下來，他彎下腰看看我，又繼續給屋頂夯草。

好好的，回來做啥？父親的聲音順著樓梯滑下來。

師傅讓我回來的。我直著脖子說。

啥？你個狗日的，爛泥糊不上牆。父親把夯草的木片子高高地摔下來，破成了好幾塊。

娃好好的，你罵他幹啥？母親說。

好好的？好好的能讓師傅趕回家？父親從樓梯上下來，還騰出一隻手狠狠地對著我戳。你啊，你啊，你——父親發出的聲音像被他嚼碎了吐出來的。

晚上母親給我做了一頓臘肉，還不讓兩個妹妹多吃，拼命把好吃的往我碗裡夾。父親在飯桌上不停地對我翻白眼，像要活吞了我似的。什麼時候回去？母親把碗裡最後一片臘肉夾給我問。

早去早回，師傅說的。我說。真的？父親把頭歪過來問，我點點頭。這時候水莊的游本盛才笑了，還用筷子敲了敲我的後腦勺，輕輕地。我發現，這頓飯父親的筷子一直沒有伸到肉碗裡，我把母親給我的最後一片臘肉夾起來放進了父親的碗裡，父親笑得更歡了，說那就恭敬不如從命了。月亮上來了，兩個妹妹都睡了。我和父親母親坐在院子裡，我給他們講了土莊的好多事情。

爸，你知道嗩吶除了四台和八台，還有什麼嗎？我問父親。

父親笑了笑，然後看了看母親，母親也笑了笑。

莫非還有十六台？母親說。

我搖搖頭，說嗩吶吹到頂其實是獨奏呢！你們知道叫什麼嗎？

這時候我看見父親的笑容不見了，他的目光跑到月亮上去了，面容也變得複雜了。好半天他才把目光轉向我，說你知道我為什麼要送你去學吹嗩吶嗎？

我搖頭。

就是要你學會吹〈百鳥朝鳳〉。

我驚訝了，就興奮地說原來你也知道〈百鳥朝鳳〉的啊！還表態說你們放心，我學會了回來吹給你們聽。

沒有那樣簡單，你師傅這十多年來收了不下二十個徒弟，可沒有一個學會〈百鳥朝鳳〉的。父親說。

很難學嗎？我問。

倒不是，這個曲子是嗩吶人的看家本領，一代弟子只傳授一個人，這個人必須是天賦高，德行好的，學會了這個曲子，那是十分榮耀的事情。這個曲子只在白事上用，受用的人也要口碑極好才行，否則是不配享用這個曲子的。

咱家天鳴能學會嗎？母親問。

父親搖搖頭，走了。院子裡只剩下母親和我，還有天上的一輪殘月。

六

回到土莊我才知道，藍玉已經把河灣裡的水吸上來了。

一回來藍玉就興沖沖地問我用長蘆葦吸上河灣的水用了多久，我掰著指頭數了數說一個半月多一點吧。我用了十天。藍玉驕傲地說。我心裡就有些神傷了，說師傅都說了的，你的天分比我好。藍玉就拍拍我的肩膀，說你也很好的。

但是我發現我真的不好。

藍玉吸上水後本來也和我下地的，可下地才幾天，事情就發生了變化。

我清楚地記得那天有好大好大的霧，氣勢洶洶的，整個土莊都不見了。我還沒起床，就聽見藍玉的尖叫聲，我翻了個身，想多睡一陣子。藍玉總是起得比我早，甚至比師傅師娘還早，為此他還得到了師傅的誇獎。說實話，我也想像他那樣起得早的，我也想得到師傅的誇獎的，可我就是起不來，硬著頭皮爬起來也是昏昏沉沉的，好一陣子滿世界都在亂轉。到後來我索性不起來了，誇獎也不想要了，只要讓我多睡一會兒就阿彌陀佛了。

起來，快起來，土莊不見了。藍玉跑進來搖我。

嗯！我咕噥一聲，沒理會他。

天嗚，土莊沒有了。他乾脆把我的被窩抱走了。

無奈，我只好起來，走到屋外我才發現土莊真的不見了。

那是我一生中見到的最大的霧，天地都給吃掉了，連站在我面前的藍玉也消失了。一眼的白，那白還泛著濕。我沒有見過有這樣氣勢的大霧，呼吸都不順暢了。我湊近藍玉，他正用兩隻手拼命地撈懸在空中的白，像一隻巨大的蜘蛛，被自己拉出來的絲給網住了。

你們兩個進來。師傅在裡屋喊。

我和藍玉折進屋，師傅說今天霧大下不了地了，正好我有事情要交代。

師傅從床下拉出一個鏽跡斑斑的鐵皮箱子，他打開箱子，我和藍玉都湊過去看，屋子裡光線不好，只能看個大概，反正裡面都是嗩吶，大大小小、長長短短的嗩吶。師傅彎下腰不停地翻揀著箱子裡面的家什，挑啊揀啊，終於，他抽出了一支略短一些的嗩吶，把嗩吶放進嘴裡，嗩吶就發出長長的一聲——嗚。師傅直起腰來，把嗩吶遞給我身邊的藍玉，說從今天開始你就不用下地了，專心吹嗩吶吧，先把它吹響，我就教你基本的調兒。

藍玉當時的樣子我都沒法子形容，接過嗩吶的那一刻，昏暗的屋子裡竟然劃過兩道亮光，那是藍玉眼睛裡出來的。我看見藍玉握著嗩吶的手在輕輕地抖動，然後他笨拙地把嗩吶塞進嘴裡，腮幫子一鼓，嗩吶就放出來一個悶屁，又一鼓，又出來一個悶屁。

我想師傅接下來該給我派發嗩吶了，說不定是支長的呢，比藍玉的長。我就定定地盯著師傅的手，希望他能抓住一支長的嗩吶不放，再放到嘴裡試一試，然後遞給我。但我是不會像藍玉那樣沒有一點定力，當場就放幾個悶屁顯擺，我會找個沒人的地頭悄悄放。

師傅是拿出了嗩吶，拿出來還不止一支，拿一支出來，他先是吹吹，然後捲起袖口拭擦一番，又放回去，又撿起一支吹拭一番，照例又放回去。我眼珠子都瞪直了，總是希望下一支就是我的，開始看見短的還害怕，怕他遞給我，我想要一支比藍玉長的。可隨著箱子裡翻剩下的嗩吶越來越少，我的心就開始繃緊了，想短的也成，就是拇指長短的我也收。

「砰」的一聲，師傅合上了他的箱子。

我沒有吹上嗩吶。晚上我對藍玉說我要回家了。藍玉說你不是剛回過家嗎？我說我不想學吹嗩吶了。我現在才知道，師傅其實是看不上我的。

土莊的夏天是沒有水莊的好看，可土莊的秋天卻老有味兒了。土莊的山是小了些，可山上都有樹，種類也繁多，常青的松和落葉的楓抱在一起，夏天還是整齊的綠，到秋天楓樹就醉了。就這樣，一個一個紅綠間雜的山丘一排兒地往遠方去了，像一排生動的省略號。我背著行李順著省略號一直走，邊走邊哭，我悲傷極了，來土莊都這樣老長的日子了，我就是吹不上嗩吶，卻成了焦家的長工。又想我連嗩吶都沒有摸過就回到水莊，水莊人肯定要笑我了。還有，我最擔心的還是父親，我這樣回去倒不是怕他揍我，我是怕他會活活氣死。

我是偷偷走的，從土莊不見了的那天起，我就想走了。昨天晚上，我的師弟藍玉又爬到我的床上吹了一回嗩吶，他吹的時候還拿眼睛瞟著我，眼角得意地往上翹。我知道他是在我面前顯擺，可我不恨他，因為要換著我我也是想顯擺的。藍玉的腦袋很大，所以他很聰明，他現在都能把師傅教給他的喪調吹得我眼窩子發潮了。吹到精彩的地方他還會停下來給我講，這是滑音，這是長調。每天我和師娘下地，他就爬到我幹活的地頭，猴樣地躥上草垛子，嗚嗚啦啦的就吹開了。回家的路上，我一身的疲憊，連走路都搖晃著，藍玉卻活蹦亂跳，像早晨剛剛抽上露水的青草兒樣鮮活。

我走了，誰都不知道我走了。我走的時候藍玉還抱著他的嗩吶在床上說夢話呢。本來我想跟他道個別的，可我又怕他大呼小叫的驚動了師傅師娘。出門我才發現天還沒亮，四處都是讓人心悸的黑。我摸索著在屋簷下坐下來，坐下來就想在土莊的這些日子，想師傅和師娘。師娘是個好人，像母親，在地裡還不讓我多幹活，吃飯老往我碗裡夾菜。我最不留戀的就是師傅，我還偷偷給他起了外號，叫焦黑炭。焦黑炭沒有一點好，整天繃著臉不說，還不讓我吹嗩吶。想了好多，我的心裡五味雜陳，喉嚨一硬，就悄悄嗚嗚地哭起來，一直哭到天色微明，回家的路也能見著了，我才站起來離開，走出一段回頭看了看，眼淚又下來了。

終於要離開土莊了，我這輩子怕是當不上嗩吶匠了。想起上次回家時給父親和母親表的態，說一定學會那首〈百鳥朝鳳〉，回家吹給他們聽。但是眼下的情形別說〈百鳥朝鳳〉了，就是一段稀鬆的喪調都沒有學會。我覺得我最對不起的人就是水莊的游本盛了，他一心一意地送他的兒子學嗩吶，可他的兒子學了差不多半年，連用嗩吶放兩個悶屁的機會都沒有，這讓水莊人知道了還不笑掉大牙？又傷心了一回，卻沒有讓我放棄回家的念頭，反正遲早都是要一無所成地回家的，晚回不如早回，早回還能給家裡幫把手。

又看見了水莊，橫在天地間，安靜得像熟睡的孩子。再拐一個彎，就到我們水莊的地界了。我走的是下坡路，路細而窄，彎彎拐拐，像截扔在山坡上的雞腸子。路兩邊有一溜的火棘樹，那些枝枝蔓蔓都不安分地往路上湊，這樣本就狹窄的小路都快看不見了。

拐過彎，我聽見路坎下有說話的聲音。踮起腳，我看見老莊叔正領著一群人在他的新房上夯草。幹活的人裡還有我的父親，水莊的游本盛。我悄悄地從火棘樹下鑽過去，把身子隱在草叢裡。

天鳴最近沒回家？老莊叔問父親。

吹著呢！好多調調都會了。父親聲音很大。

以前我還沒看出天鳴這娃是吹嗩吶的料呢！老莊叔又說。

天鳴可比我強，我這娃不要平時看他不吭不響的，做起事情來可一點不含糊。父親說，前不久回來還氣粗地給我和他老娘表態，要吹〈百鳥朝鳳〉呢！

老莊叔就笑一回，他知道父親是吹牛。就說，〈百鳥朝鳳〉！〈百鳥朝鳳〉！我都好多年沒聽過了，上一次聽還是十多年前，火莊的蕭大老師去世，焦三爺給吹過一次。那場面，至今還記得，大老師的親戚學生在院子裡跪了黑壓壓一片，焦三爺坐在棺材前的太師椅上，氣定神閒地吹了一場，那個鳥叫聲喲！活靈活現的。

等天鳴學回來了，我讓他吹給你們聽。父親許願。

那樣我們水莊就長臉了，本盛也長臉了，我就是擔心，天鳴有沒有那個福氣，這〈百鳥朝鳳〉一代弟子就傳一個人呢。老莊叔說。

你們可以不相信天鳴，我是相信我的娃的。父親說。

我蛇樣地從草叢裡梭出來，我不想回家了，我想吹嗩吶，從來沒有像此刻這樣想吹嗩吶。

我順著原路爬到山頂，回頭看了看水莊。遠處近處有裊裊的炊煙，水莊醒過來了。

回到土莊，師傅正在院子裡磨刀。看見我失魂落魄地站在院子邊的土牆下，師傅說：你師娘到地裡去了，你也去吧！

七

師傅把嗩吶遞給我。是一支小嗩吶，哨子是用蘆葦製成的，蕊子是銅製的，桿子是白木的，銅碗的部分則有些斑駁了。我摩挲著它，這支嗩吶比藍玉的要小，但我已經很滿足了，我終於吹上嗩吶了。我使勁揪了一下大腿，生生地疼。

這是當年我師傅給我的，是我的第一支嗩吶。師傅蹲在大門口吸著旱煙說。

別看它個兒小，但是調兒高，嗩吶就是這樣，調兒越高，個兒就越小。師傅吐出一口煙霧接著說。

我點點頭，門口的師傅漸漸就模糊了。

冬天來了，土莊也熱鬧了。我和我的師弟藍玉把土莊整天攪得嗚嗚啦啦的。河灣邊，草垛上，還有莊子西邊的大青石上，都能聽見破爛的嗩吶聲，破爛的聲音主要是我吹出來的，藍玉吹的嗩吶聲已經很悅耳了。他吹的時候，過往的土莊人會停下來仔細聽一聽，聽完了就遠遠地喊說焦家班後繼有人了。我則沒有這樣的待遇，過往的聽見我的嗩吶聲拔腿就跑了，我就和藍玉哈哈地笑。

師傅很吝嗇，每次教給我的東西都少得可憐，一個調子就要我練習十來天。

焦家班又接活了。出門的前一晚，一班人圍在火塘邊，木桌上還是有苦丁茶和炒黃豆。我和藍玉一人抱著一支嗩吶坐在人群中，血都滾熱了。我們終於成為焦家班的一員了，也許要不了多久，我們就可以和師兄們一起到很遠很遠的地方去了。大家演奏完，大師兄就說兩個師弟來的時間也不短了，也該露一手了。我有些怯，因為我吹得實在是不好，就推說讓師弟先來吧。藍玉也不推辭，像模像樣地先抖一抖衣袖，兩手舉著嗩吶，往前一推，再徐徐地把哨子湊進嘴裡，像一個老練的嗩吶手。藍玉吹奏得確實好，我覺得和師兄們都差不多了。他演奏的是一段喜調，曲子輕快地在屋子裡跳躍，他的腦袋和調子一起左搖右晃的，吹得一屋子喜氣洋洋。吹奏完了，大師兄就摸藍玉的大腦袋，說不得了不得了，其他師兄也說好，只有師傅不說話，大口大口地吸煙。

藍玉吹完了，一屋子人都看著我，我的心突突地跳，握著嗩吶的手也浸出好多的汗來。二師兄對著我點點頭，我知道他是鼓勵我。我顫顫抖抖地把嗩吶塞進嘴裡，嗚嗚地憋出幾個滑音和顫音，然後我低下頭，說我就會這點了。

一屋子都無話了，只有油燈在輕輕地跳動。師兄們都神情肅穆地看著師傅，師傅還是低著頭吸煙。好半天二師兄才低低地對師傅說，師傅恭喜您了。師傅把旱煙伸到凳子腿上按熄，說好了今天就到這裡，散了吧，明天還要趕遠路呢！

我不知道二師兄為什麼要恭喜師傅，我吹得那樣爛，這樣久了也只會吹一些基本的音調，師傅還一副不依不饒的樣子，每天就只要我釘著幾個調兒吹。

就幾個調，我把冬天吹來了。

今年的第一場雪總算來了，都孕育了好幾天了，直到昨夜才落下來。半夜我和藍玉都聽見了雪花滑過窗櫺的聲音。我和藍玉都睡不著。我們睡不著倒不是等這場雪。在黑夜裡大大地睜著眼睛，是等天亮後激動人心的一刻。昨天晚上，焦家班圍在火塘邊奏完最後一曲調子後，師傅對大家說：明天天鳴和藍玉也和我們一起出門吧！

藍玉推開窗戶對我說，落雪了，不知道我們木莊是不是也落雪了呢？我說我們水莊肯定是落雪了的，每年這個時候，雪落得可大了，漫天遍野地飛，一個莊子都陷下去了。

我起得很早，草草地抹了一把臉，小心翼翼地把嗩吶裝好。我裝嗩吶的布袋子是師娘縫的，碎花青布，嗩吶剛好能放進去，可熨帖了；藍玉的嗩吶也有布袋子，是藏青棉布縫製的，後來我才發現，裝藍玉嗩吶的布袋子的前身是師傅的內褲。這個祕密我一直沒有給藍玉講，再後來我又發現，我的布袋子是師娘貼肉的褲衩改的。

今天要去的人家請的是白事。我剛裝好嗩吶，接客就到了。來接嗩吶的是兩個年輕人，比我和藍玉大不了多少，嘴邊剛剛長出來一些茸毛，他們一人背著一個背篼，怯生生地站在院子邊。我們無雙鎮就是這樣的，請嗩吶要派接客，接客要負責運送嗩吶匠的工具，等活結束了，還得送回來。

很快，我的七個師兄就到了，看來主人請的是八台，七個師兄加上師傅剛好八個。我和藍玉當然還不能上陣，藍玉其實是夠了的，但師傅說了，先跟一段再說。兩個接客很麻利地把鑼啊鼓啊的全裝進背篼，看我和藍玉懷裡還抱著嗩吶，就伸過手來說，都裝上吧。我不讓，說自己拿就成了，反正也不重的。接客不讓，說哪有嗩吶匠自己拿東西的道理，我們金莊沒有這規矩，無雙鎮也沒有這規矩。我還想推讓，師傅在旁邊說，給他吧，不依規矩，不成方圓。

主人姓查，金莊漫山遍野散落的人家差不多都姓查。

我們被安排進一個單獨的屋子，屋子很緊湊，還有兩個炭火盆。屁股還沒有坐熱，師傅就對大家說：「撿傢伙，開鑼！」說完就往院子裡去了。

我終於能親眼目睹嗩吶匠們正兒八經的八台大戲了。焦家班在院子裡呈扇形散坐著，師傅居於正中，他的目光左右掃視了一番，眾人會意，齊齊進入了狀態。一聲鑼響，焦家班在金莊的嗩吶盛會拉開了序幕。我此時聽到的嗩吶聲和昨天晚上聽見的預演有極大的差別，師傅和他的一班弟子個個全神貫注。嗩吶聲在高曠的天地間奔突。先是一段宏大的齊奏，低沉而哀婉；接著是師傅的獨奏，我第一次聽到師傅的獨奏，那些讓人心碎的音符從師傅嗩吶的銅碗裡源源不斷地淌出來，有辭世前的絕望，有逝去後看不清方向的迷惘，還有孤獨的哀嘆和哭泣。尤其是那哭聲，唯妙唯肖。一陣風過來，撩動著懸在院子邊的靈幡，也吹散了師傅吹出來的哀號，天地間陡然變得肅殺了。

一直在院子裡勞作的人群過來了，沒有人說話，目光全在師傅的一支嗩吶上。漸漸有了哭聲，哭聲是幾個孝子發出來的。沒多久，哭聲變得宏大了，悲傷像傳染了似的，在一個院子裡彌漫開來，那些和死者有關的、無關的人，都被師傅的一支嗩吶吹得淚流滿面。

一曲終了，有人遞過來一碗燙熱的燒酒，說焦師傅，辛苦了，潤潤嗓子吧。開過晚飯，主人過來了。先是眼淚汪汪地給師傅磕了一個頭。說這冰天雪地的你們還能趕過來送我老爹一程，我謝謝你們了。

「他生前是我們查家的族長，可德高望重了！」主人爬起來說。

師傅點點頭。

「做了不少好事，我都數不過來。」主人又說。

師傅又點點頭。

「焦師傅，你受累，看能不能給吹個〈百鳥朝鳳〉？」主人把腦袋伸到師傅面前問。

師傅搖搖頭。

「錢不是問題！」

師傅還是搖搖頭。

磨了好一陣子，師傅除了搖頭什麼都不說。主人無奈，只好嘆著氣走了，走到門口又心有不甘地回頭問：「我老爹真沒這個福氣？」師傅抬起頭說你去忙吧！

主人走了，二師兄看著師傅說：「師傅，查老爺子德高望重呢！」師傅的鼻腔哼了哼：「知道查姓為什麼是金莊第一大姓嗎？以前的金莊可不光是查姓，都走了，散到無雙鎮其他地頭去了，這就是查老爺子的功勞！」

接下來幾天，我和藍玉就進天堂了。頓頓有肉吃，其間我和藍玉還偷喝了燒酒，焦家班坐到院子裡吹奏的時候，我還和藍玉躲在屋子裡抽煙。煙是主人家偷偷塞給我們的，我和藍玉本來是不收的，可主人家不幹，非得塞給我們。

離開那天，死者的幾個兒子把焦家班送出好遠，臨了就把一沓錢塞給師傅。師傅就推辭，結果兩個人在分手的橋上你來我往地鬥了好幾個回合，師傅才很勉強地把錢收下來。幾個師兄則站在一邊木木地看著，眼神倦怠，眼前這個場景他們已經看夠了。

八

春天降臨了。

鄉村的春天總是和儀式有千絲萬縷的聯繫。像我們無雙鎮，春天一露頭，就有拜穀節，播撒穀種的前一夜，每個村子的老老少少都要帶上祭品，去本村最大的一塊稻田裡供奉穀神；拜穀節過去沒幾天，就該是迎接灶神爺的日子了，豬頭是不能少的，還有小米渣，聽老人們說，天上是沒有小米渣的，人間全靠這點東西留住他老人家了；把灶神爺安頓好，就是晒花節了，太陽公公和花仙一起供奉，因為有兩個神仙，供品自然不能少，蜂蜜、白米、乾菊花，還有圓圓的玉米餅。太陽還沒有出來，一莊人早就遙對著太陽升起的地方把供品擺放妥帖了，等那抹血紅一上來，大家就整齊地磕頭作揖，好聽的話也會說不少，莊稼人沒野心，就是祈求有個好年成。

晒花節剛過，土莊又熱鬧了。人們槐花串似的往焦三爺的院子裡跑，扛凳子搬桌子的。遇上閒逛的路人，就有人招呼：「焦三爺傳聲了！」路上的人一聽，一張臉就怒放了，隨即融入隊伍，往焦三爺的院子迤邐而來。

土莊人等這個盛況的日子已經很久了。

無雙鎮的嗩吶班每一代都有一個班主，上一代班主把位置騰給下一代是有儀式的，這個儀式叫「傳聲」。不傳別的，就傳那首無雙鎮只有少數人有耳福聽到過的〈百鳥朝鳳〉。接受傳聲的弟子從此就可以自立門戶，納徒授藝了，而且，從此就可以有自己的名號。比如受傳的弟子姓張，他的嗩吶班子就叫張家班，姓王，則叫王家班。總之，那不僅僅是一門手藝，更是一種榮耀，它似乎是對一個嗩吶藝人人品和藝品最有力的註腳，無雙鎮的五個莊子都以本莊能出這樣一個人為榮。

這個儀式最吸引人的還不是它的稀有，而是神祕。在儀式開始之前，沒有人知道誰是下一代的嗩吶王。所以，焦家班所有的弟子都是要參加這個儀式的，連他們的親人都會四里八鄉的趕來參加，因為誰都可能成為新一代的嗩吶王。

人實在太多了，師傅的院子都裝不下了，於是屋子周圍的樹上都滿滿當當地掛滿了人參果。我和我的一班師兄弟坐在院子正中間，兩邊是我們的親人，我父母還有兩個妹妹都來了；我的師弟藍玉坐在我的旁邊，他的家人也來了，比我的父母還來得早些。他們的臉上都是按捺不住的期待和興奮。

屋簷下有一張八仙桌，八仙桌的下面是一頭剛宰殺完畢的肥豬。此刻，這頭豬是供品，儀式結束後，牠將成為全土莊人的一頓牙祭。豬頭的前面有個火盆，火盆裡的冥紙還在燃燒。師傅坐在八仙桌後面。他一直在悶著頭抽煙，師傅的煙葉是很考究的，煙葉晒得很乾，吸起來煙霧特別大。很快，師傅的一張臉就不見了，他的半截身子都隱在一片霧障中，像一個踏雲的神人，我竟然生出一些隱約的幻意。

良久，師傅才站起來，四平八穩地杵滅手裡的煙袋，對著人群，平伸出雙手往下壓了壓。喧鬧的人群瞬間就安靜下來。往地上吐了一口痰，師傅發話了。

「我快要吹不動了，可咱們這山旮旯不能沒有嗩吶，幹夠了，幹累了，大傢伙兒聽一段還能解解乏。所以啊！在咱們這地頭嗩吶不能斷了種。我尋思了好久，該找一個能把嗩吶繼續吹下去的人了！」師傅咳嗽了兩聲，停了停，下面又開始有響聲了。這個時候我偷偷地側目看了看藍玉，我發現藍玉也在偷偷地看我，他的嘴角還淌著一些笑。四目相對，我的臉刷就紅了，像是心裡某種隱祕的東西被戳穿了似的。藍玉的臉沒有紅，他的腦袋抬得更高了，像一隻剛剛得勝的大公雞。我就升起一些不快，想還沒見底呢，咋知道水底是不是石頭？又想想，我的這班師兄弟裡，也只有藍玉最適合了，他人精靈，天分高，也勤苦。反正最後是他我也不會驚奇的。最後我覺得我那幾個師兄也可憐，為什麼師傅不全給傳了呢？那樣就整齊了，人人有份，個個能吹〈百鳥朝鳳〉，焦家班、藍家班、游家班，還不響亮死啊！

師傅又開腔了：「我這幾年收了不少徒弟，大大小小的，個個都有些活兒，出活也帶勁，沒給吹嗩吶的丟人。」頓了頓師傅接著說，「我們吹嗩吶的，好算歹算也是一門匠活，既然是匠活，就得有把這個活傳下去的責任，所以，我今天找的這個人，不是看他的嗩吶吹得多好，而是他有沒有把嗩吶吹到骨頭縫裡，一個把嗩吶吹進了骨頭縫的人，就是拼了老命都會把這活保住往下傳的。」師傅又咳嗽了兩聲，對旁邊的師娘點了點頭，師娘過來遞給師傅一個黑綢布袋子。師傅接過來，小心翼翼地從裡面抽出來一支嗩吶。遠遠地我就感覺到了這支嗩吶該有些年齡了，銅碗雖然亮得耀眼，卻薄如蟬翼，桿子是老黃木的，嗩吶的桿子一般就是白木，最好的也就是黃木，能用這樣色澤的老黃木製成的嗩吶，足見它的名貴。鄉村人一般是見不到這樣的稀罕貨的。「這支嗩吶是我的師傅給我的，它已經有五六代人用過了，這支嗩吶只能吹奏一個曲子，這個曲子就是〈百鳥朝鳳〉。現在我把它傳下去，我也希望我們無雙鎮的嗩吶匠能把它世世代代地傳下去。」師傅舉著嗩吶說。

院子裡一點聲音都沒有，我只聽見我的師弟藍玉的喘息聲，所有的眼睛都盯著師傅手裡的那支嗩吶。我相信這一刻的土莊是最肅穆的了，這種肅穆在了無聲息中更顯得黏稠，我最後只能聽見自己的呼吸聲了。

我側目看了看我的師弟藍玉，他緊縮著脖子，腦袋花骨朵似的。慢慢地，他的脖子被拉長了，成了一朵盛開的鮮花，花朵兒正期待著雨露的降臨，焦慮、渴望在稚嫩的花瓣間湧動著。驀然，盛開的鮮花枯萎了。幾乎就在一眨眼間，正準備迎風怒放的花兒無聲地凋謝了，花瓣起來了一層死灰，花桿兒也剉短了半截。這朵剛才還生機蓬勃的花兒，轉眼間鋪滿了絕望的顏色。悲傷一下從我的心底湧起來，我的師弟藍玉，迅速地在我眼睛裡枯萎，他的目光慢慢地轉向了我。我能看懂他的眼神，有不信、不甘、絕望，當然，還有怨恨，可我看到的怨恨很少，很稀薄，星星點點的。

這時候我的父親，水莊的游本盛在旁邊喊我：「你呆了，師傅叫你呢！」父親的聲音像耍魔術的使用的道具，充滿了意外和驚喜。

九

藍玉走了，披著一身絢爛的朝霞，向著太陽升起的地方去了。我站在土莊的土堡上，看著他的身影逐漸變小變淡。太陽明天還是要升起的，可我卻見不到我的師弟藍玉了。藍玉在我的生命裡出現和消逝都突然得緊，彷彿那個落雨的日子，藍玉就該出現在我的面前，又彷彿這個炫目的朝霞，他本就一定要離去。

昨晚的晚飯很豐盛，有師娘做得最好的土豆湯，師娘做土豆湯是要放番茄的。番茄在無雙鎮不叫番茄，叫毛辣角，毛辣角又是土莊特有的小個兒毛辣角，櫻桃樣。師娘把剁碎的毛辣角和土豆攪拌在一起，還放了半勺豬油，顏色血紅，喝起來酸酸的，很開胃；另外，還有藍玉最喜歡的灰灰菜，灰灰菜是涼拌的。我在水莊沒有見到過這種野菜，藍玉說他們木莊也沒有。嫩嫩的灰灰菜在水裡飛快地跑過一趟，晾乾後涼拌，居然有鮮肉的味道。

飯桌上師娘不停地往藍玉的碗裡夾菜，一盤灰灰菜差不多都到藍玉碗裡了。藍玉很得意，不停地對我撇嘴，還故意咂吧出嘹亮的聲音。師傅吃飯是沒有響動的，他每一個動作都很小心，在飯桌上你都感覺不到他的存在。直到他把一筷子灰灰菜夾到藍玉的碗裡，我才發現師傅一直都在飯桌上的。師傅的這個動作讓我和藍玉的嘴合不上了。要知道，焦家班的掌門人沒有給人夾菜的習慣。他總是靜悄悄地在飯桌上幹他該幹的事情，不要說夾菜，就是話也極少說的，有客人他也只是兩句話，開飯時說吃飯，客人放碗時說吃飽。師傅看見了我和藍玉的驚訝，就對藍玉說，多吃點，這種灰灰菜只有土莊才有的。

我忽然有了一種不祥的預感。這種預感在晚飯後終於得到了證實。

師傅照例在油燈下吸煙，藍玉就坐在他的面前。

「睡覺前把東西歸置歸置，明天一早就回去吧！」師傅對藍玉說。

藍玉低著頭摳指甲，不說話。

「差不多了，紅白喜事都能拿下來的。」師傅又說。
「師傅，是我哪裡沒有做好嗎？」藍玉問。
「你做得很好了，你是我徒弟中悟性最好的一個。」
「那你為什麼要趕我走？」藍玉終於哭了。
「你我的緣分就只能到這裡了！」師傅嘆了口氣說。
「藍玉不要哭，沒事就到土莊來，師娘給你做灰灰菜吃。」師娘也有了一窩子眼淚。
「我吹得比天鳴都好，天鳴能學〈百鳥朝鳳〉，我為什麼不能？」藍玉咬著牙說。他力氣太大了，把左手的中指都摳出血來了。

師傅眼睛一亮，忽然又暗淡下去了。他站起來拍了拍屁股，煙袋懸在嘴上，背著兩隻手離開了，走到門邊才把煙袋從嘴裡拿出來，回過頭說睡吧，明天還有事情幹呢！這話聽上去是對師娘說的，又好像是對屋子裡所有的人說的。

睡在床上，我有很多的話想對藍玉說，可又不知道說什麼好。一直到天亮，我們誰都沒有說一句話。焦家班的傳聲儀式結束後，藍玉很是難過了一陣子。沒多久他就緩過來了，他對我說，只要還留在師傅身邊，他就一定能吹上〈百鳥朝鳳〉。我是相信藍玉的，我知道師傅傳我〈百鳥朝鳳〉是因為我老實，不傳給藍玉是覺得藍玉花花腸子多。其實師傅是不對的，藍玉天分比我好，他確實是比我精靈了一些，可人精靈點有什麼不好的呢？我打心眼裡希望師傅能把〈百鳥朝鳳〉

傳給藍玉，我也這樣對藍玉説過，可藍玉不領情，還説我擠兑他呢！

現在師傅要讓藍玉走了。我的師弟最後的希望也就沒有了。

藍玉走的時候就是尋不見師傅。藍玉在屋子裡找了一圈也沒尋著，師娘説定是下地去了。藍玉就在院子裡給師娘磕了六個頭，説師娘我給你磕六個吧，你和師傅各自三個，我一併磕了。師娘把藍玉扶起來，眼淚就嘩嘩地下來了。藍玉走了，背著一個包袱，狠狠地轉了一個身，留給我一個瘦削的背影。

藍玉不見了，師傅從屋子後面的草垛子後轉了出來。我回頭看見了他，他對我説，從今天開始，我教你〈百鳥朝鳳〉吧。

十

游家班到底是哪一年成立的我忘了。那年我好像十九歲，抑或二十歲？我經常在夜晚尋找我的嗩吶班子成立時候的一些蛛絲馬跡。暗夜裡抽絲樣出來的那些記憶大抵都和我的嗩吶班子無關，倒是一些無關緊要的事件從記憶的縫隙裡頑強地冒出來，堵都堵不住。

最深刻的當數我的堂妹游秀芝和人私奔。秀芝是我四叔的閨女，一直是個老實的鄉下女娃，臉蛋一年四季都紅撲撲的，見到生人就紅得更厲害了。之前沒有一點跡象表明她要離開生她養她的水莊。那個普通的早晨，我的四叔發現他的閨女不見了。一家人慌張地找了一天也沒有尋著。後來有人告訴四叔，天麻麻亮看見秀芝和趙水生一起翻過了水莊後面的那座大山。趙水生是水莊趙老把的兒子，剛脫掉開襠褲就和他老子去了遠方，聽說是個大城市。秀芝讀書的時候和他是同桌，受過他不少欺負，我還替秀芝揍過這龜孫子一頓呢！

毋庸置疑的，趙水生拐走了秀芝。

四嬸哭了好幾場，說姓趙的這幾天跑過來和秀芝兩個躲在屋子裡嘀嘀咕咕，感覺就不對頭，然後就罵姓趙的，罵完姓趙的又罵自個兒的閨女；四叔則是每日都殺氣騰騰的樣子，多次表態要活剮了姓趙的。一年後事情才出現好轉。秀芝寄回來了一封信，信裡說她很好，在深圳的一家皮鞋廠上班，一個月能掙半扇肥豬，還照了照片，照片的背景是一個大水塘，比水莊的水塘可大多了。後來才知道，那不是水塘，是大海。

我很奇怪，為什麼我的記憶裡都是和游家班成立無關的事件。為此我陷入了長時間的自責，並試圖用記憶來緩解這種不安。可是在梳理屬於游家班的絲絲縷縷時，卻讓我陷入了更大的危機中，因為這些記憶沒有一絲亮色，相反，它像一面轟然坍塌的高牆，把我連同我的夢都埋葬掉了。

不知道出師四年還是五年後，師傅把他的焦家班交給了我。

那天師傅對一屋子的師兄弟們說：從今後，無雙鎮就沒有焦家班了，只有游家班。一屋子的眼睛都在看著我，我很茫然，手足無措。他們的眼神都帶著笑，善良而溫暖。可我卻感到害怕。

我不知道我該幹什麼？能幹什麼？我只知道今後這一屋子人就要在我稚嫩的翅膀下混生活了。我想起了六七歲放羊的經歷，父親把七八隻羊交給我，對我說，給我看好了，丟了一隻你就甭想吃飯。我特別害怕山羊漫山遍野散落的情景，總是希望牠們緊緊地攏成一團。在路上我就和山羊們商量好了的，可一上了坡牠們就沒有規矩了，眼裡只有茂盛的青草，哪兒草好就往哪兒奔，弄得我眼裡盡是顆粒狀的白。到回家的時候，這些白就更稀疏了。我那時除了哭，真是沒其他的好辦法的。

而此時，那個叫游本盛的男人正挑著一對兒籮筐在水莊的山路上輕快地飛奔。他對遇見的每一個人重複著一句話：天鳴接班了，今後無雙鎮的嗩吶就叫游家班了。他說這句話時除了自豪，更有一個偉大的預言家在自己預言降臨時的自負。

猝然而至的交接像一場成人禮，從那天起，我眼裡的水莊褪去了一貫的溫潤，一草一木都冰冷了，那些整日滑上滑下的石頭也變得尖銳而鋒利。

十一

游家班接的第一單活是水莊的毛長生家。

過來接活的是長生的侄兒。一進院子就給我父親派煙，父親把香煙吸得有滋有味的，一臉的幸福。這是他的嗩吶匠兒子嚴格意義上給他帶來的第一次實惠，滋味自然是與眾不同的。

我剛從屋子裡出來，父親就衝著我喊：「八台喲！」

「我叔是啥人？別說八台，十六台也不在話下的。」接活的說。

父親白了長生侄兒一眼：「你媽的逼，哪有十六台？」

長生侄兒咧了咧嘴，說現在不是天鳴做主嗎？自個兒造啊！別說十六台，捋出個九九八十一台也行啊！

父親這回笑了，快意地猛吸了一大口煙，他從蹲著的長條木凳子上一躍而下，說：「那倒是。」

我點了師傅和幾個師兄的名字，長生侄兒就蹦躂著去通知了，走的時候又給父親派了一支煙。父親接過香煙說你龜兒子腳程放快些，晚上要吹一道的喲。

其他幾個師兄都來了，師傅和藍玉沒有來。長生侄兒說他好說歹說說到口水都乾了，師傅還是不來，只推說身子不太利索。我沒有問他藍玉為什麼沒有來。

我家屋子不大，寨鄰來了不少，把一個院子堵得滿滿的，都想看看游家班的第一次出活預演。老莊叔也來了，父親還單獨給了他一條獨凳子和一碗濃茶。老莊叔一臉的笑，說真沒想到這嗩吶班的當家人會是天鳴這崽兒，平時十棍子敲不出一個屁，吹起嗩吶來還叫喳喳的呢！當年你爹說你能吹上〈百鳥朝鳳〉老子還不相信呢，看來你游家真的是祖墳上冒青煙了。

幾個師兄話不多，一直笑，父親給每個人都倒了一碗燒酒，還不停地催促說喝啊喝啊潤潤嗓子啊！

水莊的夜晚好多年沒有這樣熱鬧了。四支嗩吶嗚嗚啦啦地吼。奏完一曲喪調，人群裡有人喊說天鳴整一曲〈百鳥朝鳳〉給大家聽聽。我說那不行，師傅交代過的，這曲子是不能亂吹的。人群又起來一陣哄，老莊叔把凳子往我面前挪了挪，說就整一段，給大夥洗洗耳朵，這曲子當年蕭大老師走的時候我聽焦三爺整過一回，那陣勢真他奶奶的不得了，能把人的骨頭都給吹酥了。我還是搖頭，父親站在我身後對大家說今天就到這兒吧，以後機會多的是，天鳴保證給大家吹。老莊叔看見父親發了話，也站起來說對對對，不依規矩不成，以後聽的時間還多，散了吧都。

人群散了去，我對幾個師兄說，這是游家班第一次接活，不能砸了，再走幾遍吧。

遠遠地就看見了長生，他頭上頂著一塊雪白的孝布站在院子邊等我們。看我們過來，長生給每個人派了一支煙，自己也嘬上一支。我說老人家什麼時候走的？長生噴出一口煙，笑著說這個月都死三四次了，死去沒多久又緩了過來，直到昨天早晨才算是死透。旁邊一個老人乾咳了兩聲，說長生，快行接師禮呀！接師禮就是磕頭。長生回頭看了看旁邊的老人，說接什麼卵師呀！天鳴和我啥關係？一起比過雞雞的。然後他回頭看著我笑笑，我也笑笑。

我其實倒是很希望長生給我磕個頭。長生比我大五歲，是個精靈貨，個子也比我大，小時候放牛我沒少挨他揍，揍了我還要我喊他爹，喊過他多少回爹我都忘了。我一直想著報仇的，慢慢長大了，懂事了，報仇這個事情也就丟到一邊了。今天本來是個機會，可長生還是顯示著他一貫的與眾不同。算起來，長生算是水莊第一個穿夾克和牛仔褲的人，這幾年水莊人都前仆後繼地把庇護了自己幾千年的土牆房推倒了，於是水莊出現了一排一排的鑲著白晃晃瓷磚的磚牆房。長生看準了這個變化，拉上一群人在水莊的河灘上搞了一個磚廠。現在水莊好多人都不叫他長生了，叫他毛老闆。

長生給游家班的待遇，充分展示了他毛老闆這個稱呼並非浪得虛名。一人一條香煙，比起那些一支一支扔散煙的人家戶，這種一次性的大額支付確實讓人快意，因為我從幾個師兄接過香煙的眼神可以看出，他們像打了一輩子小魚小蝦的漁民，今天忽然就網起來了一頭海豹。

然後，你就可以看見我的幾個師兄在吹奏的時候是多麼的賣力，我真擔心他們用力過猛會震破手裡的嗩吶。特別是長生打我們旁邊經過的時候，我大師兄高高墳起的腮幫子像極了他妻子懷胎十月時的大肚皮。

除了香煙，毛老闆的慷慨還體現在很多細節上，比如潤嗓酒，是瓶裝的老窖；再比如樂師飯，居然有蝦。那玩意通體透紅中規中矩地趴在盤子裡，連我都看得傻了。蝦我聽說過的，是水裡的東西，我們無雙鎮好多水，可我們無雙鎮的水裡沒有蝦，只有一汪一汪淡綠的水草。長生最大的慷慨還不是這些，而是看見我們賣力地吹奏時，他就會過來先給每個人遞上一支煙，說別太當回事了，隨便吹吹就他媽結了。

走的那天長生沒有送我們，而是每人遞給我們一把錢。大師兄說了，這是他吹嗩吶以來領到的最多一回錢。二師兄在一邊也說，錢是最多的一次，可吹的是最輕鬆的一次。

我捏著一把錢站在水莊的木橋上，木木地看著一莊子正起來的炊煙。

十二

稻穀彎腰了，我去看了一回師傅。

又見到土莊的秋天了，一馬平川的黃一直向天邊延伸。

師傅剛下地回來。他好像更黑了，也更瘦了，褲管高高地捲起，赤著腳，腳板有韻律地撲打著地面，地面就起來一汪淺淺的塵霧。走到我的面前，他把手裡的鋤頭往地上一拄，下巴掛在鋤把的頂端，看著我笑笑，就伸出沾滿泥土的手來摸我的腦袋。

「看你那雙爪爪喲！」師娘嗔怪師傅。師娘也赤著腳，褲管也高高地捲起，正從屋子裡往外搬凳子。

我把從水莊帶來的東西撿出來放到院子裡的木桌上。有師傅喜歡的旱煙葉子，煙葉是我到金莊出活時給買的，師傅說過無雙鎮最好的旱煙葉在金莊；還有臘肉，臘肉是我父親烘的，顏色和肉質都好，帶給師傅的是豬屁股那一段，在鄉村人眼裡，豬屁股是豬身上最珍貴的部分；此外還有母親讓我捎給師娘的碎花布，讓師娘做件秋衣。

「來就來，還叮叮噹噹的帶這樣一大堆。」師娘總是要客氣一番的。

我和師傅坐在院子裡，這時候夕陽上來了，土莊就晃眼得緊。遠處的金黃在晚風中奔騰翻滾，我都看得呆了。師傅指著遠處對我說：「看那片，是我的，那穀子，鼓丁飽綻的。」我說我知道的，師傅就哈哈地笑說對對，你在的那陣子下過地的嘛。

我給師傅裝了一鍋剛帶來的煙葉，師傅吸了一口，再吸一口，說沒買準，金莊最好的煙葉在高昌山下，那片地種出來的煙葉才是最地道的，這煙葉兒不是高昌山下的。

「要吃人家飯，最後還要拉屎在人家飯盆裡。」一旁剝蒜的師娘給我主持公道。

「前幾天你二師兄來過一趟，說你們那邊樂師錢出得很闊呢！」師傅往地上啐了一口煙痰說。

「不多的，就是有錢的那幾家大方些！」

「人心不足蛇吞象啊！」

晚飯時辰，師傅搬出來一土壺燒酒。

十年了差不多，師傅一臉興奮地說，火莊陳家酒坊的，那年給陳家老爺出活的時候到他酒房子裡接的，沒摻一滴水。

師傅在飯桌上照例沒話，低著頭呼啦啦地吃，間或端著盛酒的碗對我揚揚，這時候我也端起酒碗對著他揚揚，然後就聽見燒酒在牙縫裡流淌的聲音。

我在土莊整整待了三年，沒見過師傅喝過一滴酒。其實師傅是有些酒量的，三碗青幽幽的燒酒倒下去，師傅的臉就有了豬肝的顏色。兩個眼睛也格外的亮。

最讓我驚奇的，是那天師傅喝完酒後在飯桌上的話，那個多喲！比我在土莊聽他說了三年的話還多。那天師傅說的一些話讓我印象深刻，因為師傅在說這些話的時候就像一隻老狼，兩手撐著桌面，臉向我這邊傾斜著，眼睛裡則是血紅的光芒。他說嗩吶匠眼睛不要只盯著那幾張白花花的票子，要盯著手裡那桿嗩吶；還說嗩吶不是吹給別人聽的，是吹給自己聽的；最後我的師傅焦三爺終於扛不過他珍藏了十年的陳家酒坊的高度燒酒，癱倒在桌子上了。他倒下去的那一刻，兩隻眼睛直直地看著我說：

「有時間去看看你的師弟藍玉吧！」

第二天起來，師傅師娘都不見了，我知道他們下地了。這就是他們的生活，規律得和日出日落一樣的。我還是有些暈，走到屋外，院子裡木桌上的筲箕裡有煮熟的洋芋，這算是給我的早飯了。那些日子就是這樣的，我和藍玉每天早上都要為拿到大個兒的洋芋爭鬥一番的。

十三

站在山梁上，我回頭看了看土莊，它好像老去了不少，那些山，那些水，都似乎泛黃了。

馬家大院看上去比五年前闊多了，樓房像個長個子的娃，幾年光景就多出了三層。馬家在木莊都習慣領跑了，還把後面的拉下一大截。老馬家兩層小平房起來了，木莊其他人家還在茅草屋子裡忍飢挨餓，好不容易有了兩層小平房，一瞧，老馬家都五層了。木莊人總是在老馬家屁股後面，怎麼跑都跑不過。個中緣由除了老馬腦筋好用以外，最主要的是老馬有四個身強力壯的男娃子。幾個娃出門早，據說中國的大城市都有他們的腳印。

可惜精打細算的老馬還是耗不過病痛，六十不到的人，年前還背著手在木莊的石板路上檢閱風景，年後就蹬腿了。四個兒子回來奔喪，每個人都有一輛小汽車，十六個輪子一碼子停靠在木莊的石板街上，成了木莊人眼裡一道稀有而複雜的風景。

游家班在馬家大院裡呈扇形散開。八台，也當然是八台。煙酒茶照例是不能少的，還有黃澄澄的糕點，放進嘴裡又軟又酥，上下顎一合攏，就化掉了。幾個師兄都興奮地交談著，連平時話最少的三師兄都停不下口，他慌亂地說話，慌亂地把好吃的東西往嘴裡扔，好幾次該他的鑼聲響起了，他都還在為他那張嘴在奮鬥。我有些火了，吼了他兩聲，沒多久又聽不見他的鑼聲了。

我忽然好惶恐。從我們進到馬家大院起，好像就沒有人關注過這幾支嗚嗚啦啦的嗩吶。我開始以為是大家不賣力，白了他們幾眼，大家精神就抖擻了不少，大師兄兩個眼珠子都要給吹飛出來了，可對我們的處境仍沒多少改善。人們依舊在院子裡穿梭，小孩子依舊在院子裡打鬧，就是沒人看我們。其間還有人碰倒了二師兄腳邊的酒瓶子，白酒汩汩地往外流，那人像沒看見一樣，徑直就去了。

我正要伸手去扶酒瓶子，眼睛就什麼都看不見了。

猜猜，我是誰？

不用猜我就知道是他，我的師弟藍玉。他的手粗壯了不少，聲音也變得厚實了，嗓子也由男孩兒的蛻變成男人的了。

我的眼睛一下就潮濕了，其實我早看見他了的，混在來來往往的人群裡，一件紅色的外套招招搖搖。他的眼睛還不時地往游家班這邊瞟，我沒敢過去和藍玉相認，不知道是沒有相認的勇氣還是其他的什麼原因。

我的師弟藍玉早就看見我們了，他一直沒有過來，我想他不會過來了。

但現在他卻蒙住了我的雙眼，讓我猜他是誰。

藍玉驚慌地鬆開了手，驚訝地看著兩隻手掌中的潮濕，又抬起頭看著我的眼睛，忽然他的眼淚也下來了。我和藍玉面對面站著，我們差不多一樣高，他嘴角的鬍鬚比我的要茂盛，身子卻比我瘦弱一些。

我忽然有了擁抱藍玉的衝動，那種感覺熱乎乎的。好多年前我們家有一條狗，黃毛，短耳朵，有一天突然不見了，剛不見的那幾天還會想想牠，慢慢地就忘掉了。大約過了兩個月，那條狗出現在了我家院子裡，一身泥汙，一條腿還折了，兩隻眼睛彌漫著哀傷和委屈。那時候我也是這種熱乎乎的感覺，跑過去抱著狗流了一回淚。

我看著藍玉，藍玉也看著我，我們誰都沒有動。

師弟！我喊了一聲。

藍玉走過來，捶了我一拳。

「你有丟過狗的經歷嗎？」我問藍玉。

「有，丟了整整十年！」藍玉說。

幾個師兄的嗩吶一下嘹亮起來。

晚上藍玉沒有回家，一直陪著我們。喝酒，吹牛，抽煙。

下半夜，幾個師兄都去睡覺了，人群也大多散去了。我和藍玉坐在院子裡，我把嗩吶遞給他，說來一調。藍玉興致勃勃地把嗩吶接過去，葦哨剛送進嘴裡又抽出來了。他把嗩吶還給我，為難地笑笑說算了吧！好多年沒吹了，調子都忘記了。我也笑笑說你那腦袋，十分鐘就能把調調找回來。藍玉拿來兩個碗，倒了滿滿兩海碗燒酒，我們就開始喝，一直喝到月亮下去，漫天的紅霞上來，沒有一點睡意。

這麼多年來，藍玉那晚說過的話我基本都記得。甚至他說話時的每一個表情，歪腦袋，大幅度地點頭，掏耳朵等等這些細節，都還在我的腦海裡。比如他說當年離開土莊的時候，我一個人像條野狗一樣，茫然地在田間小路上走，連死的心都有了。講到這裡他就把腦袋誇張地往下縮，等腦袋落到肩上了，我才聽見他喉嚨裡出來的那聲渾濁的長嘆；還有他說其實我不怪師傅，師傅讓我回家是對的，要換了我，無雙鎮的嗩吶班子早沒了。我性子野，幹啥都守不了多久，總會有些稀奇古怪的想法。講到這裡藍玉的脖子忽然伸得老長，都快頂著頭上那片紅雲了，他還呵呵地笑，笑完就猛灌下去一大口燒酒，臉也成了天邊的顏色。

我的生命裡有很多的變化，這些變化就像天氣一樣地讓人捉摸不定，但每次變化之前又隱隱約約地看得見一些預兆。下雨之前是一定要烏雲密布的，太陽帶暈了，接踵而至的就是乾旱，月亮帶暈了，那說明接下來就該是一場連綿不絕的細雨時節了。那個木莊的夜晚，我和我的師弟藍玉十年後相遇了，我們還有了一次酣暢淋漓的談話，這場談話讓我隱隱地看到，也許，我的命運又到了拐角的地段了。

十四

老馬的四個兒子比想像中的要闊得多。

老馬要入土的前一天，一輛卡車開進了木莊。

老馬的四個兒子都到莊頭去列隊迎接。車上下來幾個人，和老馬的大兒子聊了幾句，老馬的大兒子一揮手，莊上一群年輕人就鑽進卡車裡卸東西。

一開始那些東西還是零零碎碎的一堆，讓人不知所以，東拼西湊地一倒騰，我身邊的師弟藍玉驚訝地說：

「媽的，這是一支樂隊！」

游家班呈扇形站在馬家大院裡，我驚奇地發現，我的師兄們集體陷入了某種迷惘。他們的眼神筆直地指向同一個地方，嘴全都大大地咧著，像咫尺有了一個意想不到的驚人變化，也像遙遠的天邊出現了神奇的海市蜃樓，他們最後都笨拙地完成了複雜情感下簡單的語言傳遞。

「到底是搞哪樣卵哦！」

「這些狗日的是從哪裡冒出來的！」

「哎呀！」

「哦喲！」

…………

天黑下來，落雨了，一開始那雨細微得讓人都覺察不到，落到手背上、臉上，有些淡淡的涼意，用手一抹，什麼都沒有。漸漸地雨就大起來了，雨滴也變大了，砸在裸露的皮膚上還有些疼痛。人群就開始往屋子裡、屋簷下和靈堂裡拱。

城裡來的樂隊還在雨中忙碌著。二師兄看著雨幕中的幾隻落湯雞，說如何不下刀呢？我看了他一眼，他可能意識到這個願望著實歹毒了些，又訕訕地矯正說下石頭也行的。我也贊成下石頭，所以我就沒有說話了。但很快我發現，下石頭恐怕對城裡來的樂隊也不會有什麼實質性的傷害。老馬的大兒子很快招呼人在院子裡支起了一個帆布帳篷，還滿臉堆笑給他們派煙，每個人的兩邊耳朵上堆滿了，他還在樂此不疲地派。

很快城裡來的樂隊就準備就緒了。他們的傢伙比起鄉村八台嗩吶要複雜得多。從我見多識廣的師弟的介紹我知道了，左邊那一排鼓叫架子鼓，站著的那個傢伙手裡抱著的像機槍一樣的東西叫電吉他，案板樣的是電子琴。最讓我驚奇的是右邊的絡腮鬍手裡攥著的那支嗩吶，他的嗩吶好像更長更粗，腰身沒有游家班使用的嗩吶腰身好，大大咧咧的一粗到底。我就想，這樣粗的嗩吶如何吹呢。

「砰！」彈吉他的用手指撥出了一個清脆的音符。我現在還會在夢裡聽見那一聲響，它的出現讓我的夢總是充滿了灰色的格調，每一次醒來，我都會雙手枕著頭想好久，那一聲砰為什麼在我的夢裡不再是樂器的音符，而是極其怪異地幻化成了各式各樣斷裂發出的聲響。譬如我正在建房，砰，房屋的大梁斷裂了；或者我剛爬上高大的桑椹樹，砰，大樹一折為二；又或者我孤獨地在一方懸崖下爬行，砰，懸崖張牙舞爪地迎面撲來。

…………

我唯一可以肯定的是，在木莊馬家大院的那個夜晚，彷彿從天而降的一聲炸裂，攪亂了某種既定的秩序。每個人的心底都有一些莫名的東西在暗暗湧動著，像夜晚廚房木盆裡那團攪和完畢的麵團，正悄悄地發生著一些不為人知的變化。

就在那支吉他發出那聲詭異的「砰」的聲響的瞬間，我驚異地看見，馬家大院所有一切都靜止了。灑落的雨滴停在半空，在燈光下有五彩的顏色；洗菜的婦女扔進大木盆的蘿蔔也滯留在空中，在燈光下有耀眼的白；還有靈堂裡的燭光，瞬間就收束成了一團實心的灼熱，堅硬如冰；一個正在奔跑的孩子身體前傾，懸停在大門處，手臂一前一後伸展著，像一尊肉鑄的雕塑。我張皇地在靜止中遊走，伸手去碰了一下半空裡的水滴，它竟然炸裂成了一團水霧；我繃起指頭彈向那團堅實的火焰，嘩啦一聲，散落了一桌的橘紅。

我痛苦地捂著腦袋蹲在院子裡。

「咚」，一聲悶響。雜亂的噪音鋪天蓋地地向我襲來，震得我耳朵發麻。我站起來，發現一切都是活的，一切都在繼續。雨一直在下，蘿蔔翻滾著跌進木盆，燭火在歡快地燃燒，孩子在院子裡不停地奔跑。

「你剛才看見什麼了嗎？」我問藍玉。

藍玉看著我，說：「你是不是丟東西了？」我搖頭。「那你滿院子找什麼呢？」藍玉問。

十五

老馬的葬禮新鮮而奇特。

鄉村的葬禮不一定非得沉痛，但起碼是嚴肅的。七十歲以上的老人去了那頭，這叫喜喪，氣氛是可以鼓噪些的。老馬六十不到，他的葬禮是沒有資格歡欣鼓舞的。可就在他入土的頭一個晚上，馬家大院出現了前所未有的喜氣洋洋，那些奔喪遲到的人走進馬家大院都一頭霧水，以為走錯了門，這裡怎麼看都像是老馬家在娶媳婦，說在辦喪事打死人家都不相信。

讓老馬由死而生的，是那支樂隊。

先是幾個人叮叮咚咚地亂敲一通，然後就唱開了。

鼓搗吉他的邊彈邊唱，唱的過程中還搖頭晃腦的。他唱的是什麼我聽不懂，我的師弟藍玉在一旁跟著哼哼。我問藍玉他唱的是什麼，藍玉說是時下正流行的，只能跟著哼哼幾句，整個兒的記不住，曲子叫什麼名字也記不住了。

開始，木莊的鄉親們站在院子裡，臉上都有了怒氣。每個人都很不適應，臉上都有矜持的不滿，一個上了年紀的阿婆把手裡的一棵白菜狠狠地摔在地上，眼神出離地憤怒，嘴裡還嘟嘟囔囔，最後很沉痛地看了看靈堂。我知道她是在為死去的老馬打抱不平呢！

漸漸地，大家的神色開始舒展開了，有一些年輕人還饒有興致地圍在樂隊的周圍，環抱雙手，唱到自己熟悉的曲子時還情不自禁地跟著哼哼。

游家班站在馬家大院的屋簷下，局促得像一群剛進門的小媳婦。我低頭看了看手裡的嗩吶，才忽然想起來我們也是有活幹的。

雨停了，空氣清爽得不行，乾乾淨淨的。院子裡為游家班準備的呈扇形排開的凳子還在。我們過去坐好。我看了看幾個師兄。

「還吹啊？」一個師兄問。

「怎麼不吹？又不是來舔死人乾雞巴的！」我對他的怯懦出離地憤怒。

我還拿起腳邊的酒瓶子灌了一大口燒酒，悲壯得像即將奔赴戰場的戰士。

嗚嗚啦啦！嗚嗚啦啦！

平日嘹亮的嗩吶聲此刻卻細若游絲，我使勁瞪了幾個師兄兩大眼，大家會意，腮幫子高鼓，眼睛瞪得斗大。還是脆弱，那邊的聲響驕傲而高亢，這邊的聲音像臨死之人哀婉的殘音。一曲完畢，幾個師兄都一臉的沮喪，大家你看看我，我看看你。

吹，往死裡吹，吹死那群狗日的。師弟藍玉在一邊給大家打氣。

我們吹得很賣力，在那邊氣勢較弱的當口，就會有高亢的嗩吶聲從雜亂的聲音縫隙裡飆出去，那是被埋在泥土中的生命扒開生命出口時的激動人心，那是伸手不見五指的暗夜裡劃燃一根火柴後的欣喜若狂。

我們都很快意，那邊的幾隻眼睛不停地往這邊看，看得出，眼神裡盡是鄙夷和不屑，甚至還有厭惡。

說實話，我對這群不速之客眼神裡的內容是能夠接受的，甚至他們就應該對我手裡的這支嗩吶感到厭惡才對。只是我沒有想到，對我手裡這支嗩吶感到厭惡的不光是他們。

一個圍在樂隊邊唱得最歡的一個年輕人不知什麼時候站在我的面前。他斜著腦袋看著我，表情怪怪的，像是在瞻仰一具剛出土的千年乾屍。我把嗩吶從嘴裡拔出來，吞了一口唾沫問：幹什麼？

你們吹一次能得多少錢？他說。

和你有關係嗎？我答。

我付你雙倍的錢，條件是你們不要再吹了。

我搖頭說那不行。

沒人喜歡聽你們幾根長雞巴吹出來的聲音。

那我也要吹。

這時候我的師弟站出來了，他過來推了年輕人一把。說柳三你幹啥？叫柳三的說關你啥事？藍玉說就他媽關我的事，咋了？

兩個人就你來我往地開始推搡。本來已經有人過來勸住了的，柳三這個時候像想起了什麼來，然後他說：「哦！我差點忘記了，你原來也是個吹破嗩吶的！」說完還嘿嘿地乾笑兩聲。

我看見藍玉的拳頭越過三個人的腦袋，奔著柳三的腦袋呼嘯去了。一聲悶響後，殷紅的鮮血從柳三的鼻孔裡奔湧而出。場面一下子就亂了，呼喊聲，叫罵聲，拳頭打中某個部位後的空響，夾雜在癲狂的樂曲聲中，活像一鍋滾熱的辣油。

第二天是藍玉送我們離開的。我的師弟腦袋上纏著一塊紗布，左邊眼圈像塊圓形的晒煤場。在我們身後遠處的山粱上，送葬的隊伍爬行在蜿蜒的山道上，那利箭一樣的樂器聲響充斥著木莊的每一個角落。

十六

水莊最近變化很多，有些是那種輪迴式的變化，比如蒜薹又到了採摘的時候；有些變化則是新鮮的，讓人鼓舞的，比如水莊通往縣城的水泥路完工了，孩子們在新修完的水泥路上撒歡，大大小小的車輛趕趟兒似的往水莊跑，彷彿一夜之間，水莊就和縣城抱成一團了。要知道，以前水莊人要去趟縣城可不是那樣容易的，不在坑坑窪窪的山路上顛簸五六個小時，你是看不見縣城的。現在好了，去趟縣城就像到鄰居家串個門兒。

這個時候，我的父親游本盛站在自家大蒜地裡，滿臉堆笑。在他眼裡，像水莊有了水泥路這些新鮮事兒和他沒有什麼關係，他更關心的是他的大蒜地。今年的大蒜地倒是爭氣得緊，從冒芽兒開始就順風順水的，該採摘了，一根根在和風裡炫耀著粗壯的身軀。父親每天都要到大蒜地走一走，看一看，然後啜著紙煙蹲在土坎上，沒有比這讓他更滿足的事情了。

父親弓著腰在剝蒜薹，一陣風過去，我看見了他兩扇瘦窄的屁股。我說歇歇吧。他直起腰，回過頭，一臉的怒氣：「歇歇？歇歇都能有飯吃老子早歇了！」我不說話了，還後悔剛才說出來的話。我想我最好是閉嘴，我說出來的每一句話，我的父親都能找出讓我難堪的理由。

可我發現，我不說話也不行，我不說話父親也會把他的不滿通過諸如眼神和動作傳遞給我。這一年來，父親看我的眼神總是充滿了疑問和警惕，我就像一隻潛入他們家偷食的野貓，不幸正好被他發現了。我這隻偷食的野貓只好把尾巴藏著掖著，生怕主人哪天不高興了一腳把你踹出門去。

初夏是水莊一年中最好的季節，這個時候的水莊可有生機了，天空清澈碧透，水面也清澈碧透，一莊子待收割的蒜薹也清澈碧透。最打動人的是，不管你走到哪裡，每一個水莊人的臉上都帶著笑。水莊人真的沒有野心，一次理所當然的豐收就能把一個村莊變得天寬地闊。父親不和我說話，埋下頭繼續採摘蒜薹。我直起腰，天空沒有一絲雲彩，一望無際的蒜地在陽光下像一幅油畫。遠遠地，族中的三叔對著我招手。三叔是我請去通知幾個師兄弟出活的人。不知道從哪一天開始，無雙鎮的嗩吶班子省掉了接師禮，連運送出活工具這些規矩都一併沒了。我三步兩跳地跑過去，先遞給三叔一支煙，他撩起衣角擦了擦滿臉的汗水，把煙點燃後對我說：

「都通知了，只有你大師兄同意來。」

「其他人呢？他們怎麼說？」

「還能說啥？不是說忙就是這裡那裡不利索咯。」

三叔說完走了，走出老遠了他好像又想起了什麼，回頭大聲喊：

「對了，你二師兄說以後不要去叫他了。」

「為什麼？」我問。

「說下個月要出門了。」

「去哪裡？」

「不知道，大城市咯！」

我悻悻地回過頭，就看見了父親那張鐵青的臉，他兩手叉在腰際，眼睛直直地看著我。我低著頭從他旁邊走過去，他在後面冷冷地笑，笑完了說：

「都快孤家寡人了吧？看你以後還怎麼吹？吹牛×還差不多。」

晚上我沒有吃飯，躺在床上，定定地看著天花板。天花板上有一隻蜘蛛倒懸著垂下來，一直垂到我的鼻尖處。我伸出手，讓蜘蛛降落在我的手心裡，牠就順著我的手臂往上爬，時左時右，我不知道哪裡是牠想去的地方，或者牠壓根兒就沒有目的地，只是這樣一直往前爬，再往前爬，什麼時候爬累了，織個網，就算安家落戶了；又抑或被天敵給吃掉了，無聲無息地，誰又會去關心一隻蜘蛛的未來呢！

彷彿一眨眼時間，我身邊這個世界一下就變得陌生了。眼裡的一切都沒變，山還是那座山，河也還是那條河，可有些看不見的東西卻不一樣了。像水莊的那條河，看上去風平浪靜的，可事實不是這樣的，小時候下河游泳，一個猛子下去，才發現河底下暗潮洶湧。

直到父親睡了，我才從屋子裡出來。母親重新把菜給我熱了熱。我吃飯時，母親還是像我小時候一樣靜靜地坐在我的旁邊，目不轉睛地看著我，眼神裡流淌著源源不竭的愛憐。

「後天是不是要出活？」母親問。

我點點頭。

「聽你爹說幾個師兄都不來？」

我又點點頭。

「唉！」母親長嘆一聲，然後她接著說，「天鳴，要不這嗩吶不吹了！咱幹點別的，憑咱這雙手幹啥不能活命啊！」

我放下碗，轉過去對著母親。

「我知道這個理，可當年拜師的時候我給師傅發過誓的，只要還有一口氣，就要把這嗩吶吹下去。」

「可你看，就你一個人也吹不來啊！」

「過兩天我去找師傅。」

十七

我還沒來得及去找師傅，師傅就先來找我了。

師傅一進院子就罵：「你個小狗日的游天鳴給老子出來。」

我出來看見師傅站在院子裡，他的雙腳沾滿了泥，連衣服的下襬都有星星點點的泥點子。臉和我當初去拜師的時候一樣黑，只是皺紋更多了。看見師傅老了一大截，我忽然上來了一些傷感。這個無雙鎮當年響噹噹的焦家班的掌門人，像入了冬的一棵老槐樹，盡是令人沮喪的殘敗。最揪心的就是他一身灰布衣服了，還是老式樣，對襟衫，幾個地方都是補丁。要知道，現在無雙鎮像這樣有補丁的衣服是不多見了，偶爾看見，不會有人說你艱苦樸素，下意識還會把你往窮人堆裡推。

我喊了一聲師傅。

「不要叫我師傅，我沒有你這樣的徒弟。」師傅往地上狠狠地啐了一口痰，「當初你是怎樣說的，有口氣就要把這活往下傳，可這才過去多久？昨天就有人給我遞話了，說無雙鎮的游家班散夥了，垮台了，有活也不接了，無雙鎮從今以後就沒有嗩吶匠了。」

我說師傅你先進屋，我們到屋裡說。師傅一揮手：「進不起你的寶殿門，你現在哪裡還瞧得上吹嗩吶的？」還是母親出來，說焦師傅你先不要著急，進來說，天鳴正託人到處通知他的師兄弟們呢，這幾天就要出活。母親說話時不斷對著我眨眼，我慌忙應和說對對對。師傅火氣這才消了些，背著手走進屋，也不看我，只說，不給老子說出個一二三，看老子不撕破你那張×嘴。

師傅坐下來，接過母親倒來的茶，怒氣沖沖地等我的解釋。聽完我的解釋，師傅把茶碗往桌上狠狠一摜。

「我去找他們，幾個狗日的還翻天了。」

師傅出了院門，看我還站在屋簷下，就吼：「傻了？游家班班主是我還是你？」我哦了一聲，才快步跟上去。

我跟在師傅身後，一路上他一句話都沒有，但我能清晰地聽見他大口大口喘氣的聲音。

二師兄對我和師傅的到來有些意外。當時二師兄正在打點行裝，屋簷下，他正把一捆衣物狠命地往一個陳舊的蛇皮口袋裡塞，口袋太小，裝不下二師兄遠涉的必需，就委屈地從口沿處往下撕裂，還發出吱吱的怪叫。二師兄罵了一句，抬起頭就看見了師傅和我，他的嘴上下翕動著，是想說些什麼，但從師傅的臉色他似乎已經明白了我們的來意，於是就什麼也沒有說。他放下手裡的袋子，直起身子，從屋簷下的簷坎上下來，站在師傅面前，靜悄悄地，沒有一點聲息。

師傅沒有理二師兄，鼻子有了一聲悶哼後，徑直走到屋簷下，把口袋拎到院子裡，把口袋裡的東西一樣一樣地掏出來往院子裡拋撒。師傅的這個動作持續了好長時間，我驚訝於這個看上去個兒不大的口袋居然有如此壯觀的吞吐量，等師傅捋直了身子，院子裡早成了花花綠綠的晾晒場。

師傅把乾癟的口袋踩在腳下，目光盯著二師兄，那眼神像水莊六月的日頭，能把人烤暈過去的。

二師兄低著頭，他一句話沒有說，兩隻手交互搓揉著。這時候，有幾隻麻雀從天而降，歡快地在院子裡那些各式各樣的衣物上跳躍。二師兄忽然鬆開了兩隻互握著的手，低頭從師傅旁邊走過去，蹲下身子把地上的衣物一件一件地拾起來搭在臂彎處，其間還拍拍打打地撣掉衣物上的灰塵。等他臂彎放不下後，他就慢慢蹲著移到師傅的腳邊，伸出一隻手扯師傅腳下的蛇皮口袋，師傅一動不動，師兄卻執著地扯，力量也越來越大，最後，我看見師傅的身體都開始搖晃起來。我站在一邊看著這對奇特的師徒，他們就像在出演一齣啞劇，每一個動作和眼神都極具深意，所有的表達都在你來我往的無聲的動作中了。這時我的師傅伸出一隻腳，狠狠地踹向了他二徒弟的面部，我看見二師兄猝然地往後倒了下去，像剛被掏空的蛇皮口袋。好半天，師兄才像復甦的蛇一樣從地上蜷曲著爬起來，兩道殷紅從他的鼻孔蜿蜒而下，幾乎穿越了整個面部。他沒有完全站起來，依舊半蹲著，一步步挪到師傅的腳邊，伸出一隻手，固執地去扯師傅腳下的口袋。

這時候，我看見我的師傅面部完全變成了死灰色，五官也劇烈地痙攣著，像一鍋煮爛的餃子。良久，他終於仰頭長長地嘆了一口氣，嘆氣的感覺和水莊冬天的寒風一般，經過皮膚，直抵骨髓，能把人的那顆心都凍僵了。他終於移開了緊緊踩踏著口袋的腳，轉身走了，走得很快，留給我一個顫抖不止的背影。

十八

道路彎彎拐拐，曲折迂迴。鄉間小路就是這樣，站定一個點，極目遠眺，道路伸出去沒多遠就倏然不見了。趕上去，才發現它又折向了某一個去處，再遠眺，還是只能看到一根斷麵條。我們就在這樣一條捉摸不定的道路上走著。最前面是我的師傅，中間兩個，一個大師兄，一個藍玉，我跟在最後頭。

藍玉自從離開土莊後，沒有出過一次活。今天他能站在游家班的隊伍裡，我總有一種怪怪的感覺。我也不知道師傅是怎樣說服藍玉跟我們出這次活的。那天師傅離開二師兄家後，就直奔木莊去了。昨天晚上，藍玉推開了我家的門。

師傅今天穿了一件新衣服，衣服上的折痕都還清晰可見。他走得很快，像一隻老當益壯的野兔。藍玉有意把步子放慢，很快，我們的隊伍就斷裂成了兩個方塊，前面是師傅和我的大師兄，後面是我和我的師弟藍玉。

和我並排著的藍玉忽然說：「師傅老了！」我點點頭，藍玉又說：「這是我第一次正式出活，也是最後一次。」我轉過頭看著藍玉，不知道他想表達什麼。過了半晌，藍玉自言自語：

「我答應師傅的，師傅也答應我的。」

我的師弟藍玉就是這樣，總讓我琢磨不透，說話也玄機重重。我說這話什麼意思？藍玉笑笑，沒說話。我就低頭自己想，等我抬起頭的時候，幽靜的山路上就看不見人影了。

在無雙鎮，和其他幾個莊子比，火莊一直落在後面，房屋還多是拉拉雜雜的茅草屋，道路也沒有其他幾個莊子來得寬敞。但火莊人老實。無雙鎮人到集市上買雞蛋，特別是買土雞蛋，都要先問問是哪個莊子的。說是其他莊子的，人家不敢買。那是因為吃過虧的，問的時候一個勁兒地給你打包票說真是土雞蛋，買回去打開，一眼的翻白。只有火莊的土雞蛋貨真價實，黃澄澄的不說，價格也合理。今天出活的人家在火莊的西頭，看上去家境一般，房屋翻了新，但屋子裡卻空鬧鬧的，只有些日常生活必需的物事，看來是屋子翻新耗光了家資。

家境雖是一般，可仍舊熱鬧。這和死去的人有莫大的關係，死者是火莊的老支書。德高望重的老支書躺在堂屋裡，安靜得像一隻睡去的貓。師傅過去恭恭敬敬地上了三炷香。晚飯畢，我們一班人聚在堂屋裡，我百無聊賴，把玩著手裡的嗩吶。師傅則拿出他那支老黃木桿的嗩吶不停地擦拭。

大師兄把嗩吶放進嘴裡調音，咕咕唧唧的。師傅說你們都收起來，今天天鳴一個人吹。說完把擦拭好的嗩吶遞給我。

我出離地驚訝，大師兄更驚訝，連嘴裡的嗩吶都忘記卸下來了。

「為什麼？」我問。

「他去過朝鮮，剿過匪，帶領火莊人修路被石頭壓斷過四根肋骨。」師傅面無表情地說。

「〈百鳥朝鳳〉！」藍玉一掃慵懶的模樣，繃直了問。

架勢是擺出來了。靈堂前一張寬大的木靠椅，一群孝子俯首跪倒在我面前。所有的人都站在院子裡，仰直了脖子往靈堂裡看，連一直撒歡的那條老黃狗也規規矩矩地端坐在院子裡。

我忽然有了一種神聖感，像一個身負特殊使命的鬥士。那些眼光讓人著迷，在每天來來往往、平淡無奇的生活中，你是看不到這種眼神的。它是那樣的乾淨無邪，彷彿春雨過後山野裡散發著的清新氣息，又像是冬雪裡縈繞在山巔的蒸騰霧靄。

師傅站了出來，對著靈堂鞠了三個躬，然後轉過身對眾人說：

「〈百鳥朝鳳〉，上祖諸般授技之最，只傳次代掌事，乃大哀之樂，非德高者弗能受也。」我知道這幾句是〈百鳥朝鳳〉曲譜扉頁上的幾句話，下面的人是聽不懂這幾句話的，所以還是一貫的沉默。師傅接著說：「竇老支書我不多說了，他的所作所為火莊人都看在眼裡，記在心裡，如果無雙鎮還有人能受得起〈百鳥朝鳳〉這個曲子的，竇老支書算一個，今天，給竇老支書吹奏送行的，是游家班的班主游天鳴。」師傅的誠懇讓跪倒在我面前的一干人開始發出嗚嗚的低嗚聲。

「大哀至聖，敬送亡人，起奏！」師傅高喊。

我把嗩吶送到嘴裡，忽然眼前一片漆黑。

直到今天我都活在那段悔恨中，我本可以從容地完成一個鄉村樂師所能完成的最高使命，可以讓後人提起這段近乎傳奇的事件時還能提起我的名字，本可以讓樂師這個職業在鄉村實現最動人的謝幕演出，甚至可以用一種近於神聖的方式結束我的樂師生涯。可就在那一瞬間，這些可能統統沒有了，我的行為讓無雙鎮這個古老的職業以一種異常醜陋的形式完結掉了，連在湮沒於時代變化中的最後一刻也未能保持它曾經擁有的尊嚴。所以，在記錄下這段經歷的時候，我面臨著可怕的記憶煎熬，我感覺我心靈深處的一塊被時間慢慢治癒的傷疤又被重新揭開，我清楚地看見它鮮血淋漓，繼而是透骨的疼痛。

重新睜開眼，一雙雙焦渴的眼睛全都在看著我。我把嗩吶從嘴裡慢慢抽出來，站起來對我的師傅說：

「對不起大家，這個曲子我忘了！」

出人意料，師傅笑了，下面的人也笑了。下面的人還在笑，師傅卻哭了，他蹲在地上放聲痛哭，我、我的大師兄，還有我的師弟藍玉，我們站在師傅的身邊，誰都不說話。師傅哭了一陣，站起來對還跪在地上的孝子鞠了三個躬，說我們對不起竇老支書，也對不起各位孝子。

焦三爺吹一個不就行了！人群中有人建議。

師傅擺擺手，說我早就沒有這個資格了，這個班子不是焦家班，只有游家班的班主才有這個資格。師傅說完轉過身從我手裡搶過那支嗩吶，抬起膝蓋，兩手握著嗩吶猛力一沉。

咔嚓！

師傅走了，他迅速消失在了火莊伸手不見五指的黑夜裡。

藍玉從地上把斷成兩截的嗩吶拾起來，又看看我，說：「看來我這輩子是聽不到〈百鳥朝鳳〉了！」

十九

父親對我的態度是越來越壞了，他看我什麼都不順眼，水缸空了，他罵我眼瞎了，連水缸沒水了也看不見；我把水缸挑滿了，他還罵我，說我除了挑水還能幹啥？

父親罵得對，我都二十六七歲的人了，還窩在家裡。你看水莊和我一般年紀的人，娶妻的娶妻，生子的生子，還有大部分早就打點好行裝，爬上開往縣城、省城的客車走了。除了過年過節能看到他們一兩眼，平時像我這樣的年輕人村裡幾乎就看不到了。

自從游家班解散後，我再沒吹過一天嗩吶。

游家班的解散沒有什麼儀式，自自然然地，彷彿空氣蒸發了一樣，請也沒人請了，吹就更沒有人吹了。我和大師兄在無雙鎮的集市上遇到過一次，我們互相問候，還談了今年莊稼的長勢，最後還到無雙鎮的館子裡喝了一頓燒酒，可誰都沒有說關於游家班的事情，哪怕一丁點也沒有，像這個班子從來就沒有存在過似的。

我二十八歲了，水莊的冬天又來了。水莊的冬天如今是越來越隨便了，連場像模像樣的雪都沒有，最近兩年更是蹬鼻子上臉，連點綴性的霧淞也看不見了，整個冬天都邋裡邋遢，只知道一個勁兒地落冰雨，釘得人臉手生疼不說，還把一個水莊攪得稀泥遍地。

我現在最怕和父親照面，不光是怕他罵我，是看著他一天天老去的模樣我就會內疚。別人的兒子每年都能給家裡寄回來數目不等的錢，我卻只能坐在家裡吃吃喝喝。母親不像父親那樣責罵我，但她總是一聲接著一聲地嘆氣，嘆氣的聲息像一塊永遠擠不乾水的海綿，這比父親的責罵讓我更難受。就這樣，我不得不在這個狹窄的空間裡逃避。父親每天吃完飯就去莊上看人打牌去了，他不參與，只是看，其實父親很想坐上去摸一摸的，可他的口袋不允許。母親則是每天都在燈下一直坐著忙，忙到實在疲乏得不行了才去睡覺。

我每個夜晚都早早爬到床上，卻往往到了天亮還沒有睡著。

今年從稻穀返青開始就沒有落過一潑雨。本來都烏雲密布了的，天地也陡然黑暗了，眼看一切前奏都擺足了，一莊子人都站在天地間等著瓢潑的雨水了。結果呢，稀稀拉拉地下來幾滴，在地上留下幾個濡濕的坑點，立馬就雲開霧綻了。反覆幾次，水莊人的希望和耐心像田裡的稻穀一樣，都乾枯癟殼了。

父親的背越來越佝僂，像一張鬆垮垮的泥弓。父親每天都守在他的稻田邊，臉色和稻子一樣枯黃。他的眼神散漫無力地在一壩子乾癟的稻浪上翻滾，跟著風的擺動，晃來蕩去，軟弱無力。就這樣一直到黃昏，他才直起腰來，在一陣吱吱嘎嘎的骨頭摩擦聲中，開始把枯朽的身軀往自家屋子裡搬運。

偶爾我會在院子裡遇見他，他總是呆呆地看著我，沒有了憤怒，也沒有了譏諷，目光蛛絲一般的柔軟，纏得我有些透不過氣來。

我清楚地記得，那一季的稻穀最後全枯死在了田裡。我站在水莊後面的山頭，視野裡是一片灼人的枯黃，那黃一直向天邊延伸，這樣的顏色真讓我絕望。但水莊的游本盛更讓我絕望。一張臉黃得肆無忌憚。肝癌晚期，我和母親竭力要求把圈裡的老牛賣掉給他治病，可游本盛說：算了，我就是田裡的稻子了，再大的雨水也緩不過來了。

一個月來，父親的身體在木床上越來越小。從醫院回來，父親就再沒有離開過家裡那張寬大的木床。木床是爺爺留下來的，父親當年就在這張大床上降生，如今，他又即將在這張大床上死去，像完成了一個可笑的輪迴。

早晨我把家裡的老牛牽到水莊的河灘邊吃了一些草。中午回家的時候，我居然看見父親站在莊頭，陽光把他捏成一小團，他把身體靠在土坎上，土坎上有茂密的青色，這樣他就像一朵從草叢裡長出來的黃色蘑菇。我遠遠就看見了他，驚訝過後眼淚就下來了。

我怕他看見我的眼淚，拭乾了才走近他。他顫顫巍巍地過來，像剛學走路的小孩兒。拍了拍老牛的脖子，父親說：「把牠賣了吧！」說完了居然下來了兩滴眼淚。我明白了，父親還不想死，他畢竟才五十出頭，這樣年紀的水莊人，都身強體健地穿梭於田間地頭，還有使不完的勁，眼前的路還遠得看不到頭呢！「早該賣了，早賣早治的話，也不至於這樣了。」我說。

牛賣掉那天，我在無雙鎮給父親買了一雙軟底布鞋。我想過了，進城治病難免要走來走去的，軟底布鞋穿上不硌腳，父親全身只剩下骨頭了，什麼都該是軟的才對。

晚上回來把鞋子遞到父親手裡，他竟然從床上翹起來給了我一耳光。

「誰叫你費這錢？狗日的就是手散！」

耳光一點不響亮，聽見的反而是骨頭炸裂的聲音。

我沒有說話，把父親扶下躺好，他兩個鼻孔和嘴都大口大口地呼著濁氣。喘了好一陣子，父親終於平靜了下來。他先是長長地吁了一口氣，艱難地把身體側過來對著我說：「天鳴，我聽說金莊的嗩吶也吹起來了。」我點點頭。

其實不光金莊，無雙鎮除了水莊，其他幾個莊子都有嗩吶了。也不知道是從哪天開始，城裡下來的樂隊就從無雙鎮消失了，就像停留在河灘上的一團霧，一陣風過，就無影無蹤了。樂隊一消失，嗩吶聲就嘹亮起來了。

「把游家班捏攏來。」父親說，「無雙鎮不能沒有嗩吶。」

「有哩！除了水莊其他莊子都有了。」我說。

「日娘，那叫啥子嗩吶喲！」父親面色灰土，喘氣聲也大了許多，額頭上還有汗出來。

我呆坐在床邊，不說話。父親的喉嚨裡有咕咕的聲音，像地下的暗河，湧動著不為人知的祕密。良久，我聽見父親發出嗚嗚的哭聲，哭聲尖而細，如同一柄鋒利的尖刀，劃過屋子裡凝滯的氣息，繼而如撕裂的布匹，陡然淒厲得緊。

此刻我才發現，我的父親，水莊的游本盛，心裡一直都希望他的兒子吹嗩吶的。在游家班解散後，父親那種看似寡毒的蔑視、打擊、嘲諷，其實是傷心欲絕，是理想被終結後的破罐子破摔。我又想起了父親帶著我拜師的那個濕漉漉的日子，還有他跌倒後爬起來臉上那道殷紅的血痕。

我伸出手，摸到了父親誇張的鎖骨，它堅硬地硌著我的手，更硌著我的心。

我試試吧。我說，聲音很小，但父親還是聽見了。

儘管屋子裡光線很暗，但我還是看見了父親眼裡的亮光，我的話像一根劃燃的火柴，騰地點亮了父親這盞即將油盡的枯燈。

「我就知道，你狗日的還想著嗩吶。」笑容在父親枯瘦狹窄的面容上鋪開，洇成一團淒苦和蒼涼。「知道我為什麼賣牛嗎？」父親純真得像一個孩子，「我那是給游家班買家什用的。我想過了，啥子鼓啊鑼啊，都老舊了，該換新的了。」接下來就是一陣咳嗽，父親太興奮了，又呼嘯了一陣才平靜了下來，父親又說：「我死了，給我吹個四台就行了。」

「我給你吹〈百鳥朝鳳〉。」我說。

父親擺了擺枯瘦的手，半天才說：「使不得，我不配！」

二十

父親病得越來越重了，話也越來越少了，開始是整夜整夜睡不著，後來是睡過去就醒不來。母親總是守在父親旁邊，隔一陣子就看一回，探探他的鼻孔，摸摸他的額頭，怕他睡過去就永遠醒不過來了。

我則在無雙鎮幾個莊子之間晝夜奔走。

在無雙鎮生活了這麼多年，我第一次在如此密集的時間裡聽田間的蛙鳴，山谷的鳥叫。夜晚，我一個人在狹窄的山間小路上行走，天邊的一彎冷月漠然地朗照，大地如逝者的巴掌一樣冰涼，裹緊衣服才發現，寒冷正不可抗拒地到來。腦子裡又浮現出父親孤獨無助的眼神和日漸枯槁的面容。我怕他等不到我把游家班捏攏他就走了，那樣我的父親就聽不到嗩吶聲了。對於水莊的游本盛來說，沒有嗩吶的葬禮是不可想像的。

無雙鎮被我的雙腳丈量完畢了，我仍像一個出海旬月卻兩手空空的漁人。我的師兄師弟們，此刻正在繁華而遙遠的城市揮汗如雨，他們就像商量好了一般，整整齊齊地離開了生養他們的土地。

大師兄還在。他不去城市不是他不想去，而是一次意外讓他擁有了一條斷腿，而這條腿也成了他和城市之間永遠的屏障。我把香煙遞到他手上的時候，他還滿含神往地給我講述了師弟藍玉去年來看他時的情景。「小屁股，抽的煙一支頂你這個一盒，你還別不服氣，那煙抽起來就是他奶奶的順口。」「看來，城裡這錢還真他奶奶的好掙。」

聽完我的來意，大師兄驚奇地盯著我，然後他說，你見過兩個人吹的嗩吶嗎？舊時一般窮苦人家都四台，你想造個兩台？埋條死狗還差不多。我說不是埋死狗，是埋我的父親。大師兄臉上才起來了一層歉意，他大大地吸了一口煙，說去火莊吧，那裡起來了好幾個班子，聽說場面很大，都有十六台了。奶奶的，十六個人一起吹嗩吶，怕死人都能給吹活呢！

我走了好遠，大師兄還站在山梁上喊：「去看看吧！如今無雙鎮的嗩吶都成他們的天下了。」

我到火莊時正趕上這裡的嗩吶班子出活。

確實很讓人驚訝。

十六個嗩吶匠占據了整個院壩，連死者這個理所當然的主角都被逼到了狹窄的一隅。一排條桌浩浩蕩蕩地拉出了雄壯的架勢。條桌上的茶盤裡有香煙和瓜子，瓶裝的潤嗓酒也精神抖擻地站成一列。嗩吶匠一色暗紅色西服，大寬領，下襬還捲了圓邊，一個個像即將走入洞房的新郎。條桌頂頭是一件銀灰色西服，還紮了根猩紅的領帶，胸前掛了一塊亮閃閃的牌子。看樣子，他就該是班主了。

最顯眼的還不是班主，而是他面前盤子裡的一沓鈔票，百元面額的，摞出了一道耀眼的風景。「起！」班主發聲，接下來就是一場宏大的鼓噪，嗩吶太多了，在步調上很難達成一致，於是就出現了群鳥出林的景象，呼啦一片，沸沸揚揚，讓人感到一些惶然的驚懼。我甚至滿含惡意地發現，有兩個年輕的嗩吶匠腮幫子從頭到尾都癟著，要知道，這個樣子是吹不響嗩吶的。這是我見過的場面最大的嗩吶班子，也是我聽過的最難聽的嗩吶聲。我的大師兄說得不對，十六台的嗩吶不能把死人吹活，但沒準會把活人吹死。

我回到家，父親已經不能說話了，我湊到他的耳朵邊說：給你請個火莊的八台吧！父親忽然睜大眼睛，腦袋拼命地擺動，喉嚨裡咕咕地響著。我知道，他不要火莊的嗩吶，他說過的，火莊那不是真正的嗩吶。

水莊的游本盛是水莊的河灣開始結冰時離開這個世界的，他靜悄悄地就走了，頭天晚上還掙扎著吃了半碗稀飯，第二天一早，發現身體都已經變得冰涼了。他死的時候瘦得像個剛出生的嬰兒，把一張木床映襯得碩大無比。我用賣牛的錢將父親安葬了。他的葬禮冷清得如同這個季節，嗩吶聲自然是沒有的，倒是北風從頭到尾都在不停地呼嘯。

那個黃昏，我守在父親的墳邊。從此以後，水莊再沒有游本盛了，他和深秋的落葉一起，淒淒惶惶地飄落、腐爛。我在夕陽裡想了好久，都沒有想起我到底給了我的父親什麼。而我對於他，只有一個又一個的失望。我的嗩吶沒了，游家班也沒了，直到死去，他連一台送葬的嗩吶都沒有。

好久沒有看到水莊這樣的黃昏了，在我的印象中，水莊的黃昏總是轉瞬即逝的，剛發現它，它就一頭栽進黑夜。其實心細一點觀察，水莊的黃昏是很好看的，落日靜止在山頭，草的鬚穗摩挲著它的臉面，有了麻酥酥的微癢；風翻滾著從山梁上滑下來，撩開大山的衣襟，露出暗紅的裸背。大地，就在這樣簡單的組合中，變得古老而溫暖。

我從懷裡抽出嗩吶，對著太陽的方向，銅碗裡就有了滿滿的一窩兒夕陽。曲子黏稠地淌出來，打了幾個旋兒，跌落在新鮮的墳堆上，它們順著泥土的縫隙，滲透進了冰冷的黃土。我知道，我的父親能聽見他兒子的嗩吶聲。從我學藝到他離開這個世界，他還沒有聽我吹奏過這曲〈百鳥朝鳳〉。開始嗩吶聲還高亢嘹亮著，漸漸地就低沉了，淚水把曲子染得潮濕而悲傷，低沉婉迴的曲子中，我看到父親站在我的面前，他的眼神如陽光一般溫暖，那些已經一去不復返的日子，在矇矓的視線裡逐漸清晰起來。

起風了，嗩吶聲愈發淩亂，褪掉了肅穆的色彩，卻有了更多的淒涼。我的喉嚨被一大團悲傷嗝得生疼，嗩吶終於哭了，先是嗚咽，繼而大慟。連綿不絕的群山，被一桿嗩吶攪得撕心裂肺。

二十一

今年第一場雪剛過，村長領著幾個人到了我家。

我站在院子裡，村長拍著我的肩膀說：這就是無雙鎮游家嗩吶班子的班主。

很年輕啊！一個戴著眼鏡的中年人說。

是這樣的，他說，我們是省裡面派下來挖掘和收集民間民俗文化的。

我說你就說找我什麼事情吧。

戴眼鏡的說我們想聽一聽你的嗩吶班子吹一場完整的嗩吶。我說游家班已經沒有了，火莊有，你們去看看吧。那人笑笑，說我們剛從那裡過來，怎麼說呢！他乾咳了一聲：「我們聽過了，他們那個嚴格說起來還不能算純正的嗩吶。」

你看？他遞給我一支煙說。

我說怕不行了，我的師兄弟們全進城了。

這時候站出來一個年輕一些的，村長趕忙出來介紹說這是縣裡來的宣傳部長。年輕的部長很豪邁地一揮手，說去把他們都叫回來，費用我們來出。他的語調和姿勢讓我熱血一下湧了上來，我彷彿看到了我的游家班整齊出場的場景，那是多麼讓人神往的一個場面啊！七八個人一字排開，悠悠揚揚地吹上一場。我夢裡經常出現這樣的場景。

我說好。

冬天快過去了，我接到了藍玉的一封信，他在信上說，他已經在省城站住了，擁有了自己的紙箱廠。

我決定去省城把我的師兄弟們找回來，我要把我的游家班重新捏攏來，我要無雙鎮有最純正的嗩吶。

省城真大，走下客車我有了溺水的感覺。

根據地址東尋西找了一整天，我終於在一個胡同裡找到了藍玉的紙箱廠。

推開鐵門，一個守門的老頭在門裡一間昏暗的屋子裡看報紙。

請問藍玉在嗎？

「藍廠長出門去了。」老頭答，「你找他什麼事？」老頭抬起頭問。

「師傅!!」

…………

那天夜裡，藍玉把在這個城市裡的師兄弟們都通知到了一處，還請大家去了一家金碧輝煌的飯店吃了一頓飯。師傅還是老樣子，飯桌上一句話沒有，沉默寡言地吃。我說明來意，師傅的眼裡掠過一抹亮光，然後他抹了抹嘴，說上面都重視了，這是好事啊！

好多年沒摸那玩意了。二師兄感嘆。

我從包裏裡取出來一支嗩吶遞給二師兄，說試試？二師兄把嗩吶接過去，端平，剛把哨管放進嘴裡，他的眼神驀然暗淡，然後他舉起右手，我看見我在木材廠打工的二師兄中指齊根沒有了。

讓鋸木機吃掉了。他說，這輩子都吹不了嗩吶了。

在水泥廠負責卸貨的四師兄接過嗩吶，說我試試。他架子還在，像模像樣地擺好姿勢，嗩吶在他嘴裡沒有想像和期待中的嘹亮，只悶哼了一聲，就痛苦地停滯了。他抽出嗩吶吐出一口濃痰，我看見地上的濃痰有水泥一樣的顏色。

別回去了，留下來吧！藍玉看著我說。我喝了一大口酒，說我要回去，我一定要回去。看著桌子上的師兄師弟們，我忍不住哭了，師傅也哭了。

我知道，嗩吶已經徹底離我而去了，這個在我的生命裡曾經如此崇高和詩意的東西，如同傷口裡奔湧而出的熱血，現在，它終於流完了，淌乾了。

夜晚，師傅還有師兄弟們送我去火車站。我們沿著城市冰冷的道路一直走，沒有人說話，只有往來的車輛拉出讓人心悸的呼嘯。偶爾有行人經過，都一色地低著頭，把腦袋往前伸，急匆匆地撲進城市迷離慌亂的大街小巷。

在車站外一塊巨大的廣告牌下，一個衣衫襤褸的老乞丐正舉著嗩吶嗚嗚地吹，嗩吶聲在閃爍的夜色裡淒涼高遠。

這是一曲純正的〈百鳥朝鳳〉。

我們

我們仨

今年天氣怪得很，入冬以來，雪一撥接著一撥，沒皮沒臉地下啊，下啊！下得一寨人毛焦火辣。人家都說，冬天的瞌睡好睡，我睡不著，天不亮，上下眼皮就合不攏了。去過幾次地裡，麥苗都看不見了，只有白茫茫一片。雪薄的地方，能見到一絲一絲晃眼的綠色，等雪化了，就該給麥苗兒上第一道肥料了。

日子很乖巧，有禮有節往前躥。老大依舊每天起來修豬圈，豬圈有些歲數了，還是老大他爹帶人夯的，那陣子老大才剛會撒著腳丫子走路，偏偏倒倒的，像個鴨子；老二還在我懷裡，啜著乳頭，腮幫子起起伏伏，吃飽了，還捨不得撒嘴，硬拔了，就哭，一張臉被眼淚淹得明晃晃的，像剛耙好的水田。和我一樣，豬圈也老邁了，豬圈是半邊牆垮塌了，我呢，左腳風濕性關節炎，不光水分被抽走了，好像還越來越短了，一直喝藥酒。老大說了，把豬圈的牆補上，就帶我去看腿，還說，顧家堡有個苗人的草藥，燙熱了往腿上一敷，最多半年，就能撒開跑了。我不太相信，也不知道老大是從哪兒聽來的。

這幾日，雪更大了，還麵，從早到晚落，連停下來歇歇的意思都沒有。這樣一來，除了整兩頓飯吃，其他活是幹不了了。老大不投降，還是找事幹，從竹林裡砍來兩根竹子，剔枝、破開、除筋，剩下薄薄的篾條，拉條矮凳坐在屋簷下，開始編撮箕。

把飯上到甑子裡，趁著蒸飯的空隙，我拉條凳子坐在院子裡，看老大編撮箕。

老大編得很慢，梳辮子樣的，眉頭蹙著，不時抬起頭看看遠處肥嘟嘟的田野。篾條走一圈，他就歇下來，眼睛盯著不遠處的兩層小平房，一動不動了。平房是村委會的，裡面有村長，還有部電話，電話是黑色的，像塊焦煤。每個月十五，我和老大的心思就全在那部電話上了。

老二是個守時候的娃娃，準是那天下午，太陽卡在門口那棵老核桃樹第三個丫杈上，村長就會站在平房的壩子邊喊：「平姑，老二電話。」那是叫我呢，老大他爹名字最後一個字是平字，所以村裡比我小一輩兒的，都叫我平姑。

這時候，不管我和老大手裡擺弄著啥子活計，都會馬上丟開，一前一後朝村委會那頭跑。和我一樣，老大也有一隻腳是壞的，右腳，前些年鑽煤洞子給砸的。一起下井的其他五個人都把命留裡邊了，老大命是撿回來了，可媳婦娶不上了。倒是說了幾門，一對臉兒，女方就縮腳了。不怪人家！想想，拖著一條腿，快三十五了，我要有個閨女，也得掂量不是。

老大比我跑得快，但是每次他都讓我跑前頭，高高低低跟在我後頭跑。也讓我先和老二說話，我說話囉哩囉唆，每次都是那些話，多穿點衣服啊！晚上蓋好鋪蓋啊！要和人家好好相處啊！煤洞子有啥響動要快點跑啊！都是些翻來覆去重複的話，不過老二耐性好，在電話那頭一個勁兒地答應，老大就笑我，說老二大人了，咋還像交代個嫩娃娃樣的。我就笑著罵：長齊天高，在老娘眼裡頭，你們都是盤豆芽菜。我笑，老大笑，村長也笑。老大也在電話裡頭跟他兄弟說話，每次都一樣，那頭喊聲哥，這頭哎，那頭又喊一聲哥，這頭又哎，然後就啪嗒了。村長就笑著罵：跑得吭哧吭哧的，來了就哎兩聲，接的哪樣雞巴電話？

三個月了，村長都沒有喊過了，每到那個日子，我就看著太陽慢慢落進樹丫杈，再看著太陽順著樹幹滑下去，就是聽不見村長的喊聲了。老大還去問過村長，是不是電話壞掉了。村長說，什麼都能壞，就是電話不能壞，上級的精神就是從電話線裡淌出來的，讓它壞了，村裡不就瞎了，村長也成瞎子村長了。

我心慌得很，瞌睡本來就輕，丁點響動都能把我驚醒過來，睡著了也是恍恍惚惚的，腦殼頭全是老二的影子，晃啊晃啊！一會兒見他領著個看不清面目的女娃回家來了，我就笑，呵呵地笑，想那該是老二要的女朋友；一會兒又看見他站在我面前，臉上全是血，哭著喊著叫媽，我伸手去牽他，搆不著。他在一個斜坡上，慢慢往下滑，滑下去很遠了，只能見著一個黑點，我傷心了，就坐在土坡上嗷嗷地號哭。最後依舊是要哭醒的，伸手一摸，半邊枕頭全是濕的。

不光我，老大也心慌，儘管他把自己的心慌躲得格外的嚴實，我還是能瞧得出來。半夜裡，我只要把耳朵豎起來，就能聽見他屋子裡的嘆氣聲，還能聽見大門響。我就爬起來，拉開大門，老大蹲在簷坎上，兩手攏在袖筒裡，嘴上叼根紙煙，吧噠吧噠地抽。老大平時不抽紙煙的，這陣子卻抽上了，定是心裡有事，放不下了。平時做事，老大也沒有了一貫的專注，老走神，前幾天削塊門閂，篾刀把手拉出了好長一條口子。

我忍不住時就會嘆氣，盯著老大問：「都三月了，老二咋不來電話了？」

老大就笑笑，他的笑一點不自然，嘴巴像是臉上硬拉出來的一條口子。他對我說：「興許是忙了，趕著出煤，忘了。」

鬼才信，老二的脾性我曉得，是把習慣守得死死的那種人，連尿炕都一直尿到十一歲。糧食精貴那些年，鄉下人一上飯桌，哪個不像剛從牢裡放出來的，顧不得臉面，都顧著肚皮。老二不這樣，總是慢條斯理的，把碗裡的飯先扒出一個坑，夾些菜放進坑裡，覆上飯，拍平，筷子伸進碗底，撬起一坨四四方方，慢慢送進嘴裡。我就想，莫非這狗東西前世是個地主，我見過以前寨子裡頭李大地主吃飯，就這模樣。我只是想，不太說，那陣子他老爹還沒死，每次吃飯都開黃腔：「狗日的，你這是吃飯還是埋人？」老二也不惱，偏著腦袋看看他老爹，依舊固守著他的慢條斯理。

今晚吃完飯，老大繃不住了，丟下碗跟我說，想去廠上尋老二。我鼻子一酸，眼淚就下來了。前些日子，儘管知道事情不妙，但有老大不太牢靠的安慰撐著，終究覺得還會有很多可能。

老大一提出去廠上找人，說明他都對那些可能性也不抱希望了。老大的話像根尖細的縫衣針，輕輕就把我薄皮的希望給戳破了。

我就罵：「砍腦殼的徐老二，當初說不讓進煤廠，不讓進煤廠，豬油蒙了心的，就是不聽，還花口花嘴地說，上的是外縣的正規大煤廠，管安全的就好幾十號人。鑽煤洞子的誰不知道，那就是埋了沒有死的。」

老大白了我一眼，說媽，不要罵得這樣難聽，老二不會出啥事的，不就是忘了往家裡打電話嗎？我也給老大幾個白眼，還罵他：「就是你，當初也不攔著點，他不知道鑽煤洞子的厲害，你還不知道啊？」老大不吭聲，任由我罵，我罵夠了，沒聲了，老大才伸直腰桿說：媽，我去收拾一下，明天就去找老二。我不吱聲，裝著不理他。他站起來把飯桌清理了，才轉回自己的屋裡去。

我一直圍在火塘邊，煤塊快燃盡了，加了些塊煤，又熊熊起來。老大在自個兒的屋子裡，搞得叮叮咚咚響。我不想讓他去尋老二，老大腳程不好，天氣又壞，我怕老二沒尋回來，老大又出啥事。

想想，我推開老大屋子的門，他正弓著腰在床底找尋著啥，背包放在床上，隔得遠遠的，我看見床上還攤放著一個黑乎乎的東西。我眼睛不太好，得湊攏才能看個真切。我往裡邁了兩步，看清了，那支槍，火藥槍。

槍是老大他爹留下來的，那陣子我們村子家家都有長長短短的火槍。別的地頭，農閒是一年裡最困難的時候，青黃不接，家家戶戶都泡在清湯寡水裡頭。我們村子就不一樣了，農閒一到，男人們就提著槍進老林子了，飯桌自然就肥膩了，人人吊著一截油腸子，紅光滿面。後來政府不讓打獵了，槍也上繳了。有膽兒大的，長槍上繳了，把短的藏了起來，老大他爹也一樣。去年老大還提著它追過偷牛的強盜，其實，我知道的，這支火藥槍啊！唬唬人還行，派不上實在用場，撞針都鏽掉了。

老大把腦袋從床底下搬出來，看著我，我把床上的火藥槍抓起來，問他：翻騰出這根沒用的廢鐵幹啥？這是演的哪一齣？老大憨憨笑一笑，說出門在外，保不準遇上個疙疙瘩瘩的，帶上它，給自己添點膽兒。我說這撞針都沒了，能唬著誰啊？老大把槍放進袋子，說媽，這你就別管了。

我說：老大，要不我們不找了，興許過些日子老二的電話就來了。

老大說：不行，得找，懸吊吊的日子沒法過。

我還想說話，看見老大的臉像坨冰疙瘩，我把話嚥回了肚裡。

我睡不著，白亮亮的光從窗戶透進來，把窄窄的屋子映得模模糊糊的。腦殼裡頭像裝了一鍋糨糊，啥都攪和在一起，捋不清個子丑寅卯來。我想我的老二，出門三年多了，沒日沒夜在煤洞子裡鑽，鑽出來的那點錢，都如數寄了回來。都說，娘想兒，想斷腸；兒想娘，扁擔長。我的老二不是這樣的，他想著娘呢！明天，老大也要出門了，我在心頭多念幾遍阿彌陀佛，求菩薩保佑我一對兒子能在年前從遠處的雪地裡走回來。圈裡的雞開始叫頭遍了，我又開始埋怨他們死去的老爹了，四十出頭的人，看上去硬實得不行，説沒就沒了，留下了兩個娃娃和數不清的苦日子。等我到了那頭，我要好好和他吵一架，扎扎實實罵他一頓。

天濛濛亮，我爬起來，轉到廚房撬開火塘，燒了一鍋水，得給老大煮碗麵，下多一些，油也要多放，得把麵汪起才行。老大得先趕到鎮上坐車，好長一段路呢！不多放點油，餓得快。

老大端著麵蹲在門檻邊吃，他吃兩口，就抬頭看著我，一臉的不放心，話也多，變得跟我一樣囉唆：媽，記得喝藥酒，斷頓的話，效果就不好了；媽，晚上記得關牢門窗；媽，記得不要去拎重活，等我和老二回來幹；媽——

我就吼：囉唆得很呢！還，你媽又不是傻了，快吃，快吃，趁著熱。出門了，萬事都要小心，做啥都要思量再三，不要和人爭長論短，看好自己的東西，不管能不能尋著老二，過年前一定要轉回家，曉得不？

老大也笑：囉唆得很呢！還，你兒又不是傻了。

我們彼此就笑一回，我就是覺得臉上的肉被扯得痠痠的。

老大把旅行袋往肩上一甩，出得門來，又開始落雪了。老天沒有一點庇護我們家的意思，不出門吧，她還歇會兒，看見你要出門了，就慌不迭開始紛紛揚揚了。

老大扯了一些稻草，挽起來，綁在鞋幫上，這地頭，冬天人們出門都有這個習慣，主要是防滑。看著老大彎腰綁稻草，我喉嚨有些堵，想下到院子裡，給他掖掖棉衣，扯扯衣領，囑咐幾句，雖說那些話都說過好多遍了，還是想再說一遍，怕他給忘了。我剛想說話，老大轉過頭，說的還是那些話，記得喝藥酒啊，記得關好門啊。

比我還囉唆呢！我說。

我走了，媽。老大說這話的時候臉上起來了一層凝重，他鼻子抽抽，走了，走到院子邊，環顧了一下院子，又折回來，把石磨下的幾個老黃瓜搬到石磨上堆放好，才邁開步子走了。這次他沒有回頭，穿過門口的小路，轉上通往外面的大道，雪花開始密集了，他的影兒變得越來越小，最後在一片白茫茫裡，收縮成了一個小小的黑點。

菩薩，求你保佑，如果我一對娃娃能在年前順順當當回家來，我把年豬豬頭許給你。該給老大掖掖棉衣的。最後我想。

在路上

看見他的時候，雪很大，將他攪入了紛紛揚揚的慌亂中。

走近了，我才發現他的一隻腳有點瘸。他先看見了我癱在路中間的貨車，然後看見了我。一看見我，他的眼睛就亮了，像驟然擰開的手電，兩道光上下欣喜地打量著我。然後他把肩上的旅行袋一甩，徑直朝我走來。

走了幾步，他放緩了腳步，也許他發現，我的臉色不像腳邊的那堆火樣的熱氣騰騰。

其實，我比他還興奮。五天了，我攏共見到兩個活物，一個是昨天傍晚從林子裡跑出來的一隻野兔，另一個就是他了。五天來，除了車剛陷進深坑時罵了幾句髒話，接下來沒有說過一句話。渴了嘸一捧雪，餓了燒兩個饅頭啃。每天就盼著有人來。直到第三天也沒見著一個人，我才算明白了，這樣壞的天氣，還敢駕著貨車在顛簸的山路上拉煤的，不是窮瘋了就是他媽的有病。

說來說去，我還是吃虧在自己的強盜性格上。本來想，趁雪停的當口，再拉一趟。我算過帳，這個天氣，只要膽子大，一趟能抵平時三趟。剛出門時還好，太陽把天地間晒得眼淚滴答的，一進黃昏，老天心腸就變硬了，幾趟風過，雪又下來了，最後，在這個前不挨村後不著店的地頭，我的貨車和黑夜一起被凍住了。

凍了五天，身體快僵硬了，心卻變得軟軟乎乎的了。每個夜晚，我蜷縮在冰窖樣的駕駛室裡想，要能見著一個人，我肯定會大哭一場的。

說實話，當他的影子從遠方的風雪裡偏偏倒倒過來時，我的喉嚨就變得硬邦邦的了，我特別想朝他揮著手大聲喊，可惡的矜持讓我裝得像天氣一樣有性格，我故意不理會這個鄉下人。

他喂了一聲，我嘴唇動了動，聲沒出來，長時間不說話，上下嘴唇黏在一起了，渡出點唾液潤了潤，兩片嘴唇才不情願地分開。

嘴唇分開了，我還是沒說話，索性轉回火堆邊坐了下來。

「不裝你會死啊！」我罵了自己一句。

還好，他不會裝，滿臉蕩漾著笑，搬塊石頭放在火堆邊，刨掉石頭上的雪，屁股移上去，面部緊了一下，應該是太冰了，看著我，笑容很快又回到了他的臉上。

「咋了？」他看著頂著一頭白的貨車問。

我白了他一眼，想繼續沉默，沒忍住，他媽的，實在太想說話了。

「陷進去了。」我說出的話像掛在樹梢上的冰凝子，連我自己都打了一個寒噤。

他伸出兩隻手，平抬著放在火堆上，還不停搓搓，烤了一會兒說快燃盡了，這火。

我鄙夷地看了他一眼，說我沒瞎，看得見呢！要烤啊！自己鑽林子撿柴去。他臉上忽然爬出一層尷尬，也沒話，吃力地撐起身子，往林子裡去了。等他左搖右晃出來，地上的火堆已經沒了苗兒，只剩煙了。重新坐下來，他把柴一根根折斷放上火堆，低下頭湊過去呼呼吹，直到火苗騰騰了，才直起腰來。看見我一臉的冬瓜灰，他沒話找話，照例先笑笑，說：燒這種地躺柴火，中間一定要空，空了，氣兒就能進去。他還想說，見我不搭理，才噤聲了。

天空像個被扯破的鹽口袋，停不住了，我和他窩在馬路邊的石窩子裡頭，守著一堆火，一會兒看天，一會兒看地，實在沒看的了，就相互看看。可眼神剛一碰頭，就彈開了。

該是正午了，雪稍緩了一些，更遠處的天底下，還有橘黃色的光，應該是陽光。按說見著陽光了，該有暖意才對，可我不行，上下牙直打架，衣服掖了又掖，都快掖成皮了，還不行。我知道，是餓了，飢和寒就是一對雙胞胎，要不咋說飢寒交迫呢！我駕駛室裡還有幾個石頭樣的硬饅頭，我不想吃，一是出去的日子見不到頭，死活得留點來救命；二是實在嚥不下去了，儘管放在火上烤過了，可還是硌得喉嚨生疼。

我朝遠處看，他也朝遠處看，該是午飯的光景了，我餓得實在有些扛不住了，眼前的景致老晃悠，像駕駛著一輛沒有刹車的卡車，心慌得很。我費力爬起來，從駕駛室取出一個乾饅頭，折根樹枝，掐頭去尾，把饅頭串起來伸到火上烤。

他目不轉睛地看著我，我把腦袋歪向一邊，我把意圖已經表達得很清楚了，為啥只烤了一個饅頭，吃獨食唄。別看只是幾個破饅頭，可是此刻啊，這就是金寶卵了，是能救命的。

饅頭漸漸焦黃了，有味道在空氣中流淌。這味兒，前幾次聞著還香，現在不成了，聞起來喉嚨就癢癢，再想想嚥著它的感受，五臟六腑立刻風雪漫捲。

我打了一個乾嘔，想忍，沒忍住。

「吃我這個吧！」他從袋子裡取出幾個瓦耳糕。

本想客氣兩句的，沒忍住。

瓦耳糕還軟和著呢！往火上一烤，香氣立刻彌漫開來。

吃完柔軟的瓦耳糕，我堅硬的面孔也變得軟和了。

這時候他站起來，說他該走了，他得在天黑之前趕到南山煤礦。我就笑，他說這有什麼好笑的嗎？我說從這裡到南山煤礦還有八十公里呢！四個輪胎的汽車都得抖抖索索爬一整天，就你那兩條腿啊！再加上這樣的天氣，天黑之前趕到？你以為自己是神行太保啊！

他搖搖頭，樣子安靜得像一面冰封的湖面。

「不行，我得去。」他說。

我說：「冰天雪地的，還這樣猴急，那兒有錢等你去撿啊？」

他說：「我是去找我兄弟的。」

「晚點到就找不著兄弟了？」我訕笑。

他忽然變得很嚴肅，直勾勾看著我說：「我兄弟怕是丟了。」

說完，他轉身走了，一對腳印慢慢往前延伸，一深一淺。

走出去沒多遠，他又折回來，把幾個瓦耳糕遞給我，我慌忙推回去，他又推回來，喘著氣說：「我到了礦上就能尋摸著吃的，你這兒啥時候能出去沒個準兒，還是你留著吧！」

我心口一熱，從車子被凍在這裡的那天開始，我第一次感覺到心裡頭暖和。這種暖和不是烤火烤出來的那種，烤火只能烤熱表皮，烤不熱心窩子。

他重新折進風雪裡，我忽然起來了一種難得的高亢，我想就是使盡呆力，也要把卡車從雪地裡拔出來。

「回來！」我喊。

「幹啥？」他問。

「幫我把車拔出來。」

我圍著車打轉，認真查看四個輪胎的位置，我讓他去林子裡薅些樹枝來，我趴下來把輪胎下的雪屑和泥漿刨開，找塊石頭將陷進深坑的輪胎前方鑿了一個豁口。

我鑽進駕駛室，他抱著一捆樹枝站在車輪後，我說，我把車往後退一點，坑子裡出現空隙，你就迅速把樹枝全塞進去。他點點頭。

汽車在半山腰發出一陣怪叫，聳動了幾下，又穩穩停在了深坑裡。

我罵了一句，跳下車。見他站在輪胎後，我想笑，這次算是忍住了，輪胎捲起的泥漿，將他塗成了一隻碩大的瓢蟲。

雪終於在黑晝快完成交替的時候停住了。

我們圍在火堆邊，火光映著他的臉，他的臉上有層薄薄的悲戚，手裡那根棍子，不停地捅著火堆，火堆就炸開一團一團的火星，在暗夜裡亂竄，像無數慌亂的精靈。

「你兄弟在煤廠上挖煤？」我問他。

他點點頭。

「你咋知道你兄弟丟了？」我問他。

他仰起頭，透過火光，一字一頓對我說：「我兄弟已經三個月沒打過電話了。」

我就笑，說你曉得個球，煤廠上那些人，來來往往的，說不定早走了。

他搖搖頭，沉默了一陣，才說：「我兄弟的性格我曉得，不管走到哪裡，都會讓家裡知道的。」吃下去的東西很快就被呼呼的北風吹沒了，火苗依然熊熊，前胸像塊烙紅的鐵板，後背卻是浸骨的冰涼。我半閉上眼睛，怕僅剩的一點氣力讓風給颳跑了。他忽然嘆了一口氣，把手裡扒火的棍子往火堆裡一扔，開始低聲嘀咕，樣子不像是說給我聽的，也不像說給他自己聽的，像是說給過往的寒風的。

「我兄弟老實得很。」他說。

「這年月，哪裡還有老實人？老實人早死絕了。」我說。

「哪會死絕喲！我這輩子，見著的都是老實人，我本村的二伯，老實得像塊墓碑，遇上啥事都那表情，好像天生就沒有喜怒哀樂樣的，說來都不會有人相信。他兒子看上了一門親事，還把女的帶回家來讓他看看，姑娘有模有樣，可我二伯死活不同意，也不說啥子理由。還是有一次喝了點酒，才給我老爹說了實情。他說那女娃長得太好看了，一進門他就東想西想的，他悄悄罵了自己，罵了也不頂用，腦殼裡還是想，刨都刨不開，他就不敢同意這門親事了，怕自己後半輩子活在胡思亂想裡頭。」

他說到這裡，又撿起一根樹枝開始扒火，火星四濺中，他接著說：「餓飯那幾年，生產隊一袋苞穀不見了，有人說曾看見他在倉庫邊晃蕩過，就把他綁了，問他，他承認了，差點就被打死了。若干年後，偷東西的人臨死前把這事應承了。當年打他的人就給他道歉，說對不起他，打錯了。又責怪他，說不是自己幹的，為啥要承認呢？他說他偷了的，心裡頭有過這個想法，既然有了想法，就算是強盜了。」

我本想咧嘴笑笑的，沒笑出來，好像很好笑，仔細想想，一點都不好笑。

他像是累了，把旅行袋拉過來墊在腦袋下，側過身，把後背留給了火堆，眼睛則對著遠處的莽莽蒼蒼和模模糊糊。

我做夢了，我開著一輛嶄新的貨車奔跑在一條寬闊平整的大道上，道路兩邊有等待收割的麥田，空氣裡還有麥穗的清香，還有陽光，毫不吝惜地普照大地，橘色的大道上，各式各樣的車輛來來往往，擦肩而過時，還不忘摁下喇叭，喇叭聲很大，一聲接著一聲，震得耳膜發麻。

睜開眼，天亮了，我還真聽見了喇叭聲，沒有夢裡那樣悅耳，破破的，彷彿被撕裂了一般。這是老東風的喇叭聲。直起身來，我看見車了，一眼我就認出來了，老黃的車，左邊門撞的那個坑還在。我曾問過老黃，為啥不去修修，老黃就咧嘴，露出一排黃牙說修個球，脫保好些時候了，反正不影響開關門。我曉得，老黃是捨不得錢。老黃日子不好過，閨女在青島上大學，老婆癱瘓在床。老黃在錢上從來不會有什麼大動作的，你看他那口黃牙，就是劣質香煙熏出來的。

能在這樣的天氣還出來玩命，只有老黃這號人了。

我撐起來喊：老黃，你狗日的還真不怕死啊！

老黃把腦袋從駕駛室伸出來，一咧嘴，拉開一線醒目的黃，開始誦讀老三篇：「人固有一死，或重於泰山，或輕於鴻毛——為了人心不足而死，就比鴻毛還輕，為了老婆孩子而死，比泰山還重。」然後他接著喊，「這種天氣你還出來跑，是不是活膩了？你狗日的死了，就比鴻毛還輕，老子死了，就比泰山還重。」

我就佩服老黃這一點，日子過得邋裡邋遢，說起話來還不忘記引經據典。

我幾步跳到他的車門邊，使勁拍了拍他腦袋，說你要再不來，我要麼就活活餓死，要麼就占山為王了。

老黃往火堆邊瞅瞅，說，喲！還沒落草，就有兄弟入夥了。

我說是一過路的，也往煤廠上去。

熟練地套上鋼索，老黃的老東風在前頭一哆嗦，我的貨車終於可以繼續在凶險萬分的康莊大道上繼續奔馳了。

雪又來了，鋪天蓋地，像被惹急了一般。

他坐在副駕駛位置，低頭搓著衣服上的泥漬，汽車高高低低，他也高高低低，不小心腦袋就磕在車頂上了，磕出一聲哎喲，伸手揉揉，又低頭繼續搓。

我把香煙和火機遞給他，他擺手，說不抽煙，想了想他又說，心裡頭堵得慌的時候才抽兩支。我說我是讓你給我點一支呢！他哦一聲，慌忙幫我點上一支。我吸了一口，嗆得難受，斷煙好幾天了，煙是老黃給的。我就罵，老黃這狗日的，這種煙，遲早把肺抽爛。

猛吸了兩口，我問他：「你講究還多呢！心頭堵的時候才抽煙，你現在心情好得很咯？」

「好啊！」他笑，「你看，這車爬得突突的，我離我兄弟越來越近了。」

「找到兄弟了，有啥打算？」

「一道回家過年，老娘在屋頭等著呢！」

車在山脊上小心翼翼地爬，雪越下越大，放眼四望，沒有一戶人家，群山面無表情。黑夜也隱伏在山那邊，正躍躍欲試呢。

他忽然說：「半夜三更還在路上跑，家裡會擔心吧？」

「咳！哪兒有家啊！老婆早死了。」我呵呵笑。

他半天沒說話，過了半天我又說：「倒是有個相好的。」

沒聲兒，我轉頭看，他正閉著眼養神呢！

一路上，都是我一個人嘮嘮叨叨，說了好幾籮筐的話，我發現把心裡話掏給一個不相識的人，倒也是件很舒坦的事情。

車轉過一個彎，我指著遠處告訴他，那就是南山煤廠了。他應了一聲，猛然繃直身子，焦急地掀開車窗，先是伸出半截腦袋，最後伸出半截身子。

「看不見啊！」他的聲音讓風給扯得支離破碎。

我沒理會他，想這樣大的雪，還有即將迎面撲來的黑夜，能看見才怪呢。

終於近了，一片偌大的煤場子，黑著臉攤放在天地間，四周都是高高的山嶺，純潔地雪白著，這樣，天地就黑白分明了。煤場子上還有十幾輛等待裝煤的鐵疙瘩，全都靜默著。

把車停放好，跳下車，他先抖了一下痠麻的腿，然後把旅行包往肩上一扛，眼睛直盯盯看著我。我指了指煤廠後面的兩排簡易平房，說你去那裡問問吧，挖煤的都住那兒。

「你呢？」他問。

我說我先去問問，能不能裝上煤，能裝上的話，你還是搭我車一道回去吧！

他一咧嘴，笑得花團錦簇。

他一瘸一拐穿過煤場子，風裹挾著雪花，劈頭蓋臉砸下來。頭上是沉沉的天幕，腳下是寬闊的煤場，他的模樣就更小了。

我摸出一支煙，風太大了，點了幾次沒點著，抬頭看了看天，又看看他正遠去的背影，我忽然有種難抑的悲傷。

煤匠們

每次經過那個巷道，我就想，裡面的四個人現在該是啥樣了。也許變成了乾屍，也許就剩下一堆骨架了。

情形自然是凶險的，我每晚都會在夢裡重複一次，醒來就是一身汗水，本來哈！我該感到慶幸的，畢竟我還能吃飯、睡覺、掙錢，還能在電話裡聽聽遠在老家的老婆孩子的聲音。記得剛來煤廠那陣子，一堆人蜷在火塘邊吹瞎牛，說這個世界上啥子最重要，個個聲音大，臉紅脖子粗，你說票子，他說位子，還有說好看的女子。兩年下來，不爭了，都經歷過生死後，才發現還能喘氣才是最重要的。

煤洞裡頭那些要人老命的情景，我差不多都見過了。冒頂、片幫、頂板掉牙、透水，樣樣要人命，挨上了，死相都邋裡邋遢。

出事前，就有一小塊地方出現冒頂，我還檢查過，發現頂棚支架有些歪斜了。我就給安全員報告，狗日的當時窩在沙發上看電視，嗯嗯應付幾句了事。知道遲早要出事，沒想到來得這樣猛，一班人收班了，準備升井，我們前面的幾個剛走進主巷道，只聽見身後一陣悶響，回頭一看，「關門」了，裡面還有四個收拾工具的兄弟。我們一幫撿了命的沒有慌，這樣的經歷不是沒有，大家都百煉成鋼了，除了一個去報告，其他的立馬回身刨。剛開始大家還賣力，慢慢動作就慢下來了，在堵得死死的巷道面前，肉巴掌顯得格外的渺小。

接著有一個人哭了，再接著大家都哭了。

每次都哭，哭壓在巷道裡的，也哭我們自己。

接下來的事情，和以往一樣，礦上管事的下來，看了看，請兩個懂行的老礦工目測一下冒頂的程度，派幾個工人守在巷道口，看裡頭還有沒有活物。守了一天，沒聽見動靜，把巷道一封，井下的事情就算完了。

和井下的轟轟烈烈相比，井上的事情就平靜隱祕多了。名字自然要抹去，大家都要忘掉屬於這個人的點點滴滴。自然，我們都能領到一筆錢，不過是分期的，現在只能領到一半，另外一半得事情沒有出頭才能領到，據說要等好幾年。廠上還給這錢取了一個名字，叫辛苦費。也有不想領這錢的，不領可以，廠上保衛部五六個大塊頭隨便找個藉口，弄到你領錢為止。

我也拿了錢，揣了幾天，老做噩夢，慌忙寄回老家了。

下工了，我就坐在高高的煤堆子上看太陽。我喜歡嫩黃的陽光打在身上的感覺，我怕哪天下去就上不來了，眼睛裡全是黑暗，想再看一眼太陽也沒機會了。我還看月亮，月亮雖說冷冰冰的，但它敞亮，遇上月圓的日子，夜晚也能看得很遠，連最遠處山上那棵松樹的影兒也能看清楚。我就怕伸手不見五指的感覺，心慌氣短的。我其實不怕死，敢下井挖煤的，誰沒點膽色。可我怕死得沒有生趣，你想，死前連周圍啥模樣都見不著，真是沒勁得很。有一天我能死在了初春的陽光下，一身新衣，沒有井下那張墨黑的臉，從我身邊經過的人都能看清我的面目，周圍有剛剛冒頭的嫩茅草，最好還能望見遠處升起的炊煙，兩眼一閉，留些新鮮的印象死掉，我就知足了。

接連好些日子，都見不著太陽了，那雪片，亡命地飄啊飄，遠山近水都變得胖嘟嘟的了。沒有太陽看了，陽光也透不下來了，就窩在屋子裡，一堆煤火，五六個人，圍得嚴嚴實實的。偶爾年輕的幾個也要要紙牌，都心不在焉的，要著要著就感覺沒意思了。就這樣，沉默密密匝匝地堵滿了一屋，間或起來一聲長嘆，像屋簷下懸吊著的冰柱子。

我躺在床上，聽著這個世界點點滴滴的聲音，火塘邊有人挪動凳子發出的聲音，顯得乾枯雜亂；屋頂上雪團砸在雪地上的聲音，卻是異常的蓬鬆舒展。閉上眼，腦子裡就開始有了轟隆隆的垮塌聲。我心慌意亂，趕忙睜開眼，一側身，就看見了那張床，空空蕩蕩，以前睡在上面的那個人，已經睡在了另外一個地方，他再也聽不見板凳移動和雪團掉落的聲音了。

他叫徐老二，這是小名兒，學名我不知道，他跟我說，他頭上還有個哥哥。小夥子話少，悶聲不倒氣的，幹啥都一板一眼的。比如起床第一件事是疊被子，要知道，這幫挖煤匠沒一個幹這事的；還有就是吃飯特別慢，彷彿一顆一顆數著吃，甭管飯菜好孬，吃相都讓人著急，有時候我都生出來上去踢他兩腳的想法；再有就是每個月十五下午三點，就會跑到煤廠辦公室給家裡打電話，雷打不動。有一次肚子疼，在床上一個勁兒打滾，到了點，翻起來，捂著肚子咬牙切齒就往辦公室跑，打完電話，回來繼續打滾號叫，惹得一屋子人目瞪口呆。

現在他沒了，我再聽不見他鮮花盛開般的呼嚕聲了。

嘎吱一聲，門推開了，風雪把一個漢子送了進來。

他站在門邊，把肩上的旅行袋往腳尖前一撂，拍打拍打身上的雪屑，笑笑，跨過地上的包包，對著火塘邊一幫人一欠身，問：「請問我兄弟在嗎？」

沒人說話，火塘邊幾個，晒蔫的玉米棒子樣，捲葉收筋，無精打采，全都懶懶地舉著腦袋，看著立在屋子中間的人。

好半天才有人問：誰是你兄弟？

「他叫徐明亮。」左右掃了掃，他又慌忙補充，「哦！小名徐老二。」

此刻，我才知道他的大名。想一想，真是笑死人，徐明亮，多亮堂的名字，卻死在一團黢黑中。

火塘邊沒人接話，無精打采仍在繼續，彷彿焦枯的玉米地裡過來一陣風，一層難見的漣漪後，一切又重新歸於平寂。

他依舊固執地立在屋子中間，先前笑容像散開的蓮花白一樣，慢慢就捲心了，面部縮成了一個問號，盯著火塘邊的人看了好久，最後連問號都折彎了。

我們認不得你兄弟，你去後面的辦公室問問吧。有人終於說話了。

其實早該說這句的。

這樣的場景，讓我想起老家的花燈戲，每次都一樣的板眼。

第一次有人這樣問，是一個月前，只是那天沒有雪，還有點花花太陽。進來的是個女人，四十多歲，進屋就問：我男人在嗎？因為是第一次，應付起來還不那麼順滑，有人甚至還起身給女人讓座。後來廠上知道了，把讓座的操了個底朝天，祖宗十八代都捎上了。廠上指點迷津：話越少越好，態度越冷越好，眼神越耷拉越好。還說，有找人的來了，直接讓他到廠辦公室。

經歷了好幾次，大家都自然了，連搭腔的人都固定了下來。

他點頭說了聲謝謝，彎腰提起包，轉身出去了，小心翼翼地帶上了門。

他一走，屋子裡情緒更黏稠了，火塘邊的頭埋得很低，差不多都耷拉到火坑裡去了，兩三個躺在床鋪上的，把頭扭過去對著牆，大家都不願意自己的臉讓別人看見。風從窗洞子裡吹進來，虛虛的，探頭探腦。

慢慢地，湧進屋子的北風把屋子裡的黏稠稀釋了，腦袋重新舉了起來，像得了露水滋潤的禾苗。大家動作也豐富了一些，還有伸懶腰的，兩手高高舉起，咧著嘴，吞吐著淤積在心底那股心虛的氣息。靠左的小個子還提起水壺往洋瓷水杯裡加了些熱水。

我腰有些痠麻，想起來活動一下，剛套好衣服，一股冷風撲面而來。

他重新站在屋子裡，樣子像塊冰坨坨。

「我兄弟到底在哪裡？」他的笑容不見了，五官擠成了一團。

所有的目光都定在了他的身上。

「廠上說他三個月前就走了，是不是？」他又問。

屋子裡的人相互看著，慌慌的，以前可沒有這一齣呀！回馬槍的事情沒遇上過。

他往前跨了一步，聲音也粗了：「我兄弟是不是出事了？」

離他最近的瘦猴有些心慌氣短，下意識輕輕搖了搖頭。

「不可能！」他吼了一聲，衝過來從小個子手裡搶過那個洋瓷水杯，高高舉起，指著上面的一棵松樹說：「我兄弟的，松樹頂上脫了一塊漆。」又一把薅過瘦猴掛在床沿邊的衣服，大聲說：「第三顆扣子不是塑料的，金屬的，我媽給縫上去的。」

他把衣服夾在腋下，水杯裡的水往地上一潑，憤憤走了，走到門邊，他轉頭黑著臉說：「我媽給的東西，我兄弟絕對不會落下的。」頓了頓他又說：「我找他們去，看他們還怎麼說？」

砰的一聲，砸得房門來回晃蕩。

我打了一個冷顫，有人開始嘀咕：「日你媽，貪小便宜嘛！出紕漏了吧！」

我在火塘邊坐下來，身子往前湊了湊，沒感到一點暖意，反而感覺後背更冷了，冷颼颼的。大約一支煙工夫，辦公室就傳來了喊叫聲，還有拳腳和棍子打在身上的聲音。開始還高亢，漸漸就低沉了，最後完全沒有了聲息。

瘦猴坐在屋角，砰砰的擊打聲讓他的眼皮跟著有節奏地跳動著，彷彿是他挨了打。其他人依舊木木地坐在火堆邊，他們的表情像秋天收割完畢的土地一樣荒涼。等喊叫聲停止了，才掖掖裹在身上的棉衣。

我蹲在煤堆上，掏出一根紙煙，點了幾次沒點上，風有點大，手還有點抖，背過身來，甩了甩手，屈腿彎腰，才算把煙點上了。

雪收了，太陽算是出來了，有半邊還躲在淡黑色的雲堆裡，縮頭縮腦，羞羞答答。

他躺在煤場子邊的雪地裡，遠遠看去像個死人。瘦猴出來看過一次，說還沒死，看見他手還在動呢！我盯著他看了好半天，也沒見著他有啥動靜。我想他怕是死去了，心裡就想，動一下呀，快動一下呀，哪怕一小下下，只要證明你還活著就成。

好久，我這丁點希望都凍僵了。瘦猴這王八日的肯定又胡打亂說了。

回到屋裡，所有人都盯著我，眼神簡單明瞭。

我狠狠瞪了他們一眼，罵，看個球，肯定是死了，瘦猴子，你是啥子眼神，死活都分不清楚？猴子一扭脖子說：「真看見他動了，說瞎話我全家死絕。」

老馬抱著鐵皮火管，斜著眼，很有經驗地嘆氣：「現在有碗熱湯，興許能緩過來，遲了，老命就算丟在這兒了。」屋子裡開始了長久的沉默，半晌，瘦猴才嚅囁著說：廠上打人，誰敢吭聲，還喝熱湯？只怕是喝熱湯的活過來了，送熱湯的就該完蛋了。

那一晚，雪花飄了一夜。

躺在床上，我不敢閉眼，一閉眼就是噩夢。房子裡沒有了以往的呼嚕聲，間或還有人嘆氣，都把心思捂在被窩裡了。

下半夜，我忽然心口痛，是那種要命的絞痛，換了幾個姿勢，都不行，我乾脆爬起來，披上我那件蜕了皮的黑皮衣，往礦上辦公室走去。

風很大，順著兩排屋子的空隙淌過去，我逆著風，站在門口，辦公室燈還亮著，幾個人圍在火爐邊耍紙牌。

伸出手準備敲門，我手抖了一下。

在這裡，沒有誰敢做出頭的鳥。大家都努力弓著背，把腦袋埋進褲襠裡，都是父母養的，也有熱血沸騰的時候，可一想到老家那幾張臉，熱血很快就冷卻了。也是，生生死死、磕磕碰碰見多了，就乞求菩薩，只要霉運不落到自己頭上，每天都能見到新鮮的太陽，就高高福在了。

好長時間沒衝動過了，心裡那潭水都長青苔了。

媽的不知道咋回事兒，死水忽然冒出了幾個氣泡。

一咬牙，我拍響了門。

拍開門，管事的揉著惺忪的眼睛問啥事。

我說我心口疼。

他說我給你找點止痛片。

我說你們就放那人一馬吧，只要你們點頭，我負責打整他，要晚了，命就怕沒了。

管事的瞪著我，半天才說：他一進來就打砸搶，我們這是正當防衛。如果不怕明天躺在那裡的人是你，你儘管去管他好了。

我還想說話，兩個人過來挽起了袖子。我慌忙退出來，把剛剛翹起的那根尾巴夾好。順著風往回走，我一陣難受，好容易憋出來的那點勇氣，一陣風過就消失得乾乾淨淨了。裹緊衣服，我蹲在煤堆上看著他。雪很大，雪夜下，只能見著一個白色的凸起。

我說我也幹不了什麼，就多給你念幾遍阿彌陀佛吧！菩薩要真有雙天眼，該不會不管不問吧！

天沒亮，我聽見瘦猴站在門口喊，他的聲音滿是驚奇。

「狗日的不見了。」

我連衣服都沒有套，幾步跳出來跑到煤堆，放眼望去，壩子裡有一個陷下去的人形。

小鎮

下半夜了，我在做夢呢！又夢見他了，神氣活現站在我面前說：等攢足了錢就娶你。我才不相信呢！就算在夢裡頭，我也不相信，他的話哪裡有準頭？跟他好的這些年，我沒想他的金，沒想他的銀，就想他能給我一個準信兒。可只要一提到這事，就算他騎在你身上，都能一骨碌翻下來，惡聲惡氣地吼：少提這事，我心裡有數。他吼我也吼：我就奇怪了，一提這事你就上火，你要真有牽絆，我不怪你，你老婆早死了，無兒無女，光桿司令一個，你還有什麼放不下的，啊？這時候他就啞火了，縮在椅子裡狠命地抽煙，煙霧濃得我都看不清他的臉了。

我的夢被拍醒了。豎著耳朵聽了聽，我知道他來了，這是他拍門的方式。我套好衣服，下樓來抽開鋪子的門板，他立在門邊，身後披著漫天的風雪。

這一刻，我的喉嚨有些硬邦。沒見著他的時候，從早到晚地埋怨，一見了，就只剩委屈了，恨不得捶他幾拳，罵他幾句，然後溫順地倒在他懷裡，那樣啊！再大的風、再大的雪也奈何不了我了。

他經常在這樣的夜晚到來，抽開門板，我們都會抱一抱的。我發現，我和他這些年，這一抱是最特別的，和無數次的酣暢淋漓相比，回憶中出現最多的還是這一抱。

可今天沒有，我剛往前站了一步，他忽然說，你跟我來。

他的車停在街頭一個黑咕隆咚的拐角處。走到車邊，他先四下看了看，小鎮早就睡去了，只有幾隻狗還在昏黃的燈光下覓食。他拉開車門，我看見副駕駛座位上斜躺著一個人，滿臉血汙。他先從車裡拿出一個旅行包遞給我，然後扛上那人，低聲說回去。

那人躺在床上，一動不動，我沒敢湊過去看。

死了嗎？我問他。

他喘了喘氣說：「去，熬一鍋薑湯水。」我點點頭，走到門邊，他又說：「多放薑。」

我在廚房熬薑水，他走進來，從後面把我抱住，腦袋窩在我的脖頸裡，好半天不說話。還好，這兩天雪太大，飯店生意不太好，準備的薑塊還剩不少，我放了好幾塊，他把腦袋從我後面伸出來往鍋裡看了看，說再放，我又放了兩塊，他還嫌不夠，說飯店都開得起，還捨不得幾塊生薑。我有些生氣，把案板上的薑塊全扔鍋裡頭了。

我轉過身，把他推開，很嚴肅地問他：「那人是誰啊？」

他說他也不知道他的名字，我就有火了，說這算怎麼回事啊？不認識你就把他往家扛。

他斜著眼看著我。

我說你弄走不弄走？你不弄我弄。

他說：「我沒心思跟你吵！」

「我才沒心思跟你吵呢！」我聲音大了不少。

他臉一黑，抓起案板上一個瓷盆，咣噹一下砸在地上，那盆在地上跳了幾跳，滾在牆角趴著不動了。我沒敢說話了。他轉頭看了我一眼，吼：「你就服這個。」

鍋裡的水正咕嚕嚕冒，我心裡的氣也在咕嚕嚕冒。

「他是不是快死了？」半晌我氣呼呼問。

「難說。」他說。

我說這不成啊！該送醫院才對啊！鎮上衛生院半夜也有人值班呢！

他搖搖頭，說這是南山煤礦收拾的人。

我不敢說話了。

這裡人都知道，這個小鎮就是南山煤礦養著的。鎮政府、派出所、衛生院，雜七雜八的單位，開的車都是礦上送的。還有我們這些做生意的，客人除了礦上的，就是拉煤的司機了。

我坐在屋角的椅子上，看著他給床上的人擦身子，掂塊布，從頭到腳，慢慢地擦。霧氣騰騰，籠罩著他一張滿是風霜的臉，床上的無聲無息，青紫的身子慢慢浸出了紅色。我有些嫉妒了，我甚至希望床上那個半死不活的人是我，要能讓他給我這樣伺弄一番，我想那一定是件很幸福的事情。

看著看著，我有些異樣了，我第一次看見他這樣安詳，他的每一個動作都顯得格外的小心翼翼，眼神柔軟得像初春的楊柳，擦腦門的時候，他竟然伸出兩指，把他腦門前的一綹頭髮梳到耳根背後。燈光很柔和，我有些感動了。想自己也應該幹點什麼。

看我拈塊帕子站在旁邊，他直起腰來，大聲問：「你想幹什麼？」

我沒理他，彎下腰，把帕子放進薑水裡熱熱，沿著那人的胸膛慢慢往下擦。

我們倆相互看了看，都有了一絲笑。

天快亮的時候，那人緩過來了。

我打開店門，新的一天又開始了。

小鎮的清晨總是給人一種不穩當的感覺。小鎮在半山腰，房屋密密匝匝，霧氣從山腳一直堆到街面上，懸吊吊的。街道狹長，毛毛糙糙。大大小小的百貨店和小菜館總是醒得很晚，就等著拉煤的司機和閒工的挖煤匠。到了中午，司機們把煤車沿著街面停放好，跳下來，拍打拍打身上。年輕的還會斜在車門邊，對著反光鏡梳理梳理東倒西歪的頭髮，朝著自己喜歡的鋪子去了。挖煤匠們，則順著街道過來，蹦跳著越過深深淺淺的水坑，站在小菜館門口，抖一抖腳上的泥水，拱進屋去，要點下酒菜，再要上一大碗青幽幽的本地苞穀酒，把日子放進舌頭和牙縫裡，慢騰騰地咂摸。司機們出手自然闊綽一些，他們喜歡滷豬耳、炒腰花、回鍋肉和素酸菜，偶爾他們還會吃一頓辣子雞或者豬蹄膀火鍋；相較而言，挖煤匠們就顯得摳門多了，要盤花生米，篩來半碗酒，那張桌子一整天都是他們的了。挖煤的雖說吃相寒磣一些，但老實，腦袋永遠都耷拉著，興許是長期下井的緣故，他們連吃飯的時候都保持著一種向下的姿態，彷彿地面上有個窟窿，他們隨時都會鑽進去。拉煤的就油條多了，有時候店裡人手不夠，我會給他們親自端端菜，倒倒酒，這樣磨磨蹭蹭就難免了。遇上心火旺的，還會藉機在你的屁股和胸脯上薅兩把，我也不惱，笑嘻嘻地躲閃著。這兩年這事遇得少了，遇上揩油的，旁邊就有人提醒：管好你的爪爪，王榮貴，王大哥的女人。

快到午飯時間了，店鋪裡零零星星坐著幾個人，王榮貴從屋子裡出來，在櫃台上勾了半杯泡好的枸杞酒喝下去，抹了抹嘴，朝我眨眨眼。我過去，他把我拉到裡屋對我說：我得把這車煤運出去交了，答應人家的，不能失信，人我就交給你了，好生看著，隔會兒你到衛生院給他開點跌打損傷的藥片。我兩星期以後就回來。

我埋怨：值當嗎？

他恨了我一眼：「開弓沒有回頭箭，都到這分兒上，就得扛下去。」想想他又說，「千萬不能讓人知道這人被我弄這兒來了，那樣以後南山煤廠的煤炭我就甭想拖了。」

王榮貴走了，我倚靠在門邊，看著他遠去的背影。他哪知道，我才不是埋怨他招個半死不活的人來，我是心裡不安逸呢！好不容易見一面，連認真抱一抱都沒有，我老覺得心裡空鬧鬧的。他的車駛過鋪子，看我眼神糍粑一樣黏著他，他興許是心軟了，把車停下來，伸出半個腦袋，看著我笑笑。他的牙很白，嘴長得也好看，我想上去親一個，當然了，只是想想，想想而已。小心些！我喊。車屁股噴出一陣黑煙，摔落一串悶響躥出去了，他肯定沒聽見我的喊聲，我有些沮喪了。

晚上，我從衛生院買回來一些藥，推開門，那人斜靠在床上，兩個眼睛大大睜著。看見我進來，他掙扎著想坐起來，我連忙過去把他按倒在床上。他四下環顧著屋子，腦袋還使勁往窗戶那邊伸，疑惑堆滿了那張腫脹的臉。

我拉把椅子坐下來，把事情說了個大概。

「他呢？」他急切地問。

我說你是說王榮貴吧？他居然笑了笑，笑容讓腫臉移了位，疼得他眉毛都跳了起來。緩了緩他才說：「原來他叫這名兒。」

接下來是漫長的沉默，好久我咳嗽一聲，問他：「礦上怎麼把你給打了？」

「我兄弟沒了，我找他們要人。」

「你咋知道你兄弟沒了？」

他沒說話，眼睛盯著窗外，黑壓壓的一大團雲朵，把窗戶塞得死死的。

王榮貴離開已經十天了，還有五天，他就該回來了，這些天，我夜夜夢見他，不知道他有沒有夢見過我，我想應該有的，他不是那種沒心沒肺的人。自從男人死後，我七八年都沒動過心思，怕啊！就怕遇上沒心沒肺的。可你從我們這條街一溜看過去，盡是這種男人，婆娘在屋頭挖空心思打理家，男人呢，駕駛室一拱，天南海北跑，車一停，就爬到其他女人身上去了。第一次見到他是三年前，他和幾個司機來飯店吃飯，其他人看著我店裡送菜的幾個小姑娘，個個口水滴答，動手動腳。只有他，低著頭呼啦啦刨飯，幾碗飯下去，拉條凳子坐在門邊吸煙。和飯桌上還看著我舔口舔嘴的幾個人相比，他像另一個世界的人。

從那一刻起，我就想，他要沒有女人，我就嫁給他。自從跑上南山煤廠這條線，他就經常來店裡吃飯，我知道了他比我大五歲，還知道他也是根獨旗杆兒，我就主動了。好上以後，我的心思就都在他身上了。可是兩年了，他就是強著，不辦事兒。不辦就不辦吧，還不能提，我一提，他就上火，吼天吼地的。

想不通，想了好久，我都沒想通。

和以往相比，我忙了許多，除了照看店裡的生意，還得照顧樓上的那個人。還好，這些天他能下地了，還說想去廚房幫點忙。我不讓，怕王榮貴回來怪罪我，另外還怕南山煤廠的人認出他來。

今天放晴了，生意就好了許多，一直忙到晚上十點多，店裡的人才算散去。我端了一碗飯上樓，忙慘了，把他給忘了。他顯然是餓了，幾筷子就把飯刨得精光，把碗遞給我，他問：還有嗎？我被嚇了一跳，還以為病人吃得少呢！我說有，趕忙下去給他盛了滿滿一大碗。

深夜了，廚師和幾個幫忙的小姑娘都走了。我一個人縮在廚房剝大蒜，這是本地蒜，個兒小，味道濃，炒菜香。剛剝了幾個，他下來了，搬條凳子跟我一起剝，我沒阻難他，反正這活不費力氣。

「你和他是怎麼認識的？」我問。

誰？他說。

我說王榮貴啊！

他說我搭他車去的礦上。

他動作很快，面前的大碗裡很快裝滿了白花花的一碗蒜。蒜味有些刺眼，他橫著袖子拉了一把眼睛，忽然問：「他說他有個相好，就是你吧？」

我一驚，笑著罵：「脹憨的，連這事也給你說了。」把一顆蒜丟進碗裡，我嘆了一口氣。他停了下來，抬頭看著我，說：「他是個好人，你還嘆氣？」

我笑一笑，說好人頂個屁用呀！一天到晚在外跑，見他跟見國家主席一樣難哩。頓了頓我又說：「這樣不明不白的，我心慌。」

「你們還沒辦事吧？」他問。

我點點頭，幽幽地說：「他怕是不想和我好吧！」

他撿起一顆蒜，剝了一半，忽然說：「不是這樣的，他跟我說——」

我一下昂起頭問：「說啥？」

「他說跑車的跟挖煤的差不多，都是玩命的活兒，他怕——」

「怕啥？」我問。

他沒有看我，低頭把那顆蒜剝完，才說：「他說了，再拼著命跑兩年，等攢足了錢，就不幹了，跟你守著這個店過下半輩子算了。」

我沒說話，本來想忍的，沒忍住，眼淚順著兩頰不爭氣地往下淌。

「他還跟我說——」看見我眼淚下來了，他停住了。

我抹了一把淚，對他說：「你說吧，我沒事。」

他說：「還是算了，不說了。」

我把手裡的蒜往地上一砸，吼他：「說點話還吞吞吐吐的，哪有拉半截屎的。」

他漲紅了臉，慌忙說：「其實也沒啥，他說他老婆就是因為他常年不落屋，喝農藥死了。」

我站起來，身子有些飄，扶著案桌，半天才站穩。

我想王榮貴了，真的想，從來沒有這樣想過。我想給他打個電話，可他交代過，只要車出了門，就不能給他打電話。

這些日子，我的心思沒在店裡了，整日倚在店門口，眼睛盯著來來往往的煤車。我想他技術好，說不定能早點把煤運到，這樣就能提前回來了。

天氣和我一樣的無精打采。午後了，天空亮堂了一些，北風也歇火了。飯店裡就剩一桌人了，五個挖煤匠。他們吃飯的時間和他們的煤井一樣的長，桌上的菜餚早就收拾得精光，只有一個盤子裡還孤獨地躺著幾粒花生米，每個人臉上都是懨懨的神情。他們正玩著一個遊戲：把一個碗反扣在桌子中央，碗底放一個瓷勺子，一個人把著勺子用力一轉，勺子就開始旋轉，勺子轉累了，慢慢停了下來，眾人的目光就跟著勺子把兒的方向看，勺子把兒指著的人也不說話，伸手端過碗，一仰頭把酒喝乾，重新倒上酒，喝酒的人先抓一顆花生米扔進嘴裡，然後伸手捉住勺子，又開始了新一輪的遊戲。

遊戲很簡單，表情也簡單。只有目光顯得笨重，偶然的一個抬頭、轉頭、回頭，都像失了潤滑的軸承，他們的腰都一律半彎曲，彷彿肩上扛了無形的物事。

勺子骨碌碌轉，旋轉出一團急促的雪白，最後勺子把兒指向了一老一少肩膀之間，大家看了看這段狹窄的空隙，又看了看拼出空隙的兩張臉，年少的把身體往旁邊歪了歪，這樣年老的就理虧了。年老的一臉烏青，身上套件黑皮衣，好多地方還掉了皮，這樣他就成了一隻正在褪毛的老貓。他裹緊衣服，看著瘦精精的年輕人搖了搖頭，端起酒碗一飲而盡。酒倒進去，眉頭就皺起來了，側過頭，他的皺紋更深了。

樓上的人不知道什麼時候下來了，站在了桌子旁邊。

我屋子裡的病人眼睛盯著那個喝酒的挖煤匠，挖煤匠也看著他。四目交接，挖煤匠的眼神倏然變得倉皇了，想逃遁，可是沒有逃遁的勇氣。硬硬地盯著他看了看，那目光就游離了，輕飄飄的，彷彿無處安放了，上下左右地晃蕩，最後停在了牆上的一張畫上，迎客松，塑料的。

他走過去，低頭看著一桌人，桌上的人也仰著頭看著他。僵持了一陣，坐著的收回了目光，那個瘦精精的年輕人忽然撥弄了一下桌上的勺子，屋子裡就有了磨牙的聲音。

「我知道，我兄弟已經沒了。」他的聲音冷冰冰的。

眾人你看看我，我看看你，沒人答話。

「跟我說，是不是還埋在下面？」

年長的忽然站了起來，衝著我喊：「結帳。」

「日你媽，你們就算點個頭也成啊！」他忽然破口大罵。

沒人看他，幾個人徑直往外去了。

他追到門口，目送著幾個人蹦跳著離開，猛烈咳嗽起來，咳得很厲害，好半天才停歇下來。

「讓你不要出來，不要出來，咋還沒耳信呢。這下好了，知道你在我這裡，我們怕都脫不了干係了。」我有些生氣，看他不停地喘氣，我說給你倒杯熱水？

他搖搖頭。

起風了，從街口過來，翻滾著穿過狹窄的街道，他一個踉蹌，慌忙伸手扶住門沿。風過去了，街道安靜下來，一條黃狗從巷子裡伸出頭來左右看看，才小心翼翼地跑出來，沿著街道找吃的，可惜街道上除了被車轍輾出的黑泥外，其他地頭都是厚厚的積雪。

「你問他們有個屁用！」我說，「這些都是嘍囉，要問就去問他們老闆。」

在哪兒？他眼睛一下睜得斗大，露出可怖的血絲來。

「縣城。」

「咋才能找到他？」

我被他的樣子嚇了一跳，嚅囁著說：「只要問南山煤礦的趙老闆，連街頭買臭豆腐的都知道。」

他是悄悄走的。夜晚，我聽見有窸窸窣窣的聲音，以為是他上廁所，等天亮一看，人沒了，床鋪疊得整整齊齊的，還在鋪蓋上放了兩百塊錢。

第二晚，拍門聲把我吵醒了，我知道王榮貴回來了，打開門，我抱著他大哭一場，哭完了，我仰著頭說：「那人走了。」王榮貴伸出巴掌幫我揩去臉上的淚水，笑著說：「他能活下來就成了，走了就走了嘛，還哭得這樣傷心。」

我的王榮貴哪裡知道，我哭的是另外一些事情。

我們家之一

我是中午吃完飯後見到那位叔叔的。當時媽媽在看電視，我撲在桌子上畫畫，我畫了一個大花園，人們圍著花園興高采烈地跳舞。

他沒有按門鈴，而是一個勁兒地拍門，媽媽拉開防盜門上的小窗，問他找誰，他說我找趙老闆有點事，媽媽又問他，啥事？他說他是廠上來的，有點事情跟趙老闆說。

他沒在啊！媽媽說。

事情有點急。他說。

媽媽遲疑了一下，還是拉開了門。

他對著媽媽點了點頭，剛想邁步，媽媽伸手攔住了他，從鞋櫃裡拿出一對鞋套，接過鞋套，他茫然地看著媽媽。媽媽臉色有些不好看，腦袋歪向一邊，不理他。我從板凳上跳下來，跑過去跟他說，這是鞋套，套在腳上，這樣地板就不會弄髒了。我邊說邊教他怎樣做。他看著我笑笑，他臉像個大饅頭，還有一些新鮮的傷疤，我想他定是走路不小心給跌的，於是我就在心裡笑一回，原來大人走路也會跌跤的。

等他套好鞋套一邁步，我就有些愧疚了。原來他是個跛子，我不該笑他的，老師說過的，不應該嘲笑殘疾人。

他走到沙發邊，想坐下來，四周看了看，最後選擇了沙發邊上的一把椅子，還順手把手裡的提包放在腳邊。

我想接下來媽媽就該給他倒杯水了，家裡來人，媽媽都會熱情地倒水的。可是媽媽沒有這樣做，依然回到沙發上看電視，還小聲咕噥，一臉的不滿，叔叔敲門把她的電視劇弄斷了，她又要費些勁兒才能接上了。

我跑到飲水機邊，拿起玻璃杯子就開始倒水。剛接了半杯，媽媽就吼：幹啥呢你？我說給叔叔倒杯水。媽媽把遙控器往沙發上一丟，過來搶過我手裡的玻璃杯，重新拿了一個一次性的塑料杯子，把玻璃杯裡面的水倒進去，走過去把杯子往叔叔面前一放，嘴裡說：「你這樣乾等不是辦法，不知道他幾時回來。」

叔叔點著頭笑：「沒關係的，我慢慢等。」

屋子裡沒人說話了，只有電視機裡面發出的各種雜亂的聲音。

我撲下身來繼續畫畫，我偷偷瞅了坐在邊上的叔叔一眼，心裡笑了笑，就順手把花園裡剛畫好一半的一個大人塗掉了，我得把這位叔叔畫上去。他坐在那裡，一動不動，乖巧得像隻老貓，這樣正好。畫好腦袋我心裡笑得更歡了，他一定不知道我在畫他，嘿嘿！不過他似乎注意到了我在偷看他，他的眼睛就在電視和我之間來回跑。有時候我們四隻眼一不小心就打了架，我心虛著呢！趕忙躲開了。

爸爸回來的時候，我的畫兒剛畫完，花團錦簇中，人們手拉手，跳著，唱著，天空中，還飛翔著幾隻鴿子，太陽胖乎乎的笑臉散發著黃色的光芒，幾朵白雲繞著太陽公公悠悠閒閒地飄啊飄！

爸爸打開門，看見了屋子裡的異樣。換上鞋，把鑰匙往鞋櫃上一丟，問：喲！這是老家的親戚吧？媽媽斜了爸爸一眼，聲音像是往下掉：「老家的親戚？我老家的親戚哪敢登你趙大老闆的寶殿門啊！」忽然媽媽的聲音又變成了往上躥，短而急，「找你的。」

「哦！有事？」爸爸過來，看著那位叔叔說。

叔叔點點頭，沒説話，低頭拉開地上的包，他怕是有什麼東西給爸爸吧！

等他再次抬起頭，屋子裡忽然變得寂靜如水。

他居然舉著一支槍。

爸爸當時剛好倒杯水端在手裡，水杯送到嘴邊就停住了，杯子慢慢降到胸前，嘴卻還依然大大張著。媽媽眼睛盯著電視機，本來聚精會神的，忽然感覺到了異樣，一側身，嘴一下就咧開了，媽媽大概是怕嘴一直咧到耳根後，慌忙伸手把嘴捂住了。

我被嚇著了，不過我這人精靈，老師都説了的。瞬間我就有了主意，我決定哭，真哭。我這兩年哭過好多次，但多數是假哭，要這要那啊，想和不想啊！我都哭，但一律是假哭。剛開始學會假哭那陣子，本領還不高強，有兩次差點就讓精明的媽媽給識破了，後來進步了，比畫畫的進步還大，假哭比真哭還動人，因為假哭多了，我差不多把真哭都給忘記了。

這一次是真哭，剛撅起嘴，皺起眉，一股好久都沒了的感受一下湧了上來，塞得一個胸膛鼓鼓的，咧開嘴，我要好好傷心一回了。

沒哭成，他轉過臉，狠狠地瞪了我一眼，還把手裡的槍晃了晃。這模樣我熟悉，是讓我住嘴，爸爸媽媽經常都有這樣的舉動，只是他們手裡沒有槍。

我無可奈何地收了聲。

收聲也好，讓我有更多的時間看看他。

我想，這就該是所謂的壞蛋了。

壞蛋的故事，老師講過，爸爸媽媽也講過，好多人都講過，在書上也見過，電視上也見過，都是鬼鬼祟祟的，縮頭縮腦的，要麼就一臉橫肉，要麼就斜眉吊眼，反正不是眼前的這個樣子。眼前的這個哪有壞蛋樣兒啊！臉像顆吹大的泡泡糖，還有傷疤，我見過一個剛從溝裡爬出來的可憐人，就這模樣。還有，他還是個瘸子，走路擺鐘樣的。我本來一直都以為他是個好人，還是個可憐的好人，還給他倒水，還把他畫進了我的畫兒，還讓他站在美麗的大花園裡。可是，等他從包裡拿出那支槍，他咯噔一下就變成壞蛋了，還是一個超級大壞蛋。

接下來，他就成這個屋子的主人了。從櫃子裡拿出一截電線，他讓媽媽把爸爸綁了，然後又把媽媽綁了。把爸爸和媽媽推進衛生間，他拿著一截電線向我走來。

我使勁咬緊嘴唇，不讓自己哭出來，沒忍住，眼淚不爭氣地往下淌。

他走近我，我忽然有了一股衝動，我要不是一個小姑娘家家，就跟他搏鬥。可我畢竟是個小姑娘，才上四年級，還是沒有開放的花骨朵哩。搏鬥是搏鬥不了了，爭取不哭出聲來，就算是藐視敵人，取得氣勢上的勝利了。

他沒有綁我，而是拿起桌上的畫本，瞅了瞅，問我：「你畫的？」我沒理他，其實就在剛才，我還覺得這幅畫畫得挺好的，可是現在，它看起來只有這樣醜陋了，不為別的，就因為我畫裡有了他。我一把把畫本拉過來，氣鼓鼓地說：「要你管，又沒畫你。」我又怕他看出來畫裡有他，慌忙把畫本合上。

他不僅腿不好，眼睛也不好，居然沒有瞅出來畫裡靠右邊的那個咧嘴大笑的人就是他。他要發現了這個祕密，我可就丟臉了，明明是個大壞蛋，還拿他當好人待哩，還給他安排那樣好的一個地方站著，正對著太陽哩！我憨不憨啊？

他沒綁我，只是讓我不要出聲，我偷偷瞅了一眼他手裡的槍，黑糊糊的，像條吐著信子的黑蛇。

他拉了我一把，說你也進去。我知道他讓我進衛生間。我搖了搖頭，沒同意。他伸手來拽我，我使勁搖晃著，不讓他抓牢。

「去不去？」他吼一聲，手高高揚起。

我忍不住了，哇一聲大哭起來。

他驚慌地四處看看，我想他是被我的哭聲嚇著了，就更得意了，哭得更加波瀾壯闊。

我以為這下他該束手無策了，沒想到他方法簡單得很：綁上我的兩隻手，攔腰把我夾起來往衛生間一丟，咣噹一聲，我的哭聲就變得狹窄了。

爸爸和媽媽像兩把扔在牆角的拖把。我們一家還從來沒有一起上過廁所哩！看著可憐的爸爸媽媽，我哭得更傷心了。我一直覺得，我的爸爸是世界上最好的爸爸，他為了一家人的生活，每天都很忙，經常不在家。他對我好，對媽媽也好，給我買最好的畫筆，給媽媽買最好的小汽車。

看我被丟進來，爸爸掙扎著爬到我旁邊，上下認認真真把我看了一個遍，大約是看出來我還好好的，沒缺胳膊沒少腿，他鬆了一口氣，小聲讓我不要哭。我憋住了哭聲，變成一陣一陣的抽泣。

「不要怕，有爸爸在，壞人就害不了你和媽媽。」爸爸英雄一樣地對我說。

我點點頭，隨即又陷入了慌張，爸爸的話固然提氣，但是不管怎樣，他是被綁著的呀！他也沒有《寶蓮燈》裡沉香或者二郎神的本領呀！他自己都像個粽子，又怎麼來保護我和媽媽呢？我剛想問清楚這個問題，門開了，壞蛋叔叔進來，把我扒拉到一邊，一把揪住爸爸的脖子，連拉帶拽拖了出去，門砰的一聲又關上了。

媽媽急了，瘋了似的衝到門邊，大喊大叫，用頭和肩膀使勁撞門。我看媽媽都這樣了，我也沒有主意了，又把號哭撿了起來，哇啦哇啦。

門被推開了，媽媽被撞了一個仰八叉。

壞蛋叔叔指著媽媽惡狠狠說，再亂吼亂叫，我一槍崩了你男人。

他說完，媽媽就乖了，驚天動地一下就變成了默默無聞。

我還在號，壞蛋叔叔瞟了我一眼，我立馬就向媽媽學習了。

我和媽媽坐在廁所裡，我們的臉上都掛著淚珠兒，像對可憐的難兄難弟。不對，我們都是女人，應該叫可憐的難媽難女。

媽媽看上去很緊張，側著耳朵聽著屋外的動靜。

「兄弟，你這樣做不就是為了錢嗎？說個數吧！」是爸爸的聲音。沒想到爸爸這樣沒有原則，面對著這種大壞蛋，還叫他兄弟，換了我呀，就叫他鬼，叫他吊死鬼。

壞蛋叔叔的聲音：「我不要錢，我要我兄弟。」

爸爸：「你兄弟，我沒見過啊！」

壞蛋叔叔：「死在你礦上了，埋在煤洞裡頭了。」

爸爸笑，居然還笑，說：「這不可能，絕對不可能。」

壞蛋叔叔：「鄉下人是憨，但是不傻，我知道，我兄弟沒了，你承不承認？」

爸爸說：「沒影兒的事情，我幹嗎承認？要錢你就開口，不要搞這些。」

「狗日的！」壞蛋罵髒話，好難聽。接著就是劈里啪啦的聲音，然後是爸爸痛苦的慘叫聲。

媽媽又撞到門邊，大聲喊：「有事好好說，幹嗎打人啊！」

打了好半天，爸爸大概是快死了，聲音裡頭都有鮮血的味道：「別打了，我承認，幾個月前礦上確實埋了幾個人。」

一記響亮的耳光，我正猜是誰挨的，馬上又笑自己笨，肯定是爸爸唄，他手綁著呢！想到是爸爸挨了這樣一記乾脆的耳光，我又傷心了起來，想爸爸的臉上該起來五根鮮紅的香腸了。

「到底埋了幾個？」壞蛋越來越得勁兒了。

「好幾個，四個還是五個？」爸爸好像也哭了，爸爸從來沒哭過，今天都哭了，想一想，這是多大的委屈啊！

又一聲脆響，比剛才還嘹亮。此刻，我也沒什麼乞求的了，只要求這巴掌是搧在爸爸另外半邊臉上，一左一右，都給主人分擔點，也該好受一些。

壞蛋凶神惡煞的聲音：「四個還是五個？死了人，連個數都記不清，你還是人嗎？」

爸爸老不輔導我功課，原來他自己連四和五都分不清楚。

「四個，絕對是四個。」爸爸慌忙糾正。

一聲長長的嘆息，不是爸爸的，然後就安靜了，長時間的安靜。

門開了，爸爸被拉了進來，嘴裡還多了一塊抹布。

爸爸的樣子真可憐，他的衣服都被扯破了，鞋子也掉了，左邊臉像發糕，兩隻眼睛大大睜著，像見著了惡鬼。

我本來想安慰一下爸爸的，沒想到，壞蛋叔叔衝進來，往我和媽媽的嘴裡也塞了一塊抹布。就這樣，我們一家三口癱坐在狹窄的廁所裡，相互盯著看。開始還焦急，嗚嗚啦啦吼，就是聽不清，慢慢大家都安靜了。

我有些累了，想睡覺，就斜靠在馬桶上，爸爸和媽媽漸漸就模糊了。

我們家之二

沒想到這樣突然，開門的時候我就有種隱隱的預感，想不到很快就得到了印證。他下手很快，一點不像個瘸子，從掏槍，綁人，打人，快得我都有點兒蒙了。

老公礦上出事了我是曉得的。那天接到礦上電話就心急火燎出去，第三天才蔫巴巴回來，眼睛裡頭布滿了血絲，一定是熬夜了。我看著有些心疼，就想得去給他買點蛇膽啥的補一補，那東西對眼睛有好處。我也問過他，廠上到底出了啥事？他說沒啥大事，就是有兩個地方出現了小小的塌方。我又問他有沒有傷著人，他笑著說傷人了能這樣快回家嗎？

可是剛才一頓打，他又承認死了人，還說是死了四個。聽完我心裡一咯噔，隨即又釋然了，對著這樣劈頭蓋臉的毒打，要換了我，別說四個，四十個我都承認。

我們一家一排兒坐在沙發上，嘴裡全都給堵上了。面對著這樣窮凶極惡的壞蛋，要不是嘴給堵上了，我敢大聲質問他：連小孩兒都不放過，你還是人嗎？

不過比起衛生間，這會兒條件算是好多了。本來一家都被他丟在了衛生間，後來他開門，看見女兒靠在馬桶上睡著了，倚在門邊看了看，說都起來到客廳吧。

他坐在沙發對面，手裡緊緊捏著那支烏黑的槍。

他的眼睛有些呆滯，定定地看著窗外，陽光越過圍牆，照著一牆的枯黃。

好長時間，他忽然像想明白什麼了，身子一直，走到老公身邊，我有些擔心，怕他又傷害我老公。

扯掉老公嘴裡的抹布，他說：「讓人把我兄弟挖出來。」

老公猛喘了幾口氣，說這不可能，就算大型機械，也得幹上好幾天。

「挖不挖？」

「不是不挖，這個——」

他沉著臉，把槍往我太陽穴一指，說：「就是用手刨，也得給我刨出來，否則，別怪我下狠手。」

老公慌忙點頭，說挖挖挖，一定挖，我馬上給礦上打電話。

電話在窗戶邊，老公說號碼，他按，電話接通了，他把電話湊到老公耳朵邊，老公在電話裡吼：「讓你們挖就挖，不為什麼，給老子挖。」

重新坐下來，老公提出口渴，想喝口水，他白了老公一眼，沒理會。老公看了看我和女兒，說不給水喝也行，把我女兒和老婆的抹布抽了，讓她們透透氣吧！

他猶豫了一下，把女兒嘴裡的抹布扯掉了。

「就一個。」他說，說完又把老公的嘴給堵上了。

女兒看樣子是嚇壞了，布一扯開，張著嘴就想哭，他狠了一眼，女兒很爭氣，使勁閉著嘴，哭給壓下去了。

慢慢地，女兒像是適應了這種氛圍，居然直勾勾看著他。他更稀奇，露出了靦腆的神情來。女兒的脾氣我知道，典型的得寸進尺。

「我要喝水。」女兒說，語氣有些試探的意味。

他猶豫了一下，起身走到飲水機邊上，往玻璃杯裡接了一杯冷水。轉身走出兩步，女兒又說：「我要熱的。」他盯著女兒看了看，一仰脖子喝掉了半杯涼水，彎下腰，杯子剛伸到接水口下，女兒高聲嚷起來：「重新換個杯子，我不要你喝過的。」他猛一轉頭，目光箭一樣射向女兒。女兒蹙著眉，可能是明白了這樣的要求和處境實在有些不搭調，又軟軟地說：「麻煩你多倒一點。」

喝完水，女兒開始滴滴答答地抽泣。開始聲音小，他沒在意，坐在椅子上擺弄手裡的槍，慢慢女兒聲音開始變大，他就警惕了，拿槍對著女兒比畫了兩下，問：「你哪根筋又麻了？」

女兒悲戚地說：「明天就星期一了，我好多作業沒做呢！」

他訕笑：「你還乖得很呢！你看看現在是做作業的時候嗎？」

「作業不完成，要挨老師罵的。」女兒說。

他再沒搭理沙發上的乖學生，眼睛盯著窗外，神情格外遙遠。

「我就做語文，我們語文老師可凶了，沒完成作業的，不僅罰值日，還得請家長哩！」女兒哭著央求。

他依然看著窗外。

「求你了！」女兒哭聲更大了。

他忽然猛向女兒衝過來，一臉的怒氣。我慌了神，老公也慌了，嗚嗚叫著往女兒那邊靠，女兒倒顯得格外鎮靜，擺直身子迎著他。

他到女兒面前，一顆大腦袋擺放在女兒的小腦袋上方，惡狠狠地說：「就你裹攪，聽清楚了，作業可以讓你做，但是不許亂說亂叫亂動，否則我就——」他揚揚手裡的槍。小學生鬆了綁，徑直往自己房間走去。他跳起來吼：幹啥去？女兒說回房間做作業啊！他說不行。指了指面前的茶几：「就在這兒做。」

女兒攤開書和作業本，把吊在額前的一綹頭髮撥拉開，開始一筆一畫寫作業。

房間裡恢復了平靜，只有筆在紙上跑出的沙沙聲。

時間漫長得像台灣的電視劇。偶爾，我和老公，相互眨一下眼睛，暗中鼓勵著。

我想，只要堅持做，一定會迎來轉機。

剩下的時間，我們三人的眼光都在女兒身上。她很入神，我閨女就這點好，幹啥事都能集中精力。她似乎忘記了危機的存在，把筆頭咬在嘴裡，這是遇上難題才有的表情。我嗚嗚叫了兩聲，我就討厭她這毛病，一卡殼就咬筆頭，多不衛生啊！罵了好多次，就是不見改。吼了兩聲我才意識到嘴給堵上了，要不是又堵又綁的，我非得過去照著額頭給她兩彈崩。

看你還不長記性。

她忽然抬起頭，看著面前的壞蛋說：「你能說出三種農作物的名稱嗎？」

他輕蔑地一瞥，歪開腦袋，不說話。

「我可以問我爸爸和媽媽嗎？」

他還是不說話。

「我只能寫出一種，作業要寫四種，還差三種呢！」

「別得寸進尺啊！」他沉著聲說。

女兒不理他，繼續說：「我寫出了稻穀。」女兒還把作業本伸過去，「稻穀的稻字是這樣寫的吧！」

他目光一下軟了下來，側頭看了看，說：「不知道！」

「那其他三種呢？」

「得得得，煩不煩啊？」他把槍放在兩腿間，掰起指頭大聲數：「玉米、黃豆、小麥、生薑、白菜、蘿蔔——還要不要？」

女兒盯著他，眼神充滿了驚奇和敬佩。

「你知道的真多啊！好厲害。」女兒說。

「數個三天三夜也數不完。」他臉上蕩開淡淡的得意。

女兒滿意地彎下腰繼續寫作業。

他低著頭，盯著自己腳面看，看了半晌，腦袋忽然伸得老高，陰惻惻地看著老公說：「人能挖出來，我給你留個後，挖不出來，你們一家就認命吧！」我急得嗚嗚大叫。他一彎腰，隔著茶几給了我一巴掌。我趕忙收住聲，女兒卻哭了，仰著腦袋，樣子真是被嚇著了。他一把抄起女兒的作業本，吼：「到屋裡去做。」女兒拿起作業本，嚶嚶哭著進屋去了，他也跟進去看了看，大約是想檢查一下屋子裡有沒有什麼異樣。

再次坐回位置上，他還大口大口地喘氣，像是被什麼東西給堵著了。

老公對我眨眨眼，可能是讓我安靜下來，免得激怒他。

他一隻手提著槍，一隻手蒙著臉，像是陷入了某種難以擺脫的焦慮。

「你知道被埋在下面的感受嗎？」他探過身子，對著老公說，「一地墨黑，叫天天不應叫地地不靈，只有害怕，不是遇上老虎豹子野豬那樣的害怕，也不是被人偷了搶了綁了的害怕，是覺得吧！被爹媽啊親戚啊朋友啊寨鄰啊弄丟了，弄丟了不說，還忘記了，忘記在那個又黑又潮的巷道裡頭，還有這樣一個人了。」

他的聲音漸漸變得哽咽：「我被埋過，埋了好些天，一起被埋的有五個人，其他四個都死了，你知道他們是怎麼死的嗎？一開始啊！我們相互打氣，朝著外頭挖啊挖啊！挖到第三天，有兩個兄弟不挖了，絕望了。等我們歇下來，才發現他們已經死了，摸到一片鋒利的石頭，把手腕子割開了。第五天，剩下兩個兄弟也死了。我還不死心，繼續挖，最後實在挖不動了，摸到一塊石片，準備跟他們去了。你猜怎麼著，洞子那頭傳來了轟轟的機器聲，有人從洞子那頭挖過來了。」

他忽然瘋了似的衝過來，一把將老公從沙發上提起來扔在地上，劈頭蓋臉一陣亂打，邊打邊罵：「你萬人日的，明知道埋人了，不管不問，你哪怕做做樣子，派兩個人挖一挖也成啊！說不定我兄弟聽見動靜，還能自己刨出來呢！」

他狠命地打，老公悶著慘叫。

打夠了，他一屁股坐下來，嗚嗚地哭，眼淚鼻涕一起往下淌。老公蜷縮在地上，一陣一陣地抽搐。他盯著老公惡毒地罵了一陣，歇了會兒，又把老公提到沙發上放好，老公咕咕悶哼了幾聲，看著他的臉，沒敢再哼了。

該是中午了，女兒拉開門，站在門口喊餓。我看了看他，他指了指女兒，我拼命點頭，他扯掉我嘴裡的抹布。一下通透了，我吭哧吭哧好半天才緩過來。平靜下來，我說你給我鬆開吧，我得做飯給女兒吃呢。他搖頭。我說那就讓她在冰箱裡拿點牛奶喝吧。他同意了。

女兒抱著牛奶回屋去了。

我怕他又把抹布給我塞回去，等了一會兒，他沒動，也不知道是忘記了還是乾脆不塞了。

我清了清嗓子，儘量讓聲音變得柔和些，再柔和些：「天大的事情，我們可以商量嘛！」

他說我弟弟都沒了，這事沒有商量的餘地了。我說萬一你兄弟沒埋下面呢，而是去其他礦上幹活了呢？

他居然笑了笑，他笑起來就一點都沒有凶相了，老實得不行。他說這個事情就不說了，你男人心裡最清楚了。我有些怕了，怕這事情是真的。如果是真的，老公他們就過分了。之所以說他們，是因為這廠子不是老公一人的，還有幾個我不認識的股東。我也問過老公，他不說，還讓我不要胡亂打聽。

我不敢說話了。

長時間的沉默。

門鈴響了，我們都倏然一驚。他拿槍指著我，低聲說，敢出半點聲音，我一個活口都不留。我忙不迭點頭。他輕輕跑到門邊，透過貓眼看了看。

門拍得更響了，不屈不撓，還大聲喊：趙老闆，開門，你們家快件，麻煩你簽收一下。

我心裡忽然起來了一層焦慮，怕郵局的人走了，那樣我們一家怕就沒有機會了；又怕郵局的人不走，時間長了會激發他的蠻性。

郵局的人很敬業，還在拼命拍門。

他迅速跑過來把我解開，還給我整了整蓬亂的頭髮，湊到我耳邊說，老老實實把他打發走，否則我先殺掉你男人。說完把我老公拖到了門背後，一手摟著老公的腰，一手用槍頂著老公的太陽穴。然後對我點點頭。

我整理了一下頭髮，努力讓自己鎮靜下來。打開門，郵局的小王，一張熟悉的笑臉。

「睡午覺吧？對不起，吵醒你了，趙老闆的快件，麻煩你簽收一下。」

我對著他笑笑，說沒關係的，筆呢？小王把筆遞給我，把單子放在快件上，雙手捧著遞過來讓我簽字。

擰開筆帽，我手有點抖。

穩穩神，我寫：壞人，有槍。

小王吃驚地看著我，還好，他沒有說話。

我把單子遞過去，對著小王鄭重地點點頭。小王接過單子，也點了點頭。

我爽朗地說謝謝了小王。

小王高聲說不客氣。

關上門，重新把我綁好，他才長長舒了一口氣，我也長長舒了一口氣。

我們三人又開始了漫長的靜坐。間或，我能聽見他肚子咕咕的聲音。我就說是不是餓了，要不我做點東西給你吃吧！

他搖頭。

牆上的鐘嘀嘀嗒嗒，一晃兩個小時過去了。

女兒作業做完了，她很乖，不願一個人躲在屋子裡，出來坐在我身邊。他沒說話，算是默許了。

可能是餓得有些扛不住了，他喝了一杯水，過來把老公嘴裡的布拿掉了。

老公是憋久了，布一掏出來，他就不停地咳嗽。

半天老公才停歇下來，衝著他發出一聲吼：不就是要錢嗎？多少錢你說話，少給老子來這種下三濫。

我連忙讓老公閉嘴，把他惹毛了，這種人，啥事幹不出來？

還好，他沒有冒火，冷冷地說：「我不要錢，我要我兄弟。」頓了頓又接上，「我媽還等著我們回家過年呢！」

老公也冷靜下來了，往前挪了挪身子，對著他說：「挖煤這活，你幹過，有些情況你是知道的，就是提著腦袋掙錢，誰敢保證煤洞子不出事。遇不上，是祖墳埋得好；遇上了，是運氣孬。你兄弟遇上了，我也難受，聽礦上的說，他是幹活最賣力的。你沒了一個好兄弟，我沒了一個好工人，將心比心，我知道你的感受。既然你知道這事了，這是天意，這樣，我按照國家標準，賠付給你二十萬元。另外，你們農村來的，家庭也不寬裕，我私人多掏三萬，總共二十三萬，一次性付清，如何？」

老公說完，腦袋往前傾，大約是想聽聽他的意見。

我舒了一口氣，老公這樣做，也算盡到仁義了。二十多萬，像他這樣瘸了一條腿的，怕是幹一輩子也掙不來。老公這人啊！別看有錢，摳門得很，我娘家那些親戚，從來沒從他這兒拿走或者借走過一分錢。

一下就給了二十多萬，夠慷慨的了。

老公腦袋還在茶几上空懸吊著，眼巴巴看著他。

他倏然一動，橫起一槍托，砸得老公側身翻倒。半天老公掙扎著從地上爬起來，費力地把自己搬到沙發上放好，狠狠地盯著他罵：「狗日的，有本事你把我放開，老子和你一對一。」

他繃著的臉忽然放鬆了，語調清晰地對老公說：「把我兄弟弄出來，你得把他負責送回老家，還得給他披麻戴孝，送他入土。」

老公咕噥了兩聲說：「這個倒沒啥問題。」

「你估計還有多久能挖出來？我沒啥耐心了。」他說。

「根據埋的深度，全廠人一起上，估計得一天時間吧！」老公說。

他點點頭，喃喃自語：「算是有個著落了，老娘該著急了，得給她說一聲。」

他站起來，走到窗戶邊的電話邊，把槍夾在腋下，撥通了電話。

「喂，叔嗎？我是老大啊！我找到我兄弟了，麻煩你叫我媽接個電話。唉！好，好，我等著。」

他臉上掛著滿意的笑，像是花園裡綻開的梅花，他甚至連看著我們的時候都在笑。我側頭看了看女兒，居然連我女兒也笑了。

忽然，一聲悶響，他的笑容就凝固了，眼睛睜得斗大，電話聽筒順著肩膀掉了下去。再接著，他像一截枯朽的老樹，連根拔起，咕咚倒地。

嘩啦一聲，碎掉的窗戶玻璃散落一地。

狙擊手

接到支隊長的通知，我趕忙給老家的爹媽打了一個電話。

我說媽呀，我總算接到任務了，你兒子這一身本領總算派上用場了，為人民立功的時候到了。媽在電話那頭也替我高興，說你要曉得珍惜機會，好好幹，把平時練就的一身本領使出來，別丟臉。

這個機會，我等了好久了。

要論槍法，隊上沒人敢和我比，可是一有任務，就是沒我的份兒，為此我還鬧過情緒呢！支隊長就跟我說，你以為槍法好就行了，一個優秀的狙擊手，不光要槍法好，還要有過硬的心理素質，要有臨場處置突發情況的能力，你以為打死一個人那麼簡單？儘管他是個十惡不赦的壞人，要你親手打死他，也是有一個過程的。聽他這樣一說，我就不敢說話了。這時候支隊長就拍拍我的肩說，不要急，有你表現的時候。

我是中午接到的通知，支隊長專門找我談了話，說你不是一直猴急著上嗎？機會來了，犯罪分子把一家人給劫持了，手裡還有槍。我們去看過地形了，四面都是高牆，不利於談判，所以研究決定，在不驚動罪犯的情況下，祕密狙殺。從圍牆外架好樓梯，每個窗口都布置狙擊手，根據罪犯的活動情況，誰有利誰狙殺。但是有一點，必須一槍斃命，不然人質就危險了。

我一拍胸脯，保證完成任務。

支隊長一看我的樣兒，臉上有些不放心，他說：「現在你猴跳舞跳的，等進入實戰，就怕你發軟，這和打靶不一樣，這次的靶子是個人。」

「打死的是壞人呢，我有把握。」我信心滿滿地說。

「對，為民除害，有什麼好怕的。」支隊長也大聲說。

我知道，他是給我鼓氣呢！

去現場的路上，我抱著槍坐在車裡，心還是有些慌，畢竟是第一次執行任務。懷裡是一支八五式七點六二毫米狙擊步槍，這支槍這些年為我贏得了好幾座獎杯，今天，我就要用它來完成一次真正意義上的狙殺了。我手有點抖，心也突突地跳。

到達事發地，梯子已經架好了，我的位置是靠南的那個窗戶。我抬頭看了看，圍牆上有已經乾枯的爬山虎，這樣好，利於隱蔽。披上迷彩衣，再把槍身偽裝好。一個領導模樣的人過來對我說：記住，一槍斃命，一定要有百分之百的把握才能開槍，知道嗎？我點點頭。

爬上圍牆，我先目測一下距離，不超過兩百米，這樣我心裡就有數了。我手裡的狙擊步槍在兩百米以內的距離上，就是一頭大象被擊中胸部，幾乎都沒有生還的可能。

窗戶視線很好，能見到小半個客廳，客廳對面的牆上掛著一只鐘，從瞄準鏡裡，能清楚地看到秒針在跑。靠窗的高腳茶几上放著一部電話。客廳能見部分，足夠完成對移動目標的瞄準和狙殺。

時間像黏稠的湯汁，我就是一隻掉進湯汁的蚊子，一分鐘彷彿一個世紀。我身體開始發熱，很熱，太陽穴火烤一般。呼吸也越來越急促，從來沒有這樣緊張過，從來沒有。

我開始在心裡唱歌，老家的小曲，老家好多人都會唱，田間地頭累了，歇下來抽袋煙，喝碗水，都會哼上一小段。我是到了部隊才學會這招的，緊張的時候，唱上一小段，立刻就不緊張了。

山歌不唱兩年多，
喉嚨起了蜘蛛窩；
三朋四友來會到，
先說苦情後唱歌。

山歌好唱口難開，
櫻桃好吃樹難栽；
大米好吃田難種，
鮮魚好吃網難結。

天上星多月不明，
地上坑多路不平；
朝中官多不辦事，
世上人多事難成。

唱完，我長長舒了一口氣，心口通暢了不少。

就在這時，一個人影出現了，他慢慢走到窗戶邊。從瞄準鏡裡，我看見了那支槍，應該是支火槍。他在電話邊停了下來，把槍夾在腋下，開始撥打電話。

天，竟然定在那兒了，這比狙殺移動目標容易多了。看來，真是天要收他了，又或許是祖宗有靈，保佑我萬無一失地完成一次為民除害的光榮使命。

手指放在扳機上，心跳又加速了，血液成了沸騰的開水。看來支隊長說得不錯，要狙殺一個活人，真不是一件簡單的事情。你想，剛才還活蹦亂跳的一個人，能說話，能呼吸，能思考，可你手指輕輕一勾，他就開始變得冰涼、僵硬，他再也看不見這個世界的花花綠綠，聽不見那些繁雜而又美妙的聲音了。

我悄悄跟自己說：不要胡思亂想，你面對的是個壞人，他死了，更多的人就安全了。我就開始默念：他是壞人，他是壞人。念到第十遍，我忽然變成了一匹馳騁在草原上的駿馬，飄蕩在廣闊天空的一塊浮雲。這該就是一個狙擊手的最佳狀態了。

瞄準鏡的十字對準了他的胸部，那裡是一顆正突突跳動的心臟，等熾熱的彈頭擊穿它，危機就會隨著他的呼吸遠去了。

一切和想像的一樣，他倒下去了，我卻站了起來，今後，我就是一名真正的狙擊手了。

趴在牆上安靜了片刻，我順著梯子滑下來，支隊長朝我跑來，兩手搭在我肩上用力一拍，一臉的笑容。很好，他上下打量著我說，像是不認識我似的。

一個警察跑來給支隊長彙報：一槍斃命，人質全部獲救。

支隊長高興了，笑著說：「這年頭有錢人也難啊！不知道有多少雙眼睛盯著你的口袋呢！」警察也笑：「既然幹了，也該把裝備搞得像樣些才是啊！你看，」他把那支槍遞給支隊長，「一把破槍，撞針都沒了，連火藥都沒填。」

支隊長拿著槍掂了掂，嘿嘿笑兩聲。然後轉過頭對我說：「第一次執行任務就能有這樣出色的表現，很好很好。」

一個領導模樣的人過來，支隊長把我推到他面前說：「就是他擊斃了罪犯。」那人點點頭，連說了幾個好，接著握著我的手說：「人民有你這樣的保護神，任何犯罪行為都不會得逞。」

我心裡湧起來一陣自豪，還有些不好意思，臉發燙。

回到駐地，我給老家的爹媽再打一個電話，我要讓他們知道，兒子沒有給他們丟臉，出色地完成了任務。電話打到大伯家，我跟大伯說讓我媽接個電話，大伯問啥事這樣急？我說是好事，大伯說你等著，我給你叫去。

我把聽筒掛在肩上，忍不住又笑了一回。

我媽肯定一路小跑，臉上還帶著笑呢！

我們村

守著這個村莊好些年了，我發現村莊彷彿越來越累了。每天，太陽老高了，你都見不到一個人影，細長的鄉間小道都成了擺設。越過午後，路上才能見著人，螞蟻一樣，都是些糟了心的老樹樁子。五十歲以下的，沒幾個了，氣飽力脹的，都扛著行李進城去了。

村莊啥都慢，人們說話慢，走路也慢，炊煙起來得慢，日頭落得也慢，風過來的腳步慢，好像連莊稼都長得慢了。

每天，我守在村委會的屋子裡，守著那部黑色的電話機，它連通了村莊和外面的世界。電話每天都是要響的。電話那頭全是嫩嫩的聲音，喊，叔啊！你讓我爸接個電話。我就站在村委會門前的壩子裡，敞開嗓子喊：某某某，電話來了。然後你就會看到一個或者兩個老邁的身影，從遠處顛顛跑來。女的，也許還沾著一手水，男的，說不定手裡還抓著一把泥。吁吁進屋來，把手伸到腋下擦乾淨，激動地抓起電話，先眼淚汪汪喊聲兒啊或者姑娘啊，就開始了不斷重複著的絮絮叨叨：衣服要多穿啊！飯要吃飽啊！注意安全啊！總之都是些念得快發了霉的話。囉唆完，對著我笑笑，出門去，還是該幹啥幹啥，彷彿新翻出的泥土，太陽一過，又恢復原樣了。

偶爾，一堆老得鬆鬆垮垮的男男女女會來這裡坐坐。通常是晚飯後，聊一聊天氣，說一說早已遠去的奇聞軼事。最後的話題總是奔忙在外的姑娘娃娃。攀比是難免的，我家的在皮鞋廠，一個月能掙頭肥豬呢！我家的在服裝廠，兩年就能往家裡寄三間豬圈。爭執也是難免的，你說他吹牛了，她說你浮誇了，面紅耳赤完畢，就都陷入沉默了。接著就是一屋子的嘆氣聲。每個人都會跌進哀傷的籠子，籠子上了鎖，沒一個能掙脫出來。

這幾日，平姑來得最勤了。她腿腳不好，從小路上過來，得飄蕩好些時候。來了也不和我說話，眼睛盯著桌子上的電話機。我知道，她在等，等他們家老大的電話。老大出門那天，從村委會門前經過，我問他幹啥去，他憨憨看著我笑笑，說尋老二去。他的笑很勉強，一點不舒坦，他那是擔心自己兄弟呢！老二我是知道的，每個月固定的時間，桌上的電話機就會響，不用接，我就知道是老二來的。後來電話不響了，我都有些不習慣了。

平姑就這樣，盯著電話呆呆看，有時候看一上午，有時候看一下午。除了忙活，其他時間都給電話機了。電話一串脆響，總能讓平姑一激靈，然後她就對我說，他叔，響了呢！你看是不是老大。沒一次是老大，看著那些掛著笑進來抓起電話兒啊女啊喊個不停的人，平姑臉上堆滿了羨慕。

看她魂不守舍的模樣，我就安慰她，說你也別心急火燎的，該來的自然會來。她撩撩花白的頭髮，也不說話，看著我笑笑。我看得懂她的笑，酸酸的，還夾雜了一些苦。

這些天放晴了，平姑沒來了，我想她定是在焐穀種了，這活繁瑣，又耗人。

我依舊帶著鏡子窩在火爐邊看報，報上都是好消息呢！我真覺得形勢是好了，我們的生活也會越來越好了。

老大的電話是午後打過來的，天氣好得很，陽光鋪滿了村莊。抓起電話，老大在那頭喊：喂，叔媽？我是老大啊！我找到我兄弟了，麻煩你叫我媽接個電話。

我一聽高興了，說你等等啊！我叫你媽去。

我跑出來，站在院子邊，高聲喊：平姑，老大來電話了，他找著老二了。

遠處的小路上，平姑高高矮矮地跑來。

風撩著她的白髮，陽光照著她的臉，她的臉上帶著笑。

那笑，像做了幸福的新娘子。

天堂口

一

早先的修縣不是這樣子的。范成大把兩隻腳塞到屁股下面說。

柳姨媽沒有接話，她淺淺地笑笑，眼角的皺紋波浪一樣蕩開，把手裡的縫衣針伸到花白的頭髮裡磨磨，又低頭認真地縫製攤放在膝蓋上的壽衣。壽衣在修縣這個地頭叫老衣，棺材叫老家，人去了那頭叫老了，老了後都穿這個式樣的衣服。統一的青棉布，圓領，長衫，下襬還得墜倆棉球子，那是怕人老了，魂靈就飄了，著不了地呢。

柳姨媽以前不做老衣，做麵糕。在修縣，上了點歲數的人沒有不知道柳姨媽麵糕的。一到嘴裡就化了。人們回憶起都這樣說。做麵糕這活兒耗氣力，柳姨媽男人死得早，給她扔下個三歲半的男娃，先老去了。上了歲數的柳姨媽不能站在麵板前輕快地摔打麵團了，不聲不響就關掉了麵糕鋪子，修縣最好的麵糕也慢慢成了記憶。關掉門臉兒的柳姨媽先是把兒子扇子送到了部隊，然後回了老家。三年後，柳姨媽的一個遠房侄兒開了輛咣噹亂響的車把柳姨媽從老家接來，在火葬場看起了大門。看門是個閒活，柳姨媽就開始給人縫老衣，她縫的老衣捨得布料，針腳也細密，不定價格，看著給。慢慢訂製的人也多了，柳姨媽每月只趕七件老衣，多了就推了，說怕縫不好，對不住老去的人。

圈完一個袖口，柳姨媽把針別在衣服下襬，站起來抖開一面藏青色，也抖開了對面石板上范成大一片嘖嘖聲。柳姨媽把衣服折疊周正夾在腋下，說你先坐會兒，我得做飯了。范成大一拍大腿立起來，說得，我也回去了，下午還有倆趕著升天呢！轉過身，柳姨媽扶著值班室的門喊：「要不晚上過來吃飯？」范成大回頭，憨憨一笑，說算了，還是吃食堂吧。去得遠了，門邊的低聲咕噥：「食堂那飯咋吃啊！清湯寡水的。」

范成大穿過一片林蔭道，兩旁是高大的法國梧桐。樹們都有些年紀了，黃皮蠟幹，卻依然蔥綠。也有病死的，硬直地挺著，仔細看，又有新的翠綠從樹根下斜出來，那生命新鮮得直逼人眼。每次經過這片林蔭道，范成大都要挨著數一數這些老邁的梧桐樹，沒多久就會有一棵梧桐樹死去了。開始那幾年范成大會有失落感，在火葬場做了八年的火化工後，他就釋然了。「這進進出出看得多了，人的想法也就變了。」他常常這樣對人說。

范成大八年前在這座城市的西邊有四間青磚房，還扯了個剃頭門臉混生活。後來政府找到他，說要在那片地建一個新的火葬場，范成大說不是已經有一個了嗎？人家就開導他，說這城市每天得有多少人老了呀！老火葬場屁股那樣大一塊地盤，一爐子燒十個也燒不過來呢。范成大想想也是，點頭的同時囁嚅著說這以後生活沒著落了。人家說我們調查過了，像你這樣無兒無女、無親無戚的，我們在老火葬場那頭給安排了活兒，按月發工資，生活肯定沒問題，不願意也成，一次給足搬遷費。范成大想了想說，給我安排個活兒吧，我閒不住。

范成大剛來那幾年，這裡可熱鬧了，人來人往，每天都有不絕於耳的悲哭聲。近幾年越來越少了，都往新地方去了。新地頭檔次高，設施齊，去那兒，死人舒坦，活人臉上也有光。那些客死他鄉的，煤礦爆炸透水的，吃低保的，死了才會來這裡，淒淒涼涼，冷冷清清，隨便弄弄，就粗粗糙糙扔給范成大。有時候范成大也會問兩句，說咋這樣弄啊！連身衣服都沒有。送屍工梁子就點上一支煙說，弄個雞巴，外地來挖煤給砸死的，一把火燒了算球了。

八年來，范成大規律得像一個鬧鐘。每天六點起床，在火葬場逛一圈，看完那些花花草草，八點鐘準時到火化間，有活就幹，沒活就清理火化床。很仔細的那種清理，一張火化床他能折騰一上午。

食堂還是老三樣，炒洋蔥，燴豆腐，拌蘿蔔。范成大沒有要炒洋蔥，都吃這麼多年了，范成大老覺得身上有股子洋蔥味兒，咋洗都洗不掉。找張桌子坐下來，低頭慢慢地吃，吃著吃著就看見面前有個人影一晃，抬起頭，是會計胖妹，斜了一眼范成大，走開了，去了另一張桌。像胖妹這些遠離屍體的人，是無論如何也瞧不上運屍工和火化工的，還背地裡說他們這些人身上有死人味兒。

范成大的屋子挨著火化間，獨溜溜一間屋子，一張床，一個破舊的沙發就把屋子塞得滿滿的了。范成大在沙發對面的牆上釘了一塊木板，用來放他十四英寸的電視機。吃完飯，在外面轉兩圈，回來就老貓樣的窩在沙發裡，一動不動。有時候睡過去了，醒來電視節目都結束了，他也懶得起身，翻個身繼續睡。雖說有張床，其實范成大很少用的，後來他乾脆像收拾古董樣的給床鋪套上一張塑料布。

二

夜縹緲得如一面紗。

范成大靠在門邊，看著長長的走廊，走廊裡有昏黃的燈光，運送遺體的擔架車從走廊盡頭過來，車軲轆磨出一串幽深的嘆息。范成大立正身子，整了整衣衫，他的樣子肅穆得不行，那樣子彷彿迎接的不是一具僵硬的屍體，倒像是一個遠來的貴客。送屍工梁子遠遠地朝范成大揮了揮手，擔架車停在范成大面前，死者身上覆了片塑料布，塑料布質量不好，能依稀見到那人的一些面目。

范成大眉毛就蹙了起來。

「該用塊白布呀！」

梁子把口罩卸下來掛在一邊耳朵上，摸出一支煙點上，深吸了一口，好像是吸猛了，嗆得彎下腰不停地咳嗽。半天才直起腰來說用啥白布喲！撿渣渣的，病死在廣場那頭，無親無戚，民政局讓燒的。

「也該用塊白布呀！」范成大不屈不撓。

罵了一句，把煙頭掐滅，將剩下的半截煙屁股裝進口袋，梁子接著說：「還白布？一分錢沒有，能給燒了就算不錯了，要逮以前啊！還不是餵狗了。」

「也該用塊白布呀！」

梁子歪著頭看了看范成大，然後抬手指了指范成大，想說什麼，最後一句話沒說，搖搖頭走了，走遠才丟了個字在昏暗的走廊裡。

「操！」

范成大把車推進焚化間，打來一盆水，倒進半瓶醋，把手伸進去泡了一會兒。

慢慢揭開塑料布，范成大看到了一張亂乎乎的臉，油膩膩的鬍鬚堆滿了下巴，額頭上還有一個新鮮的傷疤。塑料布完全掀開，范成大忽然起來了難抑的淒涼，死者沒有穿衣服，一條破破爛爛的褲子連褲腿都沒有，裸露在外的部分都是黑黢黢的顏色。酸臭味混著淡淡的屍體腐敗的味道讓范成大有些難受，他抓過牆角桌上的醋瓶子咕嚕嚕灌了一氣，長長地吐了一口氣。

出了門，范成大先來到自己的小屋，從床底下拉出一個箱子，打開箱子，箱子裡有一把剃頭剪，一把刮鬍刀，一張磨刀皮。都是他開店時候的家什，店鋪給掀掉時剃頭的玩意其他的都扔掉了，就留下了這幾樣東西，時不時還能用上。提著箱子出來，他拐到值班室門口，透過玻璃門，柳姨媽還在縫老衣，燈光不好，柳姨媽幾乎都湊到布面上去了。

范成大輕輕敲了敲玻璃門，柳姨媽抬頭，湊近了才看清楚門外的范成大。

打開門，范成大咳了一聲，說扇子還沒回來？

值夜班呢。柳姨媽說。

喔！范成大點點頭，說我來向你借塊白布。

「白布沒有了，青布行不行？」

想了想范成大說行，我要五尺。

范成大拿著布走了，柳姨媽倚靠在門邊，她知道范成大今晚又得忙活一宿了。早些時候，柳姨媽反對范成大給那些無名屍體搞打整，勸了幾回，范成大不聽，柳姨媽就不勸了。偶爾范成大還會過來借這借那，借完了第二天都會還上。開始柳姨媽執意不要，可范成大執意要還，還說你拖娃帶崽的，扇子將來還得成家立業呢！你掙那點錢也不容易，我是啥人啊！無牽無掛，兩腳一蹬，安心上路，所以一定得還。

下剪前范成大總要先嘮叨一番的。還不是普通的嘮叨，是念上一段《增廣賢文》。

昔時賢文，誨汝諄諄，集韻增文，多見多聞。
觀今宜鑑古，無古不成今。
知己知彼，將心比心。
酒逢知己飲，詩向會人吟。
相識滿天下，知心能幾人。
相逢好似初相識，到老終無怨恨心。
近水知魚性，近山識鳥音。
錢財如糞土，仁義值千金。
流水下灘非有意，白雲出岫本無心。
當時若不登高望，誰信東流海洋深。
………

范成大剪得很慢，每走完一剪都要停一停，看好了從哪裡下剪最適合，和他以前給活人理髮一樣的精細。修縣這邊有這個風俗，人老到那頭去了，都要刮掉頭髮和鬍鬚，取二世為人，清清潔潔的意思。火葬場設有專門的遺體清理處，除了剃頭刮鬚，還要化妝呢。收費雖然有些高，但沒有一個死者的親屬有異議，想想，都老了去了，最後一次了，誰還能省這錢啊！

「你看你這頭頂，旋兒都歪了，不在正中呢！註定不是善終的命喲！」范成大呵呵笑。笑歸笑，剃頭剪仍在嘎吱嘎吱跑，鬚髮紛紛揚揚，范成大很快就推出了一塊乾淨地頭。把地上一攤烏黑清理乾淨，范成大打來一盆水，拈塊布把死人身子擦了一遍，重新打來一盆水，又擦了一遍，抖開五尺青布把打整出來的一截白淨覆蓋了。范成大拉把椅子坐下來，長長吁了一口氣，摸出煙桿，捲了一管旱煙填進煙鍋，滋滋地吸起來。除了疲倦，范成大還感覺到了愜意，此時此刻是范成大最享受的時候，他在回味這個過程。轉過頭就能看見焚化爐的蓋子，范成大一直認為，人老去了，應該乾乾淨淨地進去，因為那裡是通往天上的入口。

三

范成大去了一趟市區。老火葬場離城區有五公里路程，只有一路公交車，得等上很長的時間，站上等車的一個個都毛焦火辣的樣子。范成大不急，他覺得進城是幸福的事情，他喜歡這種幸福的感覺，這個過程的每一個細節他都喜歡，他不會焦躁，不會心煩。站在站牌下，遠處是一片鬱鬱蔥蔥的綠，入眼都是旺盛的生命跡象。

回來時天有些昏暗了，遠處近處的輪廓都被模糊包裹了起來。范成大坐在最後一排左邊靠窗的位子，每次進城，來回他都會選擇這個座位，如果這個位子沒有了，他會耐心等下一趟。他沒想過為什麼自己會對這個座位這樣迷戀，他只覺得這個位子安靜、安全，很少有人會侵入這個邊緣的領地，滿車廂的喧鬧、爭奪、擁擠，都和這個位子無關，彷彿兩個被隔離的世界。范成大去新的殯儀館參加過一次培訓，那邊就熱鬧了，好幾路公交車往那邊跑，人也多，最後一排左邊靠窗的位子自然是沒有的。那次范成大候了四五個小時，也沒候著他要的位子。最後他是走回來的，走了整整四個小時。回來給柳姨媽說，柳姨媽就笑他一根筋，范成大撓著頭說以前也不是這樣的呢。

下了車，黃昏已經上來了，火葬場路燈還沒開，一片破舊矇矇矓矓。范成大腋下夾著一塊青布，七尺，他得還給柳姨媽。推開值班室的門，場景有些異樣，柳姨媽沒有一如既往地在縫製老衣，而是低著頭在抹淚。范成大湊過去說你這是咋了？柳姨媽搖著頭，哭得更傷心了。范成大知道柳姨媽眼淚窩窩可不淺，不是那種一點點委屈就流眼抹淚的人。

問了好幾遍，柳姨媽也沒有應，只是一個勁兒地哭。范成大慌了神，有點手足無措，在逼窄的屋子裡不停地轉動著身子，臉也漲得通紅。沒有經驗，范成大也不知道怎樣勸說柳姨媽，索性拉把椅子坐下來，看著柳姨媽哭。窸窸窣窣哭了一會兒，柳姨媽才算開口了。

「挨千刀的，都二十六七的人了，還不讓人省心，整天就是吊兒郎當的。」

挽起袖子抹了一把淚，柳姨媽接著說：「值夜班你就好好值夜班嘛！幾個保安窩在屋子頭耍紙牌，耍嘛，耍出紕漏了，辦公室讓人給撬了。」

「丟啥東西沒有？」范成大問。

「電視機給抱到大門邊，太重了，沒弄走，丟了幾盒茶葉。」

「那就好，那就好。」

柳姨媽激動地一揮手：「不是丟東西的問題，你說這不成器的玩意兒，值班時間耍牌。我沒教過他呀，那部隊上也沒教過啊！他還學會了呢！」

「事不大，你先別上火。」

「還不大啊！都處理了，不讓在那頭待了，給下到這頭來了。」柳姨媽又哭了。

「呀！來這頭，這頭有了保安的呀！過來幹啥呢？要不你給你侄兒說說，給他一次機會。扇子還小，哪能沒個疙疙瘩瘩的。」

柳姨媽擺擺手，說使不得。幾乎就是一瞬間，她就鎮定下來了，也不哭了，撩起衣服下襬把兩個眼睛仔細擦了一把，說我求你個事情，讓扇子過來跟你。范成大慌忙擺擺手，說不成不成，小年輕誰願意去我那裡啊！會耽誤娃娃的。柳姨媽說你放心吧，我心裡有數，我這就去給我侄兒說，讓他無論如何都得給安排到你那地頭。不過說好了，你可千萬不能對扇子說這是我的意思。

四

扇子鐵青著一張臉站在范成大面前。圓腦袋板寸頭，乾乾淨淨的，范成大喜歡扇子的這個模樣。第一次看見扇子是在值班室門口，他正和柳姨媽呵呵地聊，忽然聽見有人喊媽，一抬頭就看見扇子了，穿了一套嶄新的軍裝，板寸比現在還板寸，腰挺得筆直，滿臉堆著笑。看見范成大正和老媽肆無忌憚地笑，復員軍人有些不快了，拉著媽就往值班室去了。范成大也不氣，起來撣撣屁股，往焚化間那頭去了。

「來了！」范成大笑著問。

扇子不吱聲，憮憮地看了一眼立在門邊的范成大。

「來了好，來了好。」范成大說。

扇子更不安逸了，朝范成大翻了翻白眼，范成大這才意識到自己剛才的問候很蹩腳。

「就在這地兒啊？」扇子伸出腦袋朝焚化間瞟了瞟問。

「嗯！」

「挺乾淨哈！比那邊還乾淨呢！」

「比不上，比不上，那頭啥子都是新傢伙，聽說爐子都能把人燒出幾個模樣來，有全化的，還有燒掉肉留下骨的呢！」

扇子白了范成大一眼，說還有燒成熟肉的，你要不要嘗嘗？范成大臉上的笑容瞬間沒了，他側著身子繞過扇子，拱進旁邊的小屋。

夜晚火葬場安靜得像一面湖水，連一枚樹葉降落的聲息都清晰可聞。

梁子把屍體送過來就走了。死者是個建築工人，四川那邊過來的，從腳手架上摔下來的，腦袋差不多都讓角鐵給齊齊斬掉了。本來范成大已經睡下了的，聽見房門砰砰亂響，打開門，范成大嚇了一跳，是辦公室主任，還笑瞇瞇地看著他。要知道，平素火化工是看不見主任的，更別說主任的笑容了。范成大穿好衣服，主任說老范啊這樣晚把你叫起來真難為你了，有具屍體得麻煩你馬上開爐。啥人這樣急啊？范成大問。腳手架上跌下來的，四川的，家人等著要骨灰回老家安葬呢！范成大說這樣啊！嗯，確實是急，我馬上開爐。

出門來，范成大拐到值班室邊，值班室一個進出，柳姨媽住裡屋，扇子在外面一間搭了一個行軍床。

湊過耳朵，范成大聽見了扇子的呼嚕聲，范成大舉起手準備敲門，想了想他的手又垂了下來，轉身走出去幾步，他又回頭走到門邊，毫不猶豫地敲響了門。

扇子揉著眼睛打開門，憤憤地說半夜三更敲哪樣雞巴毛？

送人過來了，主任喊開爐呢！范成大說。

「夜半三更開爐燒人，哪來的規矩？」扇子咕噥著。等他披上衣服出來，范成大都走出老遠了。

掀開面上的塑料布，范成大就被哽著了。血肉模糊的腦袋黏糊糊地歪在一邊，齊脖的巨大創口堆滿了黑黢黢的已經凝固了的血，還有血泡從一團黢黑的縫隙處咕咕往外冒，特別是血淋淋中那雙還睜得斗大的眼睛。范成大忽然聽見身後一聲驚叫，回過頭，扇子一屁股落在牆邊的椅子上呼呼喘著粗氣。

「慘絕了，媽媽的。」他伸手抹了一把額頭上的汗水。

「看你，不是還當過兵嗎？」范成大說。

「老子是當過兵，可沒殺過人啊！」

范成大說你去打盆水來，扇子看了他一眼，腦袋歪開，不說話。范成大看扇子沒有動作，也不喊了，自己拐出去打了一盆水進來。

范成大開始在血糊糊的腦袋上來回抹，腦袋抹乾淨了，腳邊那盆水也變成了血紅色。把水倒掉，范成大從小屋裡拿來剃頭工具，準備下剪了，看見扇子還歪在椅子上，兩個鼻孔裡不知什麼時候多出了兩團餐巾紙。范成大說你到你媽那裡拿根縫衣針和一卷棉線來。扇子齉聲齉氣地問：「你想幹啥？」

「叫你拿你就去拿！」范成大的口氣忽然變得僵硬了。

扇子拿來了針和線，柳姨媽也跟著過來了，披件單衣，火化間有些涼，一踏進屋子她就打了一個寒噤。范成大扭頭看見了，就說你來幹啥呢？這天涼颼颼的。像是在關心，又像是責怪。扇子把針線扔給范成大，一臉的烏青，倒不是讓他去拿針線他不樂意，而是剛才范成大對老媽說的話讓他很不受用。

「你誰啊？輪到你問三問四的。」他心裡說。

柳姨媽把頭湊過去，身體劇烈抖了兩抖，披著的衣服滑落了下去。扭過頭，她低嗚著說這是咋整的，咋成這樣了，我還說扇子拿針線幹啥呢。

柳姨媽嗚嗚哭著，范成大也不說話，他低著頭，把歪在一邊的腦袋扳過來，和斷開的脖頸湊在一起，對齊，然後仰起頭穿針，屋子裡燈光不好，穿了好一陣都沒有穿進去。柳姨媽看了，接過來穿，鼓搗了一陣還是沒有讓線透過針眼。扭頭看了看窩在椅子上一臉難看的扇子，柳姨媽生氣了，說你倒享清福了，過來把針線穿上。

扇子一甩手說：「那是我們幹的事情嗎？我們負責的是把屍體燒了。」停了停他又小聲補充：「娘的，狗拿耗子，多管閒事。」

聲音很小，柳姨媽還是聽見了，她蜷起拳頭過去給扇子的腦門吃了一核桃，咚一聲空響。扇子跳起來，瞪著眼，柳姨媽也瞪著眼，扇子最終被母親看毛了，才不情願地把針線拿過來。

屋子裡安靜極了，只有輕微的呼吸聲和針尖穿透皮肉的聲音。柳姨媽和扇子靜靜地看著范成大縫合，他縫合得很慢，每縫一針都要抬起頭長長地吐一口氣。此刻，柳姨媽臉上的驚懼已經退潮了，她目不轉睛地看著，每一次針尖穿透皮膚，她的嘴唇都要緊緊地咬一次，彷彿那針尖會刺痛躺著的人。

范成大腦門上布滿了汗珠，柳姨媽側頭看了看聚精會神的范成大，眼裡蕩開一片溫暖的漣漪，她回手撈起衣袖，往范成大的腦門上抹了抹。范成大也側目看了看她，嘴角拉開一線笑。

砰的一聲，扇子摔門出去了。

兩人看了看還在來回抖動的大門，都沒說話。縫合完畢，柳姨媽給范成大把椅子拉過來，范成大困頓在椅子上，嘴張了張說：「既然是親人等著抱骨灰回去安葬，咋不見他的親人呢？」

是啊！這事還真輪不到你呢。柳姨媽說。

柳姨媽拿來一塊白布，范成大把屍體裹好，推上焚化台，他又開始念叨：

昔時賢文，誨汝諄諄，集韻增文，多見多聞。
觀今宜鑑古，無古不成今。
知己知彼，將心比心。
酒逢知己飲，詩向會人吟。
相識滿天下，知心能幾人。
相逢好似初相識，到老終無怨恨心。
……

手指往按鈕上輕輕一按，焚化爐張開嘴，一團潔白跟著履帶進去了。

「上天咯！」范成大一聲喊。

柳姨媽臉上一片熾熱。

五

扇子覺得范成大只有這樣噁心了，特別是兩人在一起的時候，來來去去收穫的都是白眼，連食堂裡打飯的那個鄉下妹把一勺飯送過來的時候臉都厭惡地歪向一邊，好像站在她面前的是個死人似的。扇子最不能容忍的是范成大的窩囊和無能，就是燒鍋爐的癩皮也要奚落他：「范成大，我怎麼老聞到你身上有股怪味呢，是不是和死了的那些好看女人親嘴啊！」說完還露出一口黃牙呵呵笑。這時候的范成大該幹啥幹啥，不說話，也不看奚落他的人。

當然，沒人敢和扇子這樣說話。一是扇子一身的腱子肉能讓人多少生出些怯意來，二是大家都知道扇子的堂兄是殯儀館管事的。即使對他現在幹的工種看不上，也只能在心裡。還有想法更多的，食堂幾個女娃聚在一起洗菜時總喜歡討論扇子。一個說你看長得吧挺抻抖的，還有關係，咋就幹那活呢？另一個說你是不是看上他了？前一個就把一手水甩過去，嗔怪著你胡說八道啥呢？低頭想想，幽幽地說，要不是幹那個活的，還差不多。

扇子最噁心的還不是范成大的怯懦，而是范成大沒事時總喜歡往值班室邊湊，跟老媽嘻嘻哈哈地說話。那些路過值班室的人看老媽的眼神也變得怪怪的了。
一連幾日都沒活，四周都冷冷清清的。一閒下來，范成大就開始磨他的剃頭剪，拿根小銼坐在門邊，兩腿把剪子夾好，滋滋滋滋地磨個不停。有人路過，叉著腰罵，范成大，你他媽弄出這聲都快讓人倒牙了。范成大抬起頭，看著罵他的人笑，笑得對方都不好意思發火了，搖搖手走了。黃昏的時候，吃完飯後范成大就出來走走，步子總是不聽話地往值班室那邊抹，好像都成下意識了，快抹到值班室了，范成大就停下來了。扇子端張椅子靠在值班室門口，兩個眼睛直直地盯著范成大。范成大有點虛了，佯裝看看左左右右的花花草草，慢悠悠地折回去了。回到小屋子范成大有點惱自己了。又不是偷人搶人，我虛他幹啥？他想。但是去值班室的念頭卻被澆滅了，後腦勺全是那雙直盯盯的眼睛。
夜上來後柳姨媽也搬條椅子和兒子坐成一排，四下張望一陣就問扇子：咋不見你范叔呢？扇子陰陰地說：說不定自己爬到爐子裡去了。柳姨媽就輕輕給扇子後腦勺一巴掌：撕你嘴，胡說八道。扇子又說：他和我無親無故，也不是我啥子叔，麻煩以後在我面前不要這樣稱呼他。
柳姨媽又揚手，忽然覺得兒子的話裡有股辣椒味，想想手又垂了下來。
堅守了兩天的值班室，扇子熬不住了，一大早起來進城去了。
中午飯一過，范成大磨磨蹭蹭就過來了，柳姨媽照例坐在門邊縫老衣，細針密腳地走著。抬頭看見范成大，兩個人就笑笑，柳姨媽起身，范成大擺擺手，說凳子不用搬了，我就是隨便走走。柳姨媽回身坐下來，把手裡的活計搭在板凳空著的一頭，說好幾天不見你影兒了，都忙啥呢？

范成大斜靠在一棵粗大的梧桐樹上，一隻手輕輕地剝著一塊老舊的樹皮：「沒啥，把剃頭剪子拿出來磨一磨，都鈍了。」說完他又抬抬手，說你忙你的，不要管我。柳姨媽重新撿起老衣，卻沒有下針，而是看著遠處蒼蒼莽莽的山林子，眉宇間爬上來一層淡淡的愁苦。看了一陣子，她又轉過頭看了看范成大，然後她長長嘆了一口氣，低頭把針扎進棉布。

遠遠地，扇子提著兩個塑料袋子沿著狹窄的水泥路過來。范成大總算把那塊老樹皮給揭下來了，他隨手把樹皮往草地上一丟，說今兒人少，我該吃飯了，要不食堂就關了。

柳姨媽啟啟嘴唇，想說什麼，抬頭看，范成大都消失在路的盡頭了。

六

前幾天閒得要命，這兩日卻忙得起火。

一大早殯葬車就進進出出的好幾趟，梁子和幾個運屍工趕趟兒似的跑來跑去，幾趟下來，陳屍間堆得滿滿當當。

在陳屍間門口，梁子摘掉口罩喘著氣對扇子說：「操他娘的，煤洞透水給淹死的，全是鼓鼓囊囊的，那肚子大得喲！」

「臭了嗎？」扇子問。

「都給泡好些天了，你說能不臭嗎？」梁子答。

「媽的！」扇子一撇嘴，「你倒是完事了，接下來該我倒楣了。」

「你憨啊！有范成大啊！你享福了。」梁子笑著說。

扇子的確是享福了，第一具屍體推進來，范成大就打好水等著了。扇子則戴著個口罩坐在牆角的椅子上。

扇子嘿嘿地冷笑：「你體力過剩啊？後面還一大串呢！」

范成大也不理他，慢慢地在黑咕隆咚、鼓鼓的肚子上擦拭著。扇子一直冷笑，看見范成大扯直棉布在死人的腳丫子裡來回拉時，扇子笑得更厲害了。擦完了，范成大出去把水倒掉，沒多久提著個瓷盆進來，腋下還夾著一沓紙錢，把火盆放在死人腳邊，蹲下來一張一張地燒。

「是你爹啊？」扇子說。

「都是些外地人，沒幾張紙錢回不去。」范成大說。

范成大的動作和他的性格一樣的緩慢，最急促的，就是把人送進爐口的那一嗓子：

「上天咯！」

燒完一具，接著一具，范成大都一樣的程序，不疾不徐，有條不紊。

扇子就這樣看著。開始他還冷笑，還罵，漸漸地他就不笑了，也不罵了，靜靜地看著范成大。紙錢燃燒的光照著范成大的臉，安詳、肅然，看不到半點悲喜，平靜得如一塊千年的青石板。扇子開始可憐起范成大來，無兒無女，為了幾個吊命錢，整天和這些髒兮兮的死人湊一起，在別人眼裡，范成大都快和一具屍體差不多了。但扇子搞不懂的是范成大為什麼這樣做，扇子見過新修的火葬場那頭的焚化工是怎樣幹活的，白衣白褲白帽白口罩，整個人遮得密密實實的，和死人保持著讓人信服的距離，推進來，送進去，一觸按鈕，萬事大吉。要想讓他們在完成這個簡單的過程時輕一點，慢一點，還拿死人當人看，可以的，家屬奉上一條香煙或者一個紅包，死者就不會有磕磕碰碰的疼痛了。

范成大佝僂著腰蹲在地上，牆上就有了一個枯朽的弧形。扇子心裡忽然有點堵，他站起來，走過去，從兜裡摸出一個口罩遞給范成大，范成大艱難地反過身，搖了搖頭。

「不要算球！」扇子狠狠地說。

最後一具屍體推進來，梁子靠在門上看著扇子擠眉弄眼地怪笑著，笑完了甩給扇子一支煙，剛點上煙，聽見范成大發出一聲深不見底的嘆息。

「還是個娃娃呢！」

扇子湊過去，雖然已經變得腫大，但依稀能看出那是一張還泛著童真的臉。

范成大靜靜地擦，扇子和梁子悄悄地抽。

擦完，范成大低頭去抬地上的盆，一彎腰，身體忽然一個踉蹌，還是梁子眼疾手快，過來攔腰抱住了范成大。扇子也過來幫忙，兩人把范成大扶到椅子上坐好。

「沒事吧？你。」扇子問。

范成大擺擺手，他臉色很蒼白，額頭上還有密密麻麻的汗珠。

「唉！」范成大長嘆一聲，「多可惜啊！都是些還能蹦蹦跳跳的漢子呢！」

范成大仰靠在椅子上，昏黃的燈光照著他，他兩眼緊閉，臉上的肌肉在不安地跳動。扇子和梁子倚在門的兩邊看著范成大。

忽然，那雙緊閉的雙眼裡居然流出了兩串渾濁的淚線。

七

早先的修縣不是這樣子的。范成大把兩隻腳塞到屁股下面說。

陽光朗照著，柳姨媽抖了抖手裡的老衣，說你看看縫得好不好？對面盤著腳的范成大呵呵笑，說好好好。把衣服放下，柳姨媽憂心忡忡地說，真的不讓你幹了？

咳！范成大一揮手：「搬不動了，不幹就不幹了，餓不死，低保不是都辦下來了嗎？」

柳姨媽說那住處呢？范成大往遠處指了指：「在鋪子村租一間屋，二十塊錢一個月，便宜呢！」

「經常過來坐坐。」柳姨媽說。

「看吧，可惜遠了點，我看過了，得轉好幾趟車呢。」范成大說。

那個夜晚，范成大把焚化爐從裡到外打整了一遍，一個人在焚化間裡坐了大半夜，簡單收拾了一些東西，乘著夜色走了。走到值班室門口，他本想給柳姨媽道個別的，在門口站了好久，最終還是沒有敲響那道門。他艱難地翻過火葬場的圍牆，步履蹣跚地消失在了茫茫夜色裡。

扇子參加了崗位培訓，回來看見母親一個人坐在值班室外發呆，就問：「媽，你想啥呢？」

柳姨媽看了兒子一眼，眼睛又投向遠處：「范成大走了。」

「走了？什麼時候？」

「我也不知道，今早過去，看見門鎖上了。」

扇子丟下手裡的東西，跑到那間小屋前，大門緊鎖。折過身打開焚化間的大門，牆角的椅子上擺著一個老舊的剃頭箱。

從此以後，火葬場的人再沒見過范成大。

其實范成大偷偷回來看過一次，在一個夜晚，他站在焚化間外的一棵大樹下，透過窗戶，他看見一顆留著平頭的腦袋，來來往往忙碌著。

最後，在夜色裡，起來了一聲高亢的喊聲：

「上天咯！」

喊魂

一

手機響了，一串規律的雜亂。

再不換鈴音，老子就把它扔到西涼河。螞蟻坐在對門說。我掏出電話，一個陌生的號碼。還沒等我說話，電話那頭就嚷開了：兄弟，我是劉新民啊！你這號碼我是拐了好幾個彎才給弄到的，你還好嗎？我現在在新東縣辦了一個養豬場，還不錯，就是人手不夠。聽說你現在沒事幹，我想請你過來幫忙。你放心，老同老學的，絕不會虧待你……沒等對方講完，我就把電話掛了。

誰啊？螞蟻問。打錯電話的一傻逼，我說。我抓起地上的啤酒灌了一大口，抹淨嘴角的泡沫，電話又響了，還是剛才的號碼。這次沒等對方說話，我先說話了：老子告訴你，我不是你要找的人，你個傻逼，再敢打電話我操你祖宗。

螞蟻看了看我，笑了笑，沒說話。

河風順著西涼河面淌過來，輕緩著，沒有了白天的驕橫，撫著臉面，麻酥酥的。螞蟻啟開一瓶啤酒遞給我，自己也提著一瓶，碰一下，喝一口。我說：「我們算不算上路了？」螞蟻依然笑笑，我接著說，想想剛到城市那會兒，吃虧受氣，累死累活，連口飽飯都吃不上。說完我嘆了口氣。螞蟻說你嘆個雞巴毛的氣呀！我說不過現在好了，有吃有住有錢使。螞蟻仰頭，酒瓶倒立，喉結一陣滾動，一瓶酒沒了。媽的，典型的農民，好不容易有點理想吧，還芝麻大小！他看著五彩的河面幽幽地說。

下半夜了，城市安靜了下來，河岸邊兩排垂柳在河風吹拂下發出細微的沙沙聲。沒事的時候，螞蟻和我就會來這裡坐坐，抽幾支煙，喝幾口酒。喝了一口酒我說：「我老家也有這樣一條河，河岸上也有這樣的垂柳，春天來的時候，特別好看。」螞蟻呆呆看了一陣遠處，才說：「我都好些年沒回老家了，整天就他媽瞎忙。」我說不是寄錢回去了嗎？螞蟻嘆了一口氣：「寄錢有個毛用，爹媽都不認識了。」頓了頓他又說：「不過啊！沒有錢，爹媽都不認識你。」

坐了一會兒，身後有響動，回過頭，幾個十七八歲的黃毛叼著煙看著我倆。一個瘦猴站出來斜著腦袋說知道這塊地頭是誰的嗎？告訴你倆傻逼，是咱二哥的。他指了指身後一個瘦高個兒說。還不快滾，瘦猴囂張地往前跨了兩步說。我有些心慌，看了看螞蟻。螞蟻從兜裡掏出兩百塊錢，兩指頭夾著，往上一送，說請兄弟們喝酒。瘦猴回頭看了看二哥，二哥上來把錢抄過去，說有錢牛逼啊？老子還就不給你，咋了？我眼一花，螞蟻倏然起身，左手挽過瘦高個兒，右手提著啤酒瓶往欄杆上一磕，參差的鋒利嗤地插進了瘦高個兒的屁股。變故來得太快，幾個混混傻了，半天才回過神來，叫喊著往前奔。螞蟻一拉，鮮血從瘦高個兒屁股上噴湧而出，螞蟻用啤酒瓶指著撲過來的幾個人，血一滴一滴往下掉，啪嗒啪嗒響。幾個人定住了，慌慌看著他們的二哥。跪下，螞蟻吼。瘦高個兒咬牙切齒地點頭，幾個人雙膝一彎，跪倒在地。給臉不要臉，還染黃了頭髮冒充他媽黑社會。螞蟻罵，罵完把瘦高個兒往前一推。幾個人爬起來架起瘦高個兒就跑，跑遠了還回頭狠狠地說等著，有你好看的。見幾個人跑遠了，螞蟻說我們走，這些小王八蛋一會兒還會殺回來，別看他們年齡小，下手狠著呢。

螞蟻走遠了，我還待在原處，他的背影單薄瘦削。河風過來，有浸骨的寒意。

二

穿過劍道大街，道路開始有了坡度，坡度還越來越大，路也越來越窄。轉過火葬場，城市轉瞬間就消失了。巷道曲裡拐彎，高高矮矮的房屋犬牙交錯，昏暗的燈光和難聞的臭水從每家每戶淌出來，在小巷子裡洇成了密密匝匝的焦慮。

我和螞蟻一前一後，腳步在巷子裡啪嗒啪嗒響，呼吸和巷子一樣漫長。

這個叫半坡的地方緊挨著城市，卻沒有丁點兒城市氣質，房屋和房屋腦袋碰腦袋，屁股抵屁股，密實得連風都過不了。熱天一到，這裡就喘不過氣了，四溢的糞水和遍布的垃圾讓人感覺像掉進了隔夜醉漢的嘴裡。漫長的小道彷彿無邊的噩夢，脫離了夢魘的人，都會站在火葬場門口長舒一大口氣。白天，站在高處，腳下有了一個棋盤，火葬場那條長長的圍牆成了楚河漢界，半坡和城市就涇渭分明了。半坡的房屋大部分沒有竣工，房屋的主人白天就匯入到城市裡，夜晚回來，在昏黃的燈光下抓出一把皺巴巴的鈔票，仔細數上幾遍，待上一陣，扳起指頭丈量離房屋完工的距離。他們就是這樣，拖娃帶崽從鄉村出來，拼命幹活，小心翼翼地在城市的邊緣買下一塊地盤，戰戰兢兢地修上一兩間房屋，一家人也算有了個遮風避雨的地頭。偶爾也有風，頑強地拐彎抹角鑽進來，撩起那些懸在窗戶上的女人的胸罩，男人的內褲，孩子的尿布。它們大抵都沒有精良的質地，沒有新穎的款式，和它們的主人一樣的老實巴交。窗戶洞偶爾能看見孩子們的面孔，目光定定地注視著山下的繁華。也許，他們是在尋找父母親在山下奔波的位置；或許，在穿梭往來的集貿市場；或者，在機器轟鳴的建築工地。反正，他們一定在那雙定巴巴的眼睛裡。

打開門，房東還沒有睡，正和讀初二的女兒打嘴巴仗。房東是個老實人，從鄉村出來的時間和他女兒來到這個世界的日子一樣長。其實房東已經算是有錢人了，他有一個自己的加工廠，房子也是半坡最氣派的，還有了轎車，雖然只能停放在火葬場裡，但半坡的人都知道他有轎車。本來，以他現在的實力，進城買套好房子是沒有問題的，但他不願意，說不費那個錢，還把三樓和四樓租了出去。就為他不願進城買房，女兒經常和他吵架，女兒的不滿主要是沒有同學願意來家玩，來過一次就不來了，說受不了這股子味兒。

我和螞蟻租的是一個套間，兩室一廳，我覺得有些奢侈，可螞蟻不覺得，他說什麼叫生活，就是學會享受每一天。有一次我和他看電視，電視上正播一個小品，叫《昨天今天和明天》，他就說傻啊，昨天是今天，今天是今天，明天也是今天。

我洗了把臉出來，螞蟻在沙發上睡著了，我正準備過去讓他到床上睡，他的電話響了。我最怕螞蟻的電話鈴聲，焦雷，轟隆隆亂炸，特別是深更半夜，夢裡經常被雷聲震醒。讓他換，螞蟻不幹，說這聲音有氣勢，能震住人。

雷聲很大，螞蟻被震得翻爬起來，抓起電話他就哈哈笑：高經理啊！您說您說！哎哎哎哎！那邊說了一陣，螞蟻的眉頭就皺起來了，把電話給了另一隻耳朵。螞蟻說工作做了，就不搬啊！點燃一支煙，螞蟻說倒不是拆遷費的問題，幾家聯合起來了，死扛，說住慣了，多少都不成。手機旋轉一百八十度，回到始發站，吸了一口煙，螞蟻說好好好，高經理您放心，我想辦法，哎哎哎哎，再見，再見！

把電話一摞，螞蟻罵：「狗日的高順，越來越餓癆了，又要馬兒跑，又要馬兒不吃草，只顧叫老子幹事，加錢的事情一句不提。」我說不是一直都那個價嗎？螞蟻白了我一眼：「狗日的就是沒理想，連腸旺麵都六塊錢一碗了，你他媽還念明末清初的經文。我告訴你，少了兩萬，另請高明。」

把煙屁股按熄，螞蟻說你給高順發短信，就說少了兩萬不幹。我說你怎麼不發呢？螞蟻說讓你發你就發，你是隊長我是隊長？我無話，把短信發過去，等了片刻等來了兩個字：傻逼。我把電話遞到螞蟻面前，螞蟻伸過腦袋看了一眼，把手機搶過去，咬牙切齒按了兩行字發了過去：我是逼，可老子不傻，不幹拉倒。等了一陣，沒等來短信，螞蟻的電話響了，螞蟻怪笑著按成免提，那邊一副公鴨嗓：錢不是問題，只要事情辦妥了，一切都好商量，不過你得好好管下你那個跟班，媽拉個逼，沒大沒小的，跟老子胡說八道呢！螞蟻說高經理，您放心，我一定狠狠教訓這隻土狗，改天讓他給您賠禮道歉，那事您放心，一定給您辦利索咯。

我說這事不好辦吧！那家人你也知道，軟硬不吃啊！螞蟻衝我笑笑，說給冰棍他們幾個打電話，明天早上老地方見面。

三

已是午夜，鬧騰了一天的城市終於顯出了疲態，除了遠處一座高樓還有人在聲嘶力竭荒腔走板地唱歌，近處幾條街道都安靜了下來。

我們伏在一截斷牆後，目光所及是一片殘破的空曠地，幾台大型挖掘機孤零零地停放在空地上，像幾個等待命令的士兵。靠東邊是一個冷凍倉庫，倉庫前面並排著三棟民房，在一片平整的瓦礫中，三棟房屋孤獨地抱成一團，倔強地對抗著空曠的漆黑。

螞蟻靠在斷牆後大口大口地抽煙，掏出手機看了看時間，他把煙頭一彈，說差不多了，幹活。冰棍他們幾個把三個蠕動的麻袋拉過來，解開，三個狗頭露了出來。三條狗都上了嘴籠，叫不出聲。冰棍他們幾個按著狗，螞蟻從挎包裡抽出一把軍刺，過去揪起狗的腦袋，輕微的一聲嗤，暗夜裡飆起一股淡黑的陰影，狗的喉嚨發出咕咕的悶叫。螞蟻回頭看我，罵，傻逼了，快拿盆。我喔一聲，把塑料盆塞到狗喉嚨下。三條狗很快沒了聲息，三盆狗血騰騰地冒著熱氣，空氣中彌漫著濃烈的血腥味。一身血汙的螞蟻靠牆坐下來，掏出一支煙，點燃火機的瞬間，螞蟻眼睛裡跳躍著的東西嚇了我一跳。猛吸一大口煙，螞蟻用腳碰了碰腳邊還冒著熱氣的軍刺，說把狗頭卸了。

對面民房裡的燈滅了好一陣子，螞蟻說差不多了，再等下去狗血就凝上了，記住，狗血灑在牆上，狗頭放在大門口，幹吧！

我和螞蟻伏在牆後，看著冰棍他們幾個端著盆子，提著狗頭摸過去。黑夜裡，幾個人影在房子前幽靈般晃來晃去，一支煙工夫，他們就回來了。搞妥了，冰棍說。

把狗裝上車，螞蟻說。還要啊！我驚訝地問。憨包逼，明天賣給狗肉館，螞蚱也是肉，丟了多可惜啊！吃上兩天飽飯就以為自己是大款了。螞蟻看著我罵。

悄悄爬上停放在牆根下的麵包車，大家先把衣服給換了。冰棍鼓搗了半天都沒有把車發動，螞蟻坐在副駕駛位置上，斜眼看著冰棍說：「圖便宜買老牛，這下好了，屁眼捅爛了都不邁步。」冰棍說買車那陣不是錢不夠嗎，要錢足，挑了我腳筋老子也不會買個二手的，媽的，買個二手車比娶個二手媳婦還膈應。在冰棍努力發動車子的間隙，我們商量著接下來去哪裡，最後螞蟻一錘定音，說去找個地方洗洗吧，再找幾個保健師按按，大家都表示了贊同。折騰了好半天，冰棍的二手車才咣噹噹號起來，車子前後晃，一路打著飽嗝，我們也跟著前後晃。媽的，好了，還沒洗呢，就按摩上了。螞蟻說。

在池子裡泡了一陣子，我扛不住了，腦袋暈，身體像要爆炸了一般。我爬到池沿上躺下，側眼看了看螞蟻，他躺在池子裡，把毛巾蓋在臉上，紋絲不動。你說他們能搬嗎？我惴惴地問。半天螞蟻才把臉上的毛巾揭開，他臉龐潮紅，長長吐了口氣，他說要是你你搬不搬？我說搬啥子？螞蟻說你他媽的給洗澡水泡傻了？你要是天亮起來看見門口趴著個狗腦袋，你還死扛不？想了想，我說得搬吧！他說你能搬就好。說完又把毛巾敷臉上了。

冰棍他們幾個洗完了，過來在池子邊站成一排，說我們先回去了。螞蟻說不是說好了給你幾個狗日的鬆鬆骨頭嗎。冰棍說二環那邊有個工地，管得特鬆，工地上還有一個鄉黨，準備去拿點架子管鉗。半天螞蟻才點點頭。等冰棍他們走了，螞蟻從池子那頭梭到池子這頭，斜靠在池子邊緣，一臉不屑地罵：最瞧不起這些小偷小摸的土包子。

螞蟻要了個豪包，有空調，還有免費贈送的果盤，電視機裡正播著減肥藥的廣告，一個南瓜樣的男人，咕嚕嚕喝了一陣藥水後，就變成了一根黃瓜。你信嗎？螞蟻問我，我說看起來還真的有點神喔！螞蟻嗤了一聲，說電視裡為什麼老放這些不著四六的東西，就是像你這樣的瓜蛋蛋太多了。門響了，進來兩個穿著日本和服的女人。先生，您好，請問要做保健嗎？螞蟻把兩個人上下打量了一番，說你們先出去，叫你們領班進來。兩個女人退了出去，一會兒一個打著領結的男人敲門進來。他先鞠了一個躬，嫩聲嫩氣地問：兩位先生，請問你們有什麼不滿意嗎？螞蟻從床上翹起來，盤著腳，轉了一個圈，對著床邊的領班說：你們怎麼招的保健師，媽的，剛才進來的那兩個，都快老黃皮了，你以為我們花錢是進老人院啊？領班慌忙道歉，說馬上安排兩個年輕的過來。

我忽然有些不快，咕噥說這樣是不是太那個了？「你懂個球。」螞蟻罵：「照單全收了你以為他們會感謝你？屁，他們會罵你，說這兩個憨包逼，連女人老嫩都分不清楚，我這是表明態度，懂不懂？」

一直睡到第二天十點鐘，浴城對面的街邊一個賣瓦耳糕的一直在長聲吆吆地吆喝：瓦耳糕，瓦耳糕，吃了保證不心燒。螞蟻罵了幾聲日媽娘，索性拿被子蒙著腦袋睡。我說有點餓了，要不我給你買幾個瓦耳糕。螞蟻掀開被子，直著脖子說王榮貴，麻煩你有點檔次好不好，進城都好些年了，還像個鄉巴佬，你他媽的見過有人從奔馳車裡下來直接奔破巷子吃烤豆腐的嗎？我說我們也不是坐奔馳車的呀！螞蟻咬牙切齒地用手指對著我狠狠地戳，戳得我一身窟窿了他才說：爛牛屎糊不上牆啊！

四

高順請我們吃飯，地點在望鶴樓。

高順在電話裡笑得異常歡快，他說小范啊，還是你點子多啊！你這招真是立竿見影啊！軟了，已經把安置合同簽下了，該給你記首功啊！

螞蟻讓我叫上冰棍他們，到了望鶴樓，我說坐窗戶邊吧。望鶴樓矗立在東山山頂，地勢很高，在窗戶邊能把大半個城市收入眼底。螞蟻不幹，堅持縮在一個旮旯裡，就是不挪身。

等了半天，也不見高順來，我說要不打個電話催催？螞蟻面無表情地搖搖頭。這時候服務員過來問：請問哪位是范先生？我指了指螞蟻。「是這樣的，有位高先生已經給你們付了錢，訂的是四百九十八一桌的標餐，請問你們要馬上上菜嗎？」

我看了看螞蟻，螞蟻不說話。我說要不等等高經理？螞蟻說不用等了，他不會來了，上菜吧。我說你怎麼知道他不會來了？螞蟻盯著我罵：人家嫌和你在一張桌子上吃飯掉價，憨包逼！

抹著嘴從飯店出來，冰棍滿臉通紅，嘴裡叼了一根牙籤，牙籤在嘴裡張狂地來回移動，螞蟻回頭踹了冰棍一腳：裝周潤發是不是？扮黑社會是不是？冰棍慌忙把牙籤扔掉，說不就是圖個樂子嗎。螞蟻拿手把我們挨個指了一圈，說你們聽好了，要幹大事，就要懂得夾好尾巴扮瘟狗。沒有人說話，破麵包車畏畏縮縮、小心翼翼地從山上滑下來。「接下來去哪裡呢？」我問。螞蟻說去曲蟮子的裝修店。

曲蟮子的裝修店在太平路，太平路以前是這個城市工業聚集區，有大大小小十多個企業，以前那可是機器轟鳴啊！現在都啞巴了，一派蕭索的景象。曲蟮子的裝修店其實叫修理店更準確，周圍根本沒有需要裝修的房屋，一棟棟裸露著黃磚的房屋，被歲月剝蝕得早沒了精氣神，鬆鬆垮垮、沉默寡言地龜縮在荒草叢生的野地裡，偶爾能見著從房子裡出來的人，和身後的建築一樣地無精打采。所以，曲蟮子的店鋪就是幹些修修補補的活。他曾經對我抱怨，說把店開這裡失誤了，生意一般他都認了，最讓他不能忍受的就是這裡的人可以為了一兩塊錢和你較一上午的勁。

我們從車上下來，曲蟮子正蹲在一堆破銅爛鐵裡焊一個水箱，水箱是用洗衣機水缸改的。一個穿件破舊工作服的男人蹲在一邊看，工作服上的字跡都依稀了，只能看清最後那個「廠」字。男人一臉鬍子茬，曲蟮子電焊一點，就有了一團炸眼的白光，男人就慌忙伸手擋住臉。螞蟻湊過去，看了看，說都這樣了還焊個球呀！做件衣服穿女人身上都能看見胸罩了！男人抬頭看了看螞蟻，嘴動了動，想說話，最後還是沒能說出來。曲蟮子放下手裡的焊槍，說你們來了。螞蟻沒答話，徑直走進庫房裡，從裡面拉出一根手腕粗細的鋼管，咣噹一聲扔在曲蟮子面前，說給我切割成一米一根的，切——抬頭數了數人數，螞蟻說：切七根。曲蟮子應了聲，拉出切割設備就幹上了。男人臉上有了慍色，他對曲蟮子說唉唉唉，你這人怎麼這樣啊！得先給我焊完啊！螞蟻上去遞了一支煙，說大哥，我們急用，你那破爛玩意先擱擱。那不成啊！男人搶上一步，說我也急啊！螞蟻說能有我急？我這等著切下來去幹仗呢。男人看見了螞蟻眼裡刺人的光芒，終於不說話了。切割機哧哧怪叫，瘆得我牙都倒了，幸好螞蟻遞給我一張錢，要我去買兩圈電膠布回來。

螞蟻把電膠布纏在鋸好的鋼管一端，纏出一個把手的長度，他掂起鋼管稱了稱。看見沒有，他說，這樣就不會脫手了，真要幹上了，傢伙不能丟，丟了傢伙說不定就會丟了命。把纏好膠布的鋼管放進麵包車，螞蟻給了曲蟮子兩百塊錢。曲蟮子看著遞過來的錢，連忙搖著髒兮兮的手說要不了這麼多的，一根爛管子，不要錢的。螞蟻一斜眼，脖子梗著說：「讓你拿著就拿著，逼話多呢你還！」

五

頭上是一片藍天，純淨碧透，幾隻哨鴿從蔚藍裡掠過，丟下一串脆響。遠處的城市呈現出古怪的韭黃色，像一幀泛黃的照片。近處，密密麻麻的電線纏繞著淡淡的不安。左邊有個窗戶，幾張稚嫩的臉蛋在窗口擠成一堆，憂傷地看著外面的世界。我和螞蟻趴在屋頂邊緣，無聲地打量著腳下的一切，好久，他問我：「你有理想嗎？」想了想我說，有呀！娶個穿淡藍色吊帶裙的女孩做老婆。我曾經在中華路的拐角處見過一個女孩，她穿著一件淡藍色的吊帶裙，有張規規矩矩的鵝蛋臉，和我擦肩而過的時候，她給了我一個淺淺的笑。那一刻，這個理想就被種植進了我的心靈深處，它開始在每個夜晚發芽生根，現在都長成參天大樹了。螞蟻聽了笑笑，然後他伸出一隻手，向遠處的韭黃色抓了過去，手伸到盡頭，他握緊拳頭說：「我要把攥在手心裡的一切都變成我的。」我嚇了一跳，說這麼多啊！螞蟻又笑，說你懂什麼，我小時候去離家很遠的河溝裡抓魚，開始只想著能抓幾條小魚就成，一天下來，魚鱗片也沒撈著一塊。後來就想，要抓就抓大魚，結果呢，大魚沒有抓著，卻總能抓住些小魚。我剛想接話，就打雷了，螞蟻掏出手機，說高經理啊，您說您說，好好好，西山那邊啊！好好好，嗯，明天我就過去，您放心，不過啊！是這樣，高經理，您看——呵呵，弟兄們也要吃飯啊！哎，好的好的。

活來了。螞蟻合上電話說。

遠遠地，就能見到那棟房子了，紅磚牆，兩個進出，在偌大的空曠中，如一塊扔在砧板上方方正正的生牛肉。下了車，冰棍從麵包車裡抱出一捆叮叮噹噹，螞蟻回頭看著抱著鋼管的冰棍，說你幹嗎？冰棍說以防萬一啊！螞蟻罵了一句，聲音很低，我沒聽清，冰棍又悻悻地把鋼管放回車裡。

陽光很好，曠地上的瓦礫都有了五彩的顏色。我們的雙腳堅實有力地踏過一片廢墟，踩出咔嚓咔嚓的聲響，太陽在頭上，我們的身影在腳下蜷縮成一小團，跟著我們的腳步滾動。螞蟻走在最前面，陽光把他勾出來一個虛幻的光圈，卻給了我一個暗淡的背影。

推開門，我才知道麵包車裡那些叮叮噹噹的傢伙根本用不上。一對老邁的夫妻，男的弓著腰在屋角倒騰著什麼，女的坐在一張小椅子上擇青菜，青菜有耀眼的綠色，看樣子，她是要窖上一罈酸菜。她的邊上還有一個木盆，一個三四歲的小男孩蹲在盆邊，用手撥弄著伏在水面上的黃色的塑料鴨子，嘴裡還嘎嘎地叫喚著。

兩老對我們的闖入沒有表現出驚訝，看得出，之前肯定有人來過。一般情況下，高順是不會啟用我們這群人的，除非萬不得已。牆角的老人回過身，我才看清楚他在修理一個水壺把兒，螞蟻遞過去一支煙，老人擺擺手，蹲下去繼續擺弄著手裡的水壺。女的擇完青菜，端著滿滿一簸箕青菜往外走，我們幾個人堵在門口，老人抬起頭冷冷地說：「麻煩讓一讓。」我們側過身子，老人顫巍巍出了門，在院子裡自來水龍頭邊蹲下來開始洗菜。

抽完一支煙，螞蟻搬了把椅子坐在院子裡，把身子懶懶地靠在椅子上，閉著眼。陽光均勻地灑下來，孩子脆脆的笑聲從屋子裡傳出來，一切看起來都是那樣的祥和寧靜。我們幾個靠在屋簷下，全都瞇著眼，偶爾有咳嗽聲。我站得有些累了，於是伸長脖子看看遠處，又看看皮影戲樣的兩個老人兒。然後我看著椅子上的螞蟻，他的眼睛還閉著，鼻息均勻乾淨，陽光在他的額頭上鋪開一灘油膩的瓦亮。突然，我感到了一種前所未有的恐慌，我怕這種膠著一直持續下去，持續到樹葉兒綠了，黃了，掉了；再綠了，黃了，掉了。要這樣持續若干個春夏秋冬的話，我就老了，背就駝了，腿也彎了，那樣我就走不出這片廢墟了。我打了一個誇張的冷顫，身子瞬間冰涼如雪。我惶惶地走到螞蟻身邊，我得趕快把他叫醒，要不然我會崩潰的，我想。

我的手掌還沒有拍到螞蟻肩上，他就醒了。他打了一個好幾公里長的哈欠，抹了抹嘴站起來，搭個涼棚看了看太陽，說喲喲喲，不早了喲，太陽都快要滾蛋了。

老男人正齜牙咧嘴地往屋子裡搬一桶水，螞蟻看見了，慌忙跑過去，說老人家，我來我來，老人擋開他的手，黑著臉不說話，固執地往屋子裡移。螞蟻說你這就不對了，怎麼著也該給我們這些年輕人一個學雷鋒的機會不是，我跟你說呀老人家，我小時候最喜歡學雷鋒了，讀三年級，好像是四年級那年，對，四年級那年，我還帶著同學們去給村裡一個抗美援朝的老英雄挑水做飯呢！看著老人搖搖晃晃的背影，螞蟻接著說，你別不相信啊！我說的都是真的，騙你我是短尾巴狗。

我看了看螞蟻的臉，真誠得一塌糊塗，絲毫沒有開玩笑的意思。

跟著老人進了屋，螞蟻四處瞧了瞧，男人的老伴正躲在牆角邊剝四季豆上的筋，螞蟻過去蹲下來，撿起一根豆豆就開始剝。老人白了他一眼，把身子移到一邊。螞蟻說老人家，這屋子就別住了，黑黢黢的，大白天都得開燈呢！搬了吧！

休想。老人吐出兩個硬邦邦的字。

螞蟻咬了咬嘴唇，站起來笑了笑。他背著手慢慢踱到床邊，床上睡著孩子，小東西看樣子是玩累了，睡得很沉。螞蟻把屁股掛在床沿上，目不轉睛地盯著孩子，看啊看啊，像看自己的孩子一般。看了半天，螞蟻說小傢伙長得真乖，你們都過來看看，虎頭虎腦的。螞蟻忽然轉過頭問：

「孫子吧？」兩個老人哼了哼，不置可否。好福氣啊！蝲蟻笑笑，停了停他說：「哪裡都好，就是這脖子細了點。」說著他就伸出一隻手圈住孩子的脖子，「要是我這手輕輕一轉，你們猜會怎麼樣？」

「斷雞巴球了唄！」冰棍在一邊說。

一瞬間，兩個老人同時站起來，驚惶地問：「你要幹什麼？」

蝲蟻呵呵笑，說我開個玩笑。

蝲蟻拍了拍屁股，說我們走。走到門邊，蝲蟻回頭說：「我說過了是開玩笑的，要是你孫子的脖子真斷了，千萬別來找我喔。」

我們走出去沒多遠，屋子裡傳出了呼天搶地的嚎哭聲。

「搬了吧，老頭子——」女人的聲音透著末世的悲愴。

點了一支煙，吸了一大口，蝲蟻回頭看看身後的房子說：「打蛇要打七寸，鋪上的嫩苔苔就是他們的七寸。」

六

我在一片荊棘中行走，四面是望不到邊的火棘樹，它們密密麻麻地擠在一起，還有銳利的尖刺。我總是避不開它們，每往前一步，我都能清晰地聽到那些尖刺刺破我身體的聲音，聲響誇張得讓我噁心，然後，一股股的溫熱在身上緩慢地爬行，用手一摸，黏糊糊的，流血了。鮮血是觸目的黑色，源源不竭地從那些刺破的小孔裡飆出來，我試圖用手按住那些小孔，剛按上去，黑色飆得更歡了。我抬起頭，太陽是古怪的青色，陽光黏稠地在濕嗒嗒的雲朵上蠕動，我慌慌張張地想走得快一些，可步子就是邁不大。就這樣，我絕望地在荊棘叢中爬行，身後拖出一道黑暗的印記。爬了好久，我累了，爬不動了，我想我怕是要死了，我不想死在這片讓人憎惡的火棘叢中，我想找一個乾淨一些，讓身體寬鬆一些的地頭死去，我不想讓自己死後靈魂也被丟在這裡動彈不得，於是我努力站起來，想找一個寬闊一些的地方讓自己死去。一望無際的火棘叢向遙遠的天邊延伸，鋪滿了讓人絕望的色彩。我把頭轉向左邊，忽然，我看見了一個圓，火棘樹圍成的一個圓，像一張快樂大笑著的嘴，我欣喜若狂，高聲尖叫，然後向著那個圓爬去。

圓，規則的圓，更是絕望的圓。

在沒有接近這個圓的真相時，我幻想過它是一片碧綠的草地，或者是一汪清澈的湖水，甚至是一方怪石嶙峋的窪地。但是，當我把腦袋從火棘叢中艱難地伸出來後，我看見了一個圓形的黑洞。黑洞很深，我往裡扔了一塊石頭，石頭叮叮咚咚的響了好久。黑洞的邊上有一綑一綑的藤蔓，它們曖昧地纏繞在一起，茂盛地顯擺著它們的生命力。洞邊還有松樹，懸吊在懸崖上，裸露著乾瘦的根部，像一個個褪掉褲頭的垂暮老人。我努力伸長腦袋，向下望了望，一股寒氣撲面而來，我打了一個寒噤，連呼出的氣息也變成了一團白霧。

我心如死灰，躺在洞口邊，幾根火棘樹的尖刺還插在我身體裡，黑色的膿血還在歡快地流淌。我感覺我的生命正被一點一點地抽離，死亡像一張網，纏得我透不過氣來。我想逃離這種對死亡的等待，越快越好。

我一翻身，身體就開始急速下墜，先是砸在一網藤蔓上，藤蔓裹挾著我的身體，繼續快速下落，開始還能看見光，慢慢地，圓形的光亮變成了一個點，很快，亮點也消失了，我開始在一團漆黑中墜落。這個過程漫長得讓人窒息，彷彿一分鐘，又彷彿一個小時，一天，一年，甚至更長。

睜開眼，我看見了螞蟻的臉，他的臉有斑駁的光圈，特別不真實。

「就說你狗日的死不了嘛！」他的嘴拉成一條直線，橫跨過整張臉。他走過去拉開門，陽光淌滿了一屋，螞蟻說要不要送你去醫院？我還沒說話，他接著說：「去不去你自己決定，捨得錢我就送你去。」說完他看著我，嘴變成了一條上揚的弧線，彷彿看出了我一定要去醫院似的。

想了想，我搖了搖頭。

螞蟻說：「我小時候得了一次怪病，抽，不停地抽，抽得嘴都歪了。我媽要帶我去鎮上醫院，我爸不肯，最後實在抽得不行了，我媽用條毯子裹起我就準備出門，可門就是拉不開，後來才知道，是我爸從外面給鎖上了。」螞蟻點了一支煙，長長地吐出一口煙霧，拿手掌在額頭上蹭了蹭，他接著說：「後來我抽脫了氣，我媽以為我死了，抱著我放聲痛哭，我爸這時候打開門進了屋，說給我扔了吧！我媽就抓著我爸的頭髮使勁扯，居然把一綹頭髮活生生給扯掉了。直到我醒過來，我媽才停止對我爸的扭打，而我爸從頭到尾沒有還過手。從那時候起，我媽和我爸就開始分床睡覺。」

我掙扎著靠起來問：「你爸為什麼不送你去醫院？」

「那年大旱，我們一家就收了三撮箕穀子。」

把煙屁股扔進煙灰缸，螞蟻接著說：「這幾年我回過幾次家，都是我爸生病，我不是去看他，我是專程回去送他去醫院。哪怕一點小病，我都要生拉活扯將他弄到縣上最好的醫院去，給他吃最好的藥，住最好的病房，請最好的醫生，拿感冒當癌症治。」笑了笑，螞蟻又說：「我特別喜歡看我把錢塞進醫院收費窗口時他那副痛不欲生的樣子。」香煙在煙灰缸裡沒有燃盡，煙霧繚繞，螞蟻端起杯子，傾斜，「滋」的一聲，像煙火灼傷皮膚的聲音。

「你什麼意思？」我問。

螞蟻呵呵大笑，把杯子裡剩下的水一飲而盡。他說每次送我爸去醫院，沒等我開口，醫生就已經把感冒當成癌症了。

我腦袋有些犯暈，我想我得把螞蟻的邏輯捋一捋。想了想還是有些矛盾，我就問他：「要是你病了，會去醫院嗎？」

「不去，抽死了都能活過來，我命大哩。」

穿上外套，螞蟻說我得走了，一塊拆遷地有麻煩，全是他媽的大洋釘，領頭幾個還氣粗得很，可能要幹仗。

我把身子往上撐了撐，說我也去。

螞蟻不屑地看了看我，嘴動了動，看樣子想罵我，沒罵出來，轉身向門邊走去，留給我一個背影。

這是屬於螞蟻的背影，一個成年人才有的背影，有些無所適從，臨出了門，他還抬了抬右肩，企圖將背影調整得更從容一些。要知道，沒有一個人認真思考過自己的另一面，彷彿他躲在身後看過自己的背影，看完了他才恍然大悟，原來卑微來自身後，每天都在想方設法裝扮眼睛能看見的地方，以為脫胎換骨了，誰知道一轉身，就原形畢露了。

這是我最後一次看見這個背影。

七

螞蟻躺在病床上，像一個大粽子，腦袋纏著厚厚的繃帶，只露出兩個眼睛，可惜都六天了，兩個眼睛從來沒有睜開過。

每次冰棍來看螞蟻，都要手舞足蹈地把他經歷的慘烈重複一次。你曉得的，他說，螞蟻幹仗從來不吭聲的，眼看綳著了，非幹仗不可了，他就上去了。狗日的，手裡兩根鋼管都掄圓了，呼啦啦就撂倒了一片。我們都愣住了，等回過神來，好多亂七八糟的傢伙都拍到螞蟻腦袋上了。我看準了的，最狠的是後腦勺一板磚，都糊成兩截了。

高順來看過螞蟻一次，和他一起來的還有兩個漂亮的女人，都穿著吊帶裙，兩個女人一直站在門邊，沒敢進來。高順看了螞蟻一陣，嘆口氣說可惜了，敢說敢幹，說倒下就倒下了。兩個女人可能是覺得好像沒有想像中的嚇人，慢慢挪到床邊。高順彎下腰仔細打量了一番螞蟻，抬起頭對兩個女人說：「看見了嗎，這就是傳說中的植物人，理論上講他是活著的，對不起，從屬性來講，我覺得應該稱『它』更合適，植物嘛！就該有植物的叫法。」兩個女人被高順逗得哈哈大笑，臉也舒展開了。她們笑起來很好看，我又想起了在中華路拐角處見到的那個吊帶女孩，我想她笑起來也會是這樣好看的。

開始那幾天，我還有些難過，時間久了，本就稀薄的難過就揮發掉了。我每天除了吃飯和上廁所，其他時間都坐在螞蟻床邊，靜靜地看著他。看他看膩了，我就抬頭看輸液管，看著透明的液體一滴一滴通過細長的管子，注入螞蟻的身體。有時候我嫌它走得慢了，就偷偷開大些，反正床上的人也不會覺得疼的。除了調輸液管，我還伸手到被窩裡掐螞蟻的胳膊，狠狠地掐，掐著掐著我就笑了，我想要是螞蟻還醒著的話，我要這樣掐他，他能把我給活吃了。可他現在吃不了我了，因為他連嘴都張不開了的，給他餵一些流食時都得把嘴給掰開呢。

日子難過得像一把糟糕的麻將牌，要不是公司還付給我工資的話，我肯定早跑了。實在無聊了，我就偷偷跑出來和冰棍他們去娛樂室打麻將。我手氣不好，每次都輸，輸了回來我就掐螞蟻，掐著掐著心情就會好很多。心情好了我就跑到樓道裡看來來往往的護士，這層樓有兩個護士特別好看，皮膚像剛舒展開的蓮花白。她們一般不同時上班，一個休息的時候另一個就上班。這樣也好，保證了我一直都能有美女看。

晚上冰棍給我打電話，讓我去打麻將，地點在離醫院不遠的一家娛樂室。今晚我好像是轉風了，一直贏，狗日的冰棍輸得最慘，他臉都成根冰棍了，才兩個小時，我就把他們幾個全繳乾了。一個富人和三個窮鬼從娛樂室出來，三個窮鬼硬要讓我請他們吃宵夜，推了推沒推掉，我就請他們去隔壁的大排檔喝啤酒。幾杯啤酒下肚，大家話就多了，東說西說，最後說到螞蟻身上了。本來這段時間我們很少說他了的，今天可能是喝了酒，難免感嘆一番。

「早知這樣，不如直接給拍到火葬場算了。」冰棍說。我們幾個沒有說話，應該是都贊同了冰棍的說法。還沒通知他家裡呀？一個說。我說怎麼通知？再說要通知也該公司通知才對啊！

冰棍說：「公司通知個球，巴不得他早死呢！這樣耗下去，多費錢啊！」

說完我們碰了杯，悶了一大口，為什麼碰杯，我也不知道。

我剛倒上一杯啤酒，電話就響了。掀開電話，那頭說：「你照顧的病人醒了。」

我當場就呆住了。我把電話合上對他們幾個說，螞蟻醒了。幾個人把杯子一撂，拔腿就跑。

跑遠了身後傳來大排檔老闆的罵聲：日你娘，又是吃霸王餐的。

螞蟻的眼睛大大地睜著，可能是閉合的時間太久了，眼瞼四周有了一圈眼屎，護士正用打濕的棉籤給螞蟻濕潤眼睛。看我進來，護士把棉籤遞給我，說給他把眼部的分泌物清理乾淨，我們馬上要換個地方做進一步檢查。

我抖抖顫顫接過棉籤，小心翼翼地湊過去，螞蟻的眼睛裡有淡淡的血絲，可骨碌碌轉得很靈光。我說你總算醒了，都好些天了，你知道不？

我忽然聽見有嗚嗚的哭聲，我湊近了聽，是螞蟻發出來的。慢慢地他的眼睛就濕潤了，繼而有淚水從眼角流下來，把纏在鬢角的白布都打濕了。

我還沒有開始給他清理眼屎，護士和醫生就進來了，說我們要把他送去做檢查。我說還沒開始清理呢！醫生說不用了。

手術車咯咯地從醫院的樓道軋過，我們遠遠看著，互相看了看，最後在樓道裡的椅子上坐下來。冰棍剛掏出一支煙點上，一個護士不知從哪裡躥了出來高聲吼：不准在這裡抽煙。

八

無聊的時候我就坐在醫院電梯口的長椅上看來來往往的人。慢慢地，我就覺得這是一件十分有趣的事情，這裡彷彿一個分水嶺，開合之間都傳遞著隱祕。

點燃一支煙，我剛吸了一口，旁邊椅子上的一個女人露出了厭惡的神色。我沒有理她，依然大口吞吐，女人終於走了。她剛離開，電梯門開了，出來了兩個打領帶的男人，電梯張嘴的剎那，兩個人也張嘴大笑著，一出來，笑容就從兩人的臉上蒸發了。扭過身，沉痛就籠罩了他們，定了定身子，仔細調整了一下呼吸，他們才向病房區走去。

我趴在窗口，城市坑坑窪窪向遠方延伸，矮小的房屋樓頂上全是垃圾，一群哨鴿從天空掠過，丟落一串脆脆的聲響。我把煙頭從窗口彈出去，煙頭在風中躊躇著，左搖右晃，最後掉落在一片碧綠的草地上，草地周圍有一叢叢的灌木，灌木叢上點綴著星星點點的黃花。我突然發現這些搭配充滿了荒誕色彩，和它們在一個平面時，你會說就該是這樣的啊！這一切該有多協調啊！可等你和它們有了一定的距離時，一切都變了，變得那樣的難以理喻和不知所云。

我往樓下啐了一口濃痰。

重新坐回椅子，不久前進去的兩條領帶飄出來了，兩人站在電梯門口，眼睛盯著門頂上的樓層顯示。

左邊一個忽然笑了，他説媽的平時那樣橫，病來了還不是成了泡面。另一個沒有笑，而是滿懷憂慮地説他的位置騰出來了，誰接替呢？另一個攏了攏頭髮説鬼知道。

電梯門開了，兩人走進電梯，轉身，電梯關閉的一剎那，我發現他們兩人真的好帥。

回到病房，螞蟻還在睡覺，他呼吸均勻，面容祥和，偶爾還會癟癟嘴，露出一個難以覺察的微笑。他應該是做夢了，好夢，要不也不會笑得那樣好看。

前幾天醫生把我叫到辦公室，他們把螞蟻的情況告訴了我，說病人雖然醒過來了，但大腦遭受了嚴重的創傷，根據他們的測試和觀察，病人只有四五歲的智力，用我們這裡的俗話講，螞蟻成了憨包。要讓我有思想準備，我說這不關我的事情，他們說那關誰的事，我想了半天才說我給你們把高總叫來吧。

我給高順打了電話，說螞蟻被打成憨包了，醫院讓他來一趟，高順喔了一聲就把電話掛了。我剛合上電話高順又把電話打了過來，他在電話裡高聲喊：你說啥？花了那樣多錢救回來一傻子。我說嗯，高順罵了句日他媽的倒楣。

我特別怕螞蟻醒來，螞蟻醒來我就沒有好日子過了，我喜歡他沉睡著，要是能一直沉睡下去就好了。我原以為照顧他是件很輕鬆的活路，風吹不著雨打不著，除了工資，還有免費的飯菜和空調，高順還特批我晚上可以租個沙灘椅睡在病床邊上。螞蟻無聲無息那會兒還好，我每天還能和臨床的老頭聊聊天，看看漂亮的護士。自從螞蟻醒過來，我的日子就難了，不被折騰得精疲力竭不算完。

螞蟻睜眼了，我的心就提了起來。果然，一睜眼，螞蟻先是四周看了看，看完了臉就繃起來了，接著哇的一聲就哭開了，嘴裡還咕噥著。咕噥的內容不明顯，像被牙咬住了一般，湊近了就聽清了：日，日，媽。每次都這樣，第一次這樣時我被嚇了一跳，說螞蟻你不認得我了。他盯著我直搖頭，然後接著哭。我就慌忙去找醫生，醫生來看了看說這是正常的，我說都這樣了還正常？醫生說要不你哄哄他吧！我說他這樣人高馬大一男人我怎麼哄？醫生說就像哄小孩那樣哄。我就說螞蟻乖，不哭。哪知道螞蟻哭得更凶了，哭著喊著：日，日，媽。我也火了，說再哭老子把你從窗子裡扔出去。螞蟻聽了直往後縮，撩起被子遮住身體，露出顆驚惶的腦袋，也不哭了，嘴艱難地癟著，苦大仇深地盯著我看。見有了效果，我就一直這樣嚇唬他。

日，日媽！他嗷嗷地哭喊。我就說再哭老子把你從窗口扔下去。他怔了怔，繼續大哭。可能是我每次都這樣對他說，也沒有行動，他看出了我只是在嚇唬他，不怕了。我站起來，裝出要抱他扔出去的樣子，他乾脆死死抱住床頭的鐵管，放聲大哭。

臨床的老頭歪過頭來，說他都成憨包了，不要老吼他，不是還小嘛。我說還小？你看這樣兒，要是結了婚，孩子都一大堆了。老頭說醫生不是說了，只有三四歲，給活回去了嗎？老頭開始兩天還無比驚訝，說沒想到這人還能活轉去，過了幾天他就適應了，有時候還會逗著螞蟻玩會兒。老頭是癌症，聽他說都晚期了，最多就半年的光景，兒女們都忙，沒時間來照顧他，就給他找了個陪護。陪護是個瘦精精的鄉下老頭，有一口黑牙，還喜歡下棋，每天都去大路邊看人下棋。我都看不下去了，就替老頭打抱不平，老頭笑笑，不說話。兒女問起陪護的情況，老頭還會給陪護打掩護，說鄉下人實誠，挺上心的。

螞蟻哭得很堅韌，沒有歇下來的意思。我沒轍了，乾脆看著他哭，還是老頭遞過來一個蘋果，說么兒乖，不哭，不哭了，爺爺給你吃蘋果。螞蟻試探性地看了看老頭，雖然憔悴，還是沒能掩蓋住慈祥，排除了危險的螞蟻慢慢伸出手，接過蘋果啃了起來。吃完蘋果螞蟻跳下床準備出去，我把他按下來，不讓他出去。他出去過兩次，總不消停，先前幾天還好，只敢扒在門邊看來來往往的人，慢慢膽兒就大了，要不就爬窗戶，要不就是亂按電梯按鈕，還衝打掃衛生的老阿姨做鬼臉。

不讓他出去，他就在病房裡鬧，在床下鑽來鑽去，還瘋搖臨床老頭的病床升降桿，弄得老頭上上下下，也搖出了老頭一串串笑聲。我怕他弄壞了老頭，攆開他，他就搖自己的病床，還硬把我摁在床上讓他搖。

我躺在床上和老頭聊天，聊了一會兒才發現螞蟻沒聲了，我翹起來才發現他在地上睡著了。折騰累了。老頭笑呵呵說。我把他搬上床，剛睡下，高順就來了。

高順一進屋看了看螞蟻，緊張兮兮地把我拉到樓梯間，掏出一支煙點上，他說：「這樣，公司研究過了，準備派給你一個任務。」我說什麼任務？高順說把他送回老家，我剛諮詢過醫生，醫生說讓他回到他熟悉的環境，也許能幫他恢復記憶。我說送回去以後呢？高順說你待那兒個把星期就成，來往的路費我們負責，主要是看看他家人的反應。記住，就說他是自己不小心從樓梯上摔下來弄成憨包的，不許提公司一個字。我點點頭。

「明天一早就走。」高順說，說完他從皮包裡拿出一沓錢，「這是一千塊，足夠你們在路上使的了，另外給你五千塊，如果他家裡埋怨，就把這些錢丟給他家裡人。事情辦好了，你就大功一件，完了就回來上班，接替他的位置。」

我接過錢，高興地答：唉！好的！

走下幾步台階，高順又回頭對我說：「記住，不許提公司一個字。」

我又慌不迭地點頭。

皮鞋敲擊地板的咚咚聲，在寂靜的樓梯間悶響。

九

冰棍和其他幾個人到客車站送我和螞蟻。螞蟻站在我身後，一隻手緊緊地攥著我的衣角，惶然地看著四周川流不息的人群。冰棍的一個跑腿給大家派煙，第一支煙依舊先派給螞蟻：「螞蟻哥，來一支。」螞蟻不說話，往我身後退。冰棍說還螞蟻哥，都傻了。派煙的說看起來不像呀！冰棍說你曉得個球，他現在就是個小孩兒了，不信你罵他。派煙的看了看螞蟻，又看了看冰棍，嘴動了動，沒敢罵出來。冰棍說你狗日的平時讓他給嚇傻了？罵，他要敢回句嘴我是你兒。派煙的有了信心，伸出半個腦袋對著螞蟻說狗東西要回家了？螞蟻躲在我身後，臉都不敢露出來。派煙的點上一支煙，樣子從容了許多：「螞蟻你個狗日的，爹來送你回家了，要乖乖聽話，不然老子割了你小雞雞。」

螞蟻乾脆蹲下來，抱著我的小腿，眼睛盯著地面，都不敢看大家。大家呵呵笑，每個人都把螞蟻罵了一通，罵完了又覺得無趣了。抽完煙，冰棍遞給我兩百塊錢，說這是兄弟們湊的，給你們在路上花的。我接過來，回頭對螞蟻說還不謝謝冰棍叔叔。螞蟻把我給他的旅行包抱在懷裡，看著大家不說話。

上了車，隔著車窗冰棍說快些回來，我們等你。我不知道他等的是我還是螞蟻。

車在不太平整的路上歡快地跳躍。螞蟻坐在靠窗的位置，一路上都沒有聲音，呆呆地看著窗外的風景，偶爾能見到田野裡悠閒地啃著草的水牛，螞蟻就歡歡地叫一嗓子，喊完了回頭對著我笑。見我不理他，討了沒趣的螞蟻又繼續看窗外。

中午，車到了一個小鎮，司機讓大家下車吃飯。小鎮上只有一家餐館，供應野味，什麼蛇啊斑鳩啊野兔啊。相比起來，野兔價格便宜些，好多人都要了黃燜野兔。我嫌貴，點了兩個家常菜。點完菜我發現螞蟻不見了，在外面看了看沒見著，就繞到屋後，見螞蟻正蹲在一個鐵籠子邊看野兔。大約八九隻灰褐色的兔子，順眉耷耳蹲在籠子裡，螞蟻伸手進去摸兔子的耳朵，還呵呵地笑。我說不要亂跑，亂跑我揍你。

回到外面，兩個穿短裙的女孩在說話，空氣裡飄蕩著她們銀鈴般的笑聲，看樣子她們是從城市回家的。城市已經把她們身上的鄉土味徹底蕩滌乾淨了，她們有城市女孩一樣的裝束，城市女孩一樣的自信，只能從還殘留著的鄉音裡才能分辨出她們的來歷。她們看著寂靜的小鎮，慢慢就陷入了沉默，臉上就有了難抑的落寞。她們顯然已經不適應這種寂靜了，她們覺得生活應該是喧鬧的，慌亂的，琳瑯滿目的。

「過兩天就回去吧？」一個說。

另一個點點頭。

忽然屋後有哭聲傳來，我剛站起來，餐館老闆就慌慌張張地從裡面跑出來對我說：「裡面那個兄弟是和你一起的吧？」我說是，他說你來看看吧。

我進去，螞蟻正和廚師較著勁。廚師一隻手舉著刀，一隻手攥著野兔的脖子；螞蟻則雙手抓住兔子的兩條後腿，一張憤怒的臉漲得通紅，嘴裡叫嚷著：日，日媽。我一看糟了，連忙跑過去把螞蟻拉開。廚師一臉疑惑，說你這兄弟搞哪樣？死活不讓我殺兔子。我慌忙解釋，說他腦筋不管事了的。廚師才說難怪喔！說完扳過兔子的腦袋，刀刃從兔子脖子下一拉，一股殷紅的鮮血噴薄而出。螞蟻忽然掙脫我的手，衝過去把廚師狠命地一推，廚師仰面跌倒，手裡的兔子飛了起來，蕩開的一線猩紅濺了廚師一臉。廚師在地上哼了兩聲，翹起來，舉著刀對著螞蟻衝過去。螞蟻沒有看他，蹲下來摸還在地上痙攣著的野兔，掙扎了幾下，野兔才算死透了。廚師一把揪住螞蟻的後脖頸，剛想理論，螞蟻哇的一聲哭開了。廚師回頭看著我，我連忙道歉，說他讓人給打傻了，你不要和他計較。廚師這才鬆開手。螞蟻先是小聲哭，然後聲音越來越大，把外面的人也引來了，我慌忙給大家解釋，於是有人開始嘆息，還有人哄笑。

廚師抹乾淨臉上的血跡說既然是個憨包，你就該看牢嘛。我慌忙點頭，過去把螞蟻生拉活扯拉到外面凳子上坐下來，他在凳子上拼命掙扎，我就說再亂動我捉蛇來咬你狗日的，他才安靜下來。兩個穿短裙的女孩坐在不遠處側著臉看螞蟻，看了看就呵呵笑，笑得風擺柳一般。

螞蟻沒有吃飯，我嚇唬他他也不吃，從頭到尾都苦大仇深地看著我，一句話不說。

車在山路上跑了好遠，螞蟻依然不說話，看見路邊的牛啊馬啊他也不興奮了，我有些累了，慢慢就睡過去了。恍惚中車停了下來，司機打開車門，說這片林子大，要解手的快點。有人開始陸續下車。我剛閉上眼，螞蟻忽然拼命往外擠，我轉過頭狠狠地說你幹啥。他不說話，只是拼命擠。我說尿漲了，他點點頭。我退出來，說老老實實給老子撒尿，撒完乖乖給我回來。

我閉上眼養神，下車方便的人群開始陸陸續續上車，司機大聲喊是不是都到齊了，沒人應聲，客車的自動門嘆了口氣關上了，接著司機發動了車。我猛然睜開眼，高聲喊等一等，還有人沒上車。司機轉過頭說搞什麼嘛，拉屎還能把人拉死？這都多久了，就是生孩子也生下來了。車門又嘆了口氣，司機說你下去找找。我拿上包跳下車，回頭對司機說，師傅麻煩你等我十分鐘，十分鐘如果我還沒有回來，你可以先走。司機一副厭惡的神色，我又跳上車給他發了一支煙，他才點點頭說請你快點。

我站在馬路牙子上大聲喊螞蟻的名字，我的聲音在山谷裡空空地迴響，喊了十多聲也沒聽見螞蟻答應。我有些慌了，就順著路邊的斜坡往下梭。斜坡下一片空地，很平坦，四周都是高大的松樹，空地上還有冒著熱氣的排泄物，一條小路順著松林往下蜿蜒，我想螞蟻應該是從這裡下去了。我手腳並用順著小路下到山腳，谷底是一條乾涸的河溝，一個個圓圓的水窩裡盛滿了水，閃耀著斑駁的瓦亮。山谷裡竟然有白鶴，在山谷裡孤獨地滑翔。我大聲喊范螞蟻你在哪兒呀？山谷也跟著喊范螞蟻你在哪兒呀？

喊了一陣，我累了，就蹲下來掬了一把水送進嘴裡，水很涼，有淡淡的甜味。灌了半肚子，我找了一塊石頭坐下來，看了看四周，悲涼就上來了。我順著河谷一直走，走出一段我就喊兩聲，最後也不喊了，罵，有氣無力地大聲罵：范螞蟻，你個天殺的，你是不是入土了，你個狗日的。

黃昏上來了，雜七雜八的鳥兒們沒了影兒，撲騰著扎進林子裡去了，落日把我的影子拉得老長老長的。慢慢地，孤獨也上來了，我忽然感覺自己被這個世界拋棄了。上午我還站立在人聲鼎沸的城市裡，黃昏時分，我就被扔進了這樣一個渺無人煙的山谷中，我的喉嚨忽然變得硬邦邦的，罵了一句螞蟻，山壁都跟著哽咽了。

黑夜即將填滿山谷的時候，我終於走到了山谷的盡頭，盡頭是一個狹窄的石門，石門邊藤蔓纏繞，不仔細你都看不見。從石門出來，是一片河沙地，細細的河沙鋪開滿心的歡快。狗日的范螞蟻坐在河沙地裡，兩隻手插進河沙地，張著的大嘴對著天空，看樣子是哭夠了，連聲音都哭沒了。看見他，我出離地憤怒，我衝過去照著他的後背就是一腳，他慘叫一聲，在河沙地裡打了一個滾。我不由分說，又照著他的頭、胸、腿拼命亂踢，他用兩隻手護著腦袋，撅著兩扇屁股，像隻笨拙的鴕鳥。我就使勁踢他屁股，他也不叫不哭了。我終於累了，一屁股坐倒在河沙地上，大口大口地喘氣。直到黑夜完全上來，我才平息下來。

我們就這樣在河沙地上睡了一夜。半夜我醒過來，螞蟻站在不遠處撒尿，月亮在他頭頂。撒完尿，他轉過來指了指肚子，我說餓了？他點點頭，我說我還餓呢，忍忍吧！他依然指著自己的肚子，我對著他狠狠地揚了揚拳頭，他才背著我坐了下來。我不理他，翻過身睡下來，他在後面唧唧哇哇地說了一些我聽不清的話，慢慢就沒了聲息，他該是睡著了。

十

客車一路飛奔。

螞蟻乖多了，吃了一袋餅乾後靠在位置上睡著了。餅乾是在上車的那個村莊一個小賣部買的，都有星星點點的霉斑了，我沒敢吃，遞給螞蟻，狗東西三下五除二就給解決了。看著窗外我才發現，已經是深秋了，一路都是張張揚揚的黃色，稻穀早已收割完畢，一堆堆憔悴的穀草趴在旱田裡。我忽然想起老家，老家的稻穀也該收完了，新收的稻穀過了秋老虎，就該入倉了，稻穀入了倉，鄉村就恬適了下來，走走串串，說說笑笑就成了主題。

車上沒有一個人說話，這些沉默的人，各有各的心事呢！每個人的眼睛都盯著窗外綿延的黃，這樣的黃讓人傷感。只有醒過來的螞蟻最興奮，客車越往前跑，他越興奮，應該是要到家了，環境也變得熟悉了起來，難怪他要發出嗷嗷的怪叫。開始我還罵他兩句，見沒什麼效果，我就不罵了，任憑他大呼小叫。

我從包裡掏出螞蟻的身分證，看了看地址，問師傅無雙鎮小鋪村該在哪兒下車，師傅說前面不遠處就是了，到了我叫你。

車在一棵皂角樹旁停了下來，客車師傅說你順著這條小路一直往前走，大約半小時就到了。汽車揚起一股煙塵遠去了，我把兩個旅行包掛在螞蟻肩上，他高高興興地跳來跳去，指著皂角樹頂端，手舞足蹈。我說你爬過，他得意地點頭。皂角樹很粗大，很有些歲數了。螞蟻挎著兩個包，跑到樹底下，用手揭開一塊乾枯的樹皮，興奮地對我招手。我過去，揭開的樹皮下有一堆紅螞蟻。他哈哈大笑，臉上流動著清泉一般的乾淨。我拍了拍他的肩膀說我們先回家。他對著我莊重地點了點頭。

我和螞蟻走在田埂上，黃色的田野筋疲力盡地躺在天底下。偶爾能見到在田裡翻晒稻草的農民，在高曠的天底下顯得孤寂渺小。

我把螞蟻拉過來問他：「知道你家住哪兒嗎？」螞蟻搖了搖頭。我罵了一句，跑到遠處問翻晒稻草的人，他指了指遠處的一方土丘，土丘被一些古樹包裹著，一條小河把土丘圈起來，像一幅很好看的山水畫。

螞蟻在前面蹦蹦跳跳，滿臉的歡欣鼓舞，偶爾能見到沒有乾涸的水田，螞蟻就蹲下來，找到一個小洞，豎起拇指伸進去捅啊捅啊！看了半天我才明白，他是在捅黃鱔呢！果然，捅了一陣，就有一條粗大的黃鱔從另一個洞口驚慌失措地鑽出來。螞蟻高興了，對著我哇哇大叫，一邊叫一邊開始脱鞋，挽褲腿，他是要下田抓黃鱔。我一把拉住他，説不許下去，他的嘴就撅起來了，我就嚇唬他説田裡有蛇呢！他才算罷休。

從田埂上走過，遠遠地有放牛的老農直起腰喊：「那不是螞蟻子嗎？回來了？」見螞蟻不著聲，又喊：「嘢！媽的逼，進了幾天城連你三爺都不認得了？」

那方土丘越來越近了，一直在前面蹦蹦跳跳的螞蟻忽然轉到我身後，他似乎變得靦腆了，還有一些緊張。推開院牆邊的柴扉，一條黃狗在一架葫蘆藤下睡覺，聽見聲響，牠翻身起來，對著我汪汪叫，螞蟻一聲尖叫，躲到院牆外的牆根下去了。狗叫了幾聲，大門開了，一個女人出來了，她穿著一身藍布漢裝，五六十歲的模樣。我聽螞蟻説過，他們這一代的人都是明朝派過來平亂的軍人，叛亂平息後，小部分軍人被就地安頓，以屯或鋪為單位定居了下來，繁衍生息至今。這裡的人還一直保持著他們最初的裝扮，幾乎所有人都穿著傳統的漢裝短衣。看見我，女人有些驚訝，她先喝住了汪汪直叫的黃狗，然後順著石梯走下來，把一雙濕透的手在衣襬下擦了擦問我找誰。

我囁囁著，不知道該怎樣表述。

沒辦法，我轉到院牆外，把蹲在院牆下的螞蟻架了進來。

看見螞蟻，女人就笑了，像在雨後的林子裡遇到了野生的香菇。

「我還說誰呢？原來是螞蟻子回來了。」女人哈哈大笑。

我說你是螞蟻的媽媽吧？女人說是啊！然後她對螞蟻說：「螞蟻子，叫你朋友進屋坐啊！站在院子裡像什麼話啊！」我轉過頭，螞蟻的眼神躲躲閃閃，看見女人眼裡有責怪的色彩，他就委屈地縮到了我身後。

「螞蟻子，你幹啥呢？」女人歪著頭看著我身後的螞蟻說，臉上起來了一層狐疑。

螞蟻不著聲，女人惱了，跑過來一把把螞蟻扯出來，吼：「做啥呢這是？」

螞蟻哇的一聲哭出來了，女人更是雲裡霧裡了，她看了看我，目光銳利如刀，彷彿要把我生生切割了一般。

「咋了？」她問我。

我說是這樣的，我和螞蟻是朋友，住一個地兒的，他從樓梯上摔下來了，把腦袋碰壞了，我這不是……不是……就把他給送回來嗎？

女人眼裡一下就潮濕了，然後她轉過去捧著螞蟻的腦袋，像捧著一個易碎的陶罐，上下撫摸，眼淚不停地往下流：「螞蟻子，你不認識媽了，我是媽啊！你叫媽啊！」螞蟻小心翼翼地掙扎，他不知道這個女人要幹什麼，可他總掙脫不開，女人的兩隻手像把夾鉗，牢牢地鉗住螞蟻的頭。掙了一陣，螞蟻不耐煩了，死命一甩，才甩掉了女人的兩隻手。然後他就躲到了我背後，把腦袋貼在我的後背，窸窸窣窣地擦。

女人終於號啕了，她跑到院牆外對著空曠的田野喊：「范東升，你回來看看，螞蟻子憨了。」

十一

雖然坐了一屋子人，屋子裡卻出奇的安靜，只有螞蟻爸煙鍋子滋滋的炸響聲。我坐在角落裡，螞蟻蹲在我身後的旮旯裡，手上玩著一個鑰匙扣。鑰匙扣是他從院子的泥地裡摳出來的，都鏽跡斑斑了，他玩得很帶勁，一會兒把它拉直，一會兒把它折彎。

屋子裡的人基本都是螞蟻的親人，除了他的父母，還有他的姐姐和姐夫，靠窗的那個是他堂伯，堂伯旁邊的中年人是他堂哥，也就是他堂伯的兒子。每個人臉上都帶著冬瓜灰。說實話，我有些膽怯了，怕他們以為螞蟻成這樣是我給弄的。

螞蟻的母親和姐姐一直都在哭，兩個女人坐在一條凳子上，互相握著手，開始哭聲還小，慢慢就變大了。螞蟻的父親把煙袋裡剩餘的一點旱煙磕掉，然後他抬起頭看著我說：「說說吧！到底咋整的？」這個問題我在來的客車上準備了一路。我頓了頓，說是這樣的。在我敘述的時候，每個人都聽得很認真，兩個女人也停止了哭泣，我講述得很詳細，重點都放到了我是如何把螞蟻送醫院的，如何拿出自己的錢給螞蟻治傷上。講完了，我的眼角居然濕潤了，我把自己都給感動了。然後我眼淚花花地看著大家。

唉！螞蟻爸發出一聲長嘆。

「我們家螞蟻子有福啊！遇上了你這樣一個好人。」重新填上一鍋煙他接著說，「要不是有你，他這條命就算完了。」

我心裡高興了，想算是過關了。

屋子裡沒人說話了，煙鍋子又開始了新一輪的炸響。

放下煙袋，螞蟻爸顫顫巍巍地走到我面前說你讓讓，我看看他。我閃到一邊，螞蟻爸慢慢蹲下來，我都聽見了他骨頭炸裂的聲音。他看著板凳後的螞蟻說螞蟻子，你還認得我嗎？螞蟻看著他直搖頭。「你怎麼連你老子都認不得了，這怎麼得了啊！」螞蟻爸哽咽著說。看螞蟻還是沒反應，老頭火了，一把揪住螞蟻頭髮，使勁搖晃著說兒啊我是你爸啊！被搖得暈頭轉向的螞蟻忽然把手裡拉直的鑰匙扣向他爸的額頭狠狠地刺了過去。老人一屁股坐倒在地，鮮血順著他的額頭慢慢往下淌，螞蟻媽和螞蟻的姐姐跑過來把他父親扶起來，姐姐衝過來給了螞蟻一耳光，尖著嗓子吼：「瞎眼了你，那是爸呢！你都下得了手？」

螞蟻哭了，爬起來跑到我身後。

螞蟻爸往頭上纏了一塊白布，他看了看屋子裡的人說：「給他喊個魂吧！」聲音悲愴而蒼涼。

晚飯有雞，辣子雞，土雞做的辣子雞味道就是不一樣，糯悠悠的。我沒敢多吃，螞蟻一家吃得也少，螞蟻媽不斷往我碗裡夾雞，說你多吃，鄉下也沒什麼好招待你的。我說我也是鄉下的，螞蟻媽說難怪你會把我們家螞蟻子送回來，原來都是鄉下娃娃。

吃完飯，我和螞蟻爸坐在屋簷下喝苦丁茶，螞蟻在院子裡的葫蘆架下刨曲蟮。夕陽淌過一望無際的田野，把大地染得分外耀眼。餘暉填滿了螞蟻爸滿臉的溝壑，他目不轉睛地盯著葫蘆架下的螞蟻。

「小的那陣子，整天都在架子下刨曲蟮，裝在瓶子裡，到村西邊的河溝裡釣魚。」螞蟻爸對我說，「那時候吃得不好，螞蟻子懂事，釣到魚了就讓他媽給氽魚湯。那時候家裡窮，他硬是沒有過上一天好日子。」老人說著說著一抹夕陽就濕潤了。

「後來進了城，沒少給家拿錢，唉！錢來得容易了，這人啊！就啥都變得容易了，連魂兒都容易丟了。」吸了一口煙，老人又說：「以前啊！總盼他回來，現在回來了，魂兒卻給丟了。」

我說這不是魂丟了，醫生說的，過不了多久說不定能緩過來呢！

「是魂丟了，魂丟在外面了，得給招回來呢！」

「能招回來嗎？」我問。

「要看丟在多遠的地兒了，要是丟得遠了，就回不來了。」

夜晚，我一個人在月光下走，田野裡是此起彼伏的蛙聲。

我站在田野裡，掏出手機給高順打了一個電話，把這邊的情形給他說了說，他在電話那頭表揚了我，我最後嚅嚅地說了說關於螞蟻空出來的位置的事情。放心吧！給你留著呢，只要事情辦好了，鐵定是你的。高順說。

回到螞蟻家，推開門就看見了螞蟻爸，他指指裡面一間屋子說家裡窄，只能委屈你和螞蟻睡一張床了。洗漱完畢我進到裡屋，螞蟻躺在床上呼呼大睡。螞蟻媽斜坐在床邊，正擰著臉帕給螞蟻擦臉。老人擦得很仔細，很輕柔，燈光不是很亮，她的臉溢滿了慈祥。見我進來，老人站起來不好意思地對我說馬上就好了。說完她又坐了下來，拉起螞蟻的一隻手擦，直到把一隻黑糊糊的手擦白淨了，才拉起另一隻手擦。

「你是不曉得，這娃兒小時候就貪耍，每天都是天一亮就出門，太陽落坡了才歸家，出門時乾乾淨淨的，歸來就成了泥猴了，玩累了，一回來倒頭就睡，每個夜晚我都給他擦臉，用再大的力氣，他也醒不來的。」老人邊說邊笑。

老人端著盆出去了，我順著螞蟻身邊躺下來，側頭看了看螞蟻，他均勻地呼吸著，鼻孔輕輕地翕動。我剛想拉滅燈，螞蟻媽推門進來了，手裡捧著一疊衣服。「你看他這身衣服，太髒了，明天給他換套乾淨的。」看著我不好意思地笑笑，她接著說：「你也知道，這孩子現在只認你，麻煩你明天給他換換，好嗎？」我笑笑點點頭。

老人退出去了，我抖開送進來的乾淨衣服，和這裡男人們的衣服一個款式，短裝，對襟衫，袖口和褲腿特別寬大。

我拉滅了燈，黑夜裡只有螞蟻輕柔的呼吸聲和窗外陣陣蛙聲。

我醒來的時候螞蟻不見了，出來看見他正在院子裡忙活，把一根篾條折彎，將兩頭插進一根竹竿裡，然後舉著一個橢圓跑到豬圈的屋簷下繞蜘蛛網，東繞西繞，一個捕捉蜻蜓的網圈就做好了。他看著我，得意地把手裡的傢伙晃了晃，向遠處的稻田跑去了。我喊，說衣服還沒換呢！他不理我，轉眼就沒影了。

我慌忙往遠處的田野追去。

螞蟻扛著網圈在田野裡跑來跑去，視野裡全是大大小小的穀草堆。蜻蜓在田野上空盤旋，有彩色的蜻蜓降落在草堆上。螞蟻躡手躡腳過去，眼睛盯著忽閃著翅膀的蜻蜓，蜻蜓看上去很悠閒，反而是螞蟻看上去緊張極了，聲音憋得很緊，他的腳步很輕，連奔跑時簌簌的聲音都消失了。近了，更近了，網圈往下一罩，蜻蜓才意識到危險的降臨，振翅欲飛，可惜晚了，終於只能在黏黏的蛛網裡掙扎。笑容花一般在螞蟻的臉上綻開，把網圈折到臉前，輕輕把蜻蜓取下來，繃開指縫，把蜻蜓的翅膀夾在指縫裡，蜻蜓露出肉嘟嘟的肚子，徒勞地掙扎著。

日頭懶洋洋地挪步，穀堆們的影子也跟著懶洋洋地移動，遠處的村子開始有女人喊：小老么，快回家吃飯了。於是曠野裡就有光著腚的孩子飛奔，跑得遠了，消失在一片翠綠的竹林中。我躺在田野裡，土地溫暖濕潤，薄紗樣的光芒從天上傾瀉下來，在我眼裡揉成了一片慘白。螞蟻站在我的頭邊，把一片慘白背在身後，臉上是和年紀不相稱的笑容。那笑容很嫩，散發著勃勃的生機，像春天剛露頭的幼苗。他撇著嘴，眼睛盯著我，然後舉起兩隻手，我看見他兩手指縫裡夾滿了蜻蜓。

田埂彎彎拐拐，將毗鄰的稻田串在一起。螞蟻走在前面，網圈夾在腋下，他像一個得勝的將軍，走幾步他就回頭看看我，炫耀著戰利品。我不停地點頭，對他樂此不疲的炫耀有些不耐煩了，可他卻依舊決絕地炫耀，一點沒有停下來的意思。我就乾脆不走了，找個穀草堆坐下來。他走了幾步，回頭，還想繼續炫耀，看我坐下了，眼裡閃過一絲慌亂。他跑過來，蹲在我身邊，我不說話，他蹲得久了，也坐下來，我們一起看著一望無際的蕭索。坐了很久，螞蟻忽然把腋下的網圈往旁邊一丟，將兩隻手平伸出去，慢慢鬆開手掌，蜻蜓們就掉落在地上，在草堆裡慢慢張開黏在一起的翅膀，撲閃著飛了起來，動作開始還顯得僵硬，漸漸就舒展了，最後全都消失在了無邊的曠野中。

螞蟻站在田野裡，仰著頭，目送著牠們。

十二

鄉村的正午總是百無聊賴的，遠處近處的小道上看不見一個人，只有太陽毒毒地吞噬著曠野裡的水分。我坐在院壩邊的杉樹下，濃蔭很密實地覆蓋著我。螞蟻爸的咳嗽聲從屋子裡鑽出來，啞啞的，聽得讓人透不過氣來。我四下張望著，覺得眼前的一切顯得異常遙遠。我翻出手機，先玩了一會賽車遊戲，賽車在城市的高樓大廈之間風馳電掣，跑過一個超市的時候給撞了，咣噹一聲巨響，賽車成了一團廢鐵。罵了一聲，我給冰棍打了一個電話，我還沒有說話，按捺不住的興奮就從電話那頭淌了過來，冰棍說快回來吧，活兒可多了。忙啊！他說，停了停他問：「螞蟻緩過來沒有？」我說沒有。他先嘆口氣，說緩不過來你就回來吧，守著個憨包有個球的意思。

合上電話，我閉上眼，腦袋裡一片灰白，灰白裡還有星星點點的黑斑，歡快地跳躍著。忽然我聽見了急促的腳步聲。睜開眼，我看見院子裡站著一個瘦瘦的老頭，他兩隻手拄在膝蓋上氣喘吁吁地喊：「范老大，你家螞蟻子攬事了。」

「攬事？攬啥事了？」螞蟻爸出來問。

「河溝邊，你去看嘛！」瘦老頭說。

螞蟻爸踉蹌著向外面跑去，我翻起來跟在他的屁股後。陽光定定的，辣辣的，我和螞蟻爸的影子在田埂上左搖右晃。

很遠就能看見河溝了，其實不是河溝，是個水潭，很寬闊的水潭，綠茵茵的，像往水面鋪開了一層墨綠色的紗巾。螞蟻蹲在水潭邊一個淺淺的石窩子裡，全身赤裸，肩膀上、背上、大腿上都流著血，他把腦袋埋進石窩子裡，屁股高高地撅著，下面那根東西懸吊在半空中。不遠處，幾個女人站在水潭邊，腳邊都有一盆衣服，每個人的手裡都攥著一塊石頭，臉上是憤怒，還有羞澀。螞蟻爸跳過一壩鵝卵石，過去彎下腰看了看螞蟻，轉過來對著幾個女人吼：「咋搞的，這是？」女人們開始沒有話，還是一個年紀大些的女人說咋搞的？你問他呀！她旁邊一個年輕一些的女人咕噥著說：「這樣大一個漢子，當著我們脫得光絲絲的，還——」螞蟻爸看了看淌血的螞蟻，火了，跳過來問：「還咋個了？你說。」「咋個了？光個身子跑到我們面前，還拿手撥下面那個東西。」年紀大些的女人說。「你們不曉得他憨了嗎？」螞蟻爸喉嚨裡都有哭腔了。

幾個女人似乎覺得理虧了，都低下了頭，悄悄都扔掉了手裡還緊緊攥著的鵝卵石。我從水潭另一邊把螞蟻的衣服撿起來，繞過去把衣服給他披上，螞蟻慢慢抬起頭，我看見了他的眼裡也有了亮汪汪的潭水。

我們沿著田埂往回走，螞蟻走在最前面，他的褲帶不見了，就用兩隻手提著褲子。看見旱田裡穀草堆上停有蜻蜓，他就騰出一隻手，躡手躡腳過去，手慢慢伸出去，大拇指和食指做成的夾子眼看就要夾住蜻蜓的翅膀了，那生靈忽然一搧翅膀，裊裊地飛走了。螞蟻就直起腰，落寞地看著遠去的蜻蜓。螞蟻爸這時候就停下來看著螞蟻，也不說話，等著螞蟻回到田埂上，我們三個人的影子又開始在田野裡慢慢地拖動。

繞過幾塊旱田，眼前是一片亮汪汪的水田。這樣的水田在農村叫做爛田，一年四季不會乾涸，其實就是沼澤地，泥是熟爛的老黑泥，田也深，黑泥能漫過人的大腿。螞蟻爸走在中間，我能清晰地聽見他厚實的鼻息，他的腰有些佝僂，讓前面的螞蟻顯得更加高大。空中有盤旋的蜻蜓，螞蟻就跳起來伸手到空中去撈，雙手一鬆，褲子就掉了，露出兩截白花花的大腿，他邊跳邊哇哇亂叫。

「日你娘的！」螞蟻爸悶悶一聲罵，衝過去狠命一推，螞蟻就樹樁一樣地倒進了腳邊的爛田。螞蟻在爛田裡拼命掙扎。「你死了去，死了我給你抵命，都死了就乾淨了，你咋不痛快地跌死呢？偏要這樣糞球樣地活著。」老人狠狠地罵，罵了幾句，一屁股坐在田坎上，傷心地號哭，兩隻手深深地插進田坎邊的泥地裡。

我跳進爛田把螞蟻抱到田坎上。「不要撈他，讓他悶死得了。」老人哭著喊。

螞蟻給嚇著了，先是呆呆地看著他爸，看了看哇的一聲也哭了，淚水在一臉的黑泥中沖刷出來兩道白白的溝壑。遠處有扛著篾席的村人站在田坎上，踮著腳往這邊看。

螞蟻爸蹲在螞蟻身邊，用穀草給螞蟻擦身上的黑泥，老人臉上的淚痕還在，反覆擦了好幾遍。螞蟻還在哭，聲音高高矮矮的，不像剛開始那樣嘹亮整齊。

擦完，螞蟻爸從穀草堆裡抽出幾根粗大的稻草，坐在田坎上，用膝蓋夾住稻草的一端，編辮子樣地搓出了一根草繩，他把草繩銜在嘴裡，過去把褲子給螞蟻套上，兩隻手從後面把螞蟻摟起來，用草繩把螞蟻的褲子綁好，牽著螞蟻的手準備邁步。螞蟻看了看他，身子往後縮，眼裡跳躍著畏懼。我過去從螞蟻爸手裡把那隻黑糊糊的手接過來，說我來吧！老人點點頭，他的眼裡全是哀傷。

晚上，天上有月亮，月光裡是一片嘹亮的蛙聲。

螞蟻爸和螞蟻媽坐在屋簷下，看不見人，只有旱煙在忽明忽暗中滋滋的燃燒聲。我拉條凳子遠遠地坐在圍牆邊，螞蟻騎在圍牆上，手裡拿根篾條，「駕駕」地吼。坐了一陣，我起來走到台階下，對陰影裡的兩個人說：「那頭事多，電話都催了幾次了。」

煙鍋子猛然炸亮，能看見一張模模糊糊的老臉，瞬間又暗淡下去了。

回吧！男的說。

天還沒有亮我就起床了，公雞在雞圈裡長聲吆吆地喊，喊得一寨的公雞都忙碌起來。把東西收拾好，晨曦才鋪滿了一窗。螞蟻還在睡，嘴無規律地啪嗒著，像在咀嚼著一張無形的餅。我拉開門，金色的光芒在堂屋裡流動，霧氣在敞開的大門口徘徊，螞蟻爸坐在門檻上，依舊吸著煙，晨光劈面，把他勾出一個金黃的幻影。我站在堂屋裡伸了一個懶腰，螞蟻爸回頭，把煙桿從嘴裡抽離，說起來了，我點點頭。我過去和他在門檻上一排兒坐下來，天邊正一片緋紅，旱煙煙霧和清晨的霧氣攪在一起，在我們的呼吸之間打著旋兒，我們這樣坐著，都不說話，都心事重重的樣子。我想走了，每晚都做夢，夢裡看見的都是那些熟悉的景兒，懸在半山腰的房子，窗戶裡孩子們的臉蛋，山腳下的火葬場，遠處高高矮矮的樓宇，一溜兒向遠處延伸的綠化樹。這些景象在夢裡清晰得像一面平整的大鏡子，我甚至能聽見自己夜晚躑躅在巷子裡的腳步聲，啪嗒，啪嗒，脆脆地敲擊著耳膜；依舊能在街道拐角處遇見那個穿吊帶裙的女孩，我們並肩站著，我能聞到她身上那股淡淡的香味，有點像老家香瓜的味道，還有她的呼吸聲，輕柔、恬淡，輕輕掀動著垂在嘴邊的一綹秀髮。每次夢醒，先看見的卻是一屋子曖昧的月光，還有身邊打著鼾的螞蟻，屋角的土豆已經有了腐爛的味道，酸酸地在鼻孔裡流淌。還有很多，蟋蟀的尖叫，老鼠的悶哼，尖嘴蚊最後的哀鳴。醒來後，我就睡不著了，只能睜著眼睛，等待黎明的來臨。

螞蟻媽遞給我一碗麵，麵條是自己加工的，顏色不好，有些灰暗，但味道不錯，剁碎的青椒和西紅柿在豬油裡焙焙，澆在麵上，勾得滿嘴唾液。吃吧！她說，這裡離城好遠呢！我蹲在簷坎上呼啦呼啦地吃麵，兩個老人目不轉睛地看著我，我感覺到了一絲淡淡的異樣。

螞蟻爸堅持送我出去，他走在前面，兩隻手背在身後。曠野裡濕漉漉一片，朝陽照著田埂上的大臉草，發出耀眼的光芒。我們站在公路邊的皂角樹下，樹上那片新鮮的創面還在，只是那些紅色的螞蟻已經不見了，只有一片收水後的暗褐色，像一塊結痂後的傷口。螞蟻爸的眼睛一直望著公路那頭。「每天就一次班車，不要指望有座位，都是塞得滿滿的。」他望著遠處說。

我的手一直捂著旅行包，腦子裡想著那沓錢，五千塊，沒錯的，全是百元的，我數過很多次的。好幾次我都想把它往外掏，可就是掏不出來，它彷彿重逾千斤，慢慢地我的手都開始顫抖了，還有些痠麻。我還是怕，怕袋子變得空空，那樣心也會跟著變得空空的了。我始終跟那隻手較著勁，可它就是不聽我指揮。我知道，我是徹底被我的左手打敗了。

螞蟻爸忽然遞過來一沓錢說：「螞蟻子能回家，全賴你了，我們也不知道你花了多少錢，我和他媽商量了一下，這是兩千塊錢，你不要嫌少。」我連忙把他的手推回去，說不用的，真的不用。老人堅持著，我也堅持著，我最後臉都紅了，老人有些難為情，以為我的臉是急紅的。他終於一臉歉意地縮回了手。

客車終於來了，像個喝醉的大漢，踉蹌著。果然滿滿當當，幾張年輕的臉孔貼在車窗玻璃上，木木的，如同被冰凍住了一般。我拍了拍螞蟻爸的肩膀，老人看著我，對著客車揮了揮手，我抬了抬腿，邁不動步子，我回頭，螞蟻站在我身後，兩隻手緊緊地抓住我衣服的後襬。我對著他笑笑，伸手去撥他的兩隻手，撥不開。見我這樣，他似乎焦急了，緊緊咬著的嘴唇忽然鬆開，哭聲湧了出來，這時我才發現，螞蟻只穿了一條褲衩。螞蟻爸過來，用力把他的兩隻手拉開，我慌忙向客車跑去，剛準備上車，螞蟻甩掉了他爸，哭喊著衝過來，拉住我的衣服拼命把我往下拉，我則死死地把住車門。我們就這樣僵持著，濕濕的晨霧裡只有螞蟻的號哭聲和客車機器低低的轟鳴聲。我猛然發力，終於跳上了客車，哪知道螞蟻也跟著跳了上來，一截白花花的身體擠在車門口，好幾個女人都把頭轉開了。

「下去！」我用力推他，「滾下去！」螞蟻不看我，兩手死死地抓住車門邊上的扶手。

「到底走不走？」司機憤怒地問，一車人用厭惡的神色看著我。

僵持了一陣，我最終投降了，跳下了車，螞蟻也跳了下來。

客車顛簸著遠去了，我悵然地看著遠去的客車，火上來了。我一把揪住螞蟻的脖子，眼睛惡毒地盯著他。他咳嗽著，對著天空翻著白眼。

螞蟻爸站在一旁，他的嘴和手都蠢蠢欲動，最後還是內疚占了上風，沒有動，也沒有說話。直到我把螞蟻放開，他才對我說：「要不再耽誤你兩天，等給螞蟻子喊完魂，你就回去吧！」

十三

喊魂師是從很遠的鎮子上請來的，很清瘦的一個老頭，和他一起來的還有他的三個徒弟。還沒有進院子，就能感覺到他的與眾不同，他走在最前面，有黑白間雜的長鬍鬚，頭頂禿得很厲害，光亮的頭頂讓他看上去更加仙風道骨。螞蟻爸媽迎出去很遠，把他們接進院子，四個人一排兒坐在一條長凳上，喝了一口茶，喊魂師問：「娃兒呢？」螞蟻爸指了指遠處的稻田，曠野裡有個渺小的影子在歡快地奔跑，不時還發出幾聲尖厲的笑。

「有現成的喊魂坑嗎？」喊魂師問。

「有，村子西邊火棘山上，好多年的老坑了，這一帶喊魂的都在那兒。」螞蟻爸說。

「去看看。」喊魂師把茶碗遞給螞蟻媽，站起來就往外走。

我們一行人在曲折的山路上迤邐而行，開始還是一馬平川的田野，慢慢稻田就消失了，坡度越來越大，越往上，火棘樹就越多，到了山頂，這裡就簡直是火棘樹的天下了，火棘密密麻麻簇擁著，滿身都懸吊著火紅的果子，銳利的小刺惡狠狠地向外伸著。

終於見到喊魂坑了，我打賭，這個地方我見過。一片張張揚揚的火棘叢中，居然是一個黑洞洞的深坑，深坑邊上有鮮嫩的藤蔓和常青的樹木，藤蔓纏繞在那些懸掛在洞壁上的樹木上。繞出的不僅是恐懼，還有神祕，白霧從洞底裊裊地升騰起來，絲絲縷縷地懸吊在洞口的藤蔓上。

喊魂師沿著洞口繞了一圈，撿了塊石頭扔進去，叮咚叮咚的好一陣子，洞子才歸於平寂。好地方，他說。「山魈洞神就在這樣的地頭了。」

「就這裡了。」他對螞蟻爸說。

一早，螞蟻一家就開始忙碌了，除了自己家人，寨子裡還來了好些幫忙的。喊魂師開出了一張長長的清單，都是喊魂用得上的。四張八仙桌、四個豬頭、靈幡一面、未開鋒的菜刀四把、白酒十斤，香蠟紙燭若干。螞蟻爸很會安排，聽螞蟻媽說，螞蟻爸一直是鎮子上大務小事的管事，不管婚喪嫁娶，他都能安排得井井有條。吃完午飯，大家把備齊的東西往火棘山上運。我坐在樹蔭下看著來來往往的人，他們臉上都一色的嚴肅，很少有人說話，彷彿一個神聖儀式前就該這樣，否則會褻瀆了神靈似的。螞蟻爸最後一個出門，他肩上扛著一張老式的八仙桌，桌子黑色的土漆都掉得差不多了，露出暗灰色的真相。我想它該是核桃木的，很好的木料，好木料都沉重。老人喘著氣對我說，他聽你話，煩勞你把他帶上山來。

我在竹林裡找到了螞蟻，他正聚精會神地蹲在竹林裡扒竹蟲，掰開一段腐爛的竹子，裡面有一堆白白的蟲子，用小篾兜裝起來，直接下到燒沸的油鍋，快速跑一道，就能吃上金黃的竹蟲，嘎巴脆，能香死人。我湊過去，螞蟻的篾兜裡已經有了不少的竹蟲，我踢了他屁股一腳，螞蟻猛地跳起來，手裡的篾兜打翻在地，白白的竹蟲爭先恐後往外爬，等他慌慌地收拾起地上的篾兜，裡面已經空空的了。螞蟻急了，嘴裡咕嚕亂叫著，蹲下去慌忙去捉那些竹蟲，我又一腳將篾兜踢出去老遠，伸手捉住他的耳朵，把他硬生生提起來往竹林外走。

螞蟻一路上都在掙扎，他耳朵都變得通紅了，我指著他說要我放開也行，你得聽話，知道嗎？他點點頭，我鬆開手，螞蟻就一溜煙往回跑，我快步追上去，從後面抓住了他的領子，把他拖拽到一個稻草堆後，我四下看了看，曠野裡沒有一個人。我把他按倒在地，劈里啪啦一陣亂打，螞蟻腦袋埋進草堆裡，露出半截身子給我揍，我力氣下得很大，拳腳在螞蟻身上擊打出砰砰的空響。奇怪的是，他居然沒有哭，只是把身子不停地往草堆裡鑽，最後只剩下了兩扇屁股。

我揍得痛快極了，一切的不滿都在拳腳交加中一點一滴地往外流淌，最後我累了，坐下來喘氣。平息下來我忽然發現，那些流走的不滿，原來都是些模糊的影像，我無法說清楚它們的模樣，或許它們本就不存在吧。看了看草堆裡的人，我有了些淡淡的內疚。總是這樣的，每次搞整了螞蟻，我都會內疚的，不過我喜歡這種內疚，內疚起來和消失都極快。內疚退潮了，我就心安理得了，心裡就說：螞蟻啊！不要怪我了，我都內疚了，你還要我怎麼樣呢？

把螞蟻從草堆裡拔出來，他的樣子把我嚇了一跳，兩個眼睛定定地看著我，竟然有了些昔日的威嚴，他拉下耷拉在腦袋上的幾根稻草，伸出一隻手指著我：「你打我。」話音乾淨簡潔，還如刀刃般銳利。我慌了，往後退了兩步，看他的樣兒，和變故前的那個螞蟻一模一樣。我驚慌地搖著手，他往前跨了一步，眼睛裡忽然潮濕了，嘴一下撇開，指向我的手慢慢彎回去拭擦流出來的淚水。「日，日，媽！」他終於哭出來了。我鬆了口氣，過去端著他的腦袋，和顏悅色地說：「只要你聽話，我保證不打你。」他看了我半天，才點點頭。

我牽著螞蟻在一望無際的田野裡走著，黃昏快上來了，陽光變得很薄，蟬翼般地包裹著大地，像一個飽滿的繭子。

到了火棘山，一切都安排好了，洞坑東南西北各擺放了一張八仙桌，每張八仙桌上都是一樣的物事：兩面紙糊的靈牌，一面是土地，一面是山魈；靈牌前是新燃上的香燭，還有一個洗得白白淨淨的豬頭和一把菜刀。人們三三兩兩站成幾堆，都緊鎖著眉頭，螞蟻爸和螞蟻媽在東邊的八仙桌邊和喊魂師低聲說著什麼。看我們來了，螞蟻的幾個親人連忙迎上來，螞蟻爸說可算來了，正等著給他落魂呢！

「落魂？啥叫落魂？」我問。

「喊魂前得先把剩下的那點殘魂給甩掉才成的。」螞蟻媽擤了把鼻涕，伸手到腋下擦了擦說，「得空鬧鬧地喊才成。」

喊魂師穿了一身白，像團營養不良的棉花，他裊裊地飄過來，手裡舉著一杆白幡。他是沿著洞沿過來的，我有些怕，怕一陣風就把他給扔進洞裡去，不過還好，他還是安全地過來了。他先彎下腰把白幡插進地上的泥土，一把抓住螞蟻的手腕，螞蟻尖叫一聲，和喊魂師扭成一團。這時候過來幾個年輕人，三下五除二就把螞蟻按住了。「日，日，媽。」螞蟻叫嚷著。再看喊魂師，氣喘吁吁地往西邊那張八仙桌一指：「起！」年輕人們一聲輕呼，螞蟻就升到半空了，他們從我旁邊經過的時候，我看見了螞蟻的那雙眼睛，眼神絕望，死死地看著我，那樣子像是在哀求，哀求我去搭救他。他不明白這些人要對他幹什麼，他看了看深不見底的洞口，腦袋倏然扭開，臉上完全被恐怖籠罩著，他以為，這些人定是要將他扔進洞子裡去了。

螞蟻高懸，夕陽好奇地斜射過來，把螞蟻的影子長刺刺地平鋪在洞口上那些鮮嫩的藤蔓和憔悴的古樹上。洞口邊是喊魂師和他的三個徒弟，他們全都一身素服，手裡都高舉著一塊四四方方的青石。

「投石問路，魂歸洞府！」喊魂師高喊。四塊青石猛然砸向懸浮在洞口的螞蟻那個細長的影子上，咕咕咚咚一陣悶響，一切才歸於平靜。

喊魂師拍拍手，說放下來吧！幾個年輕人把螞蟻放了下來。雙腳甫一沾地，螞蟻就拚命向火棘叢奔去，他跑得很快，我甚至聽見了火棘樹的尖刺刺破衣服和皮膚的聲音。幾個年輕人愣了一下，拔腿就往螞蟻逃離的方向追去。我呆呆地看著無邊無際的火棘叢和天邊漸漸變淡的那抹夕陽，感覺一切都變得那樣的遙遠和虛無，我忽然記起了那個夢，夢裡的場景是如此的真切；可當自己置身於真切的場景時，這一切又變得如夢一般的縹緲。看著螞蟻逃跑的方向，我想，螞蟻此時在想什麼呢？像我在夢裡那樣的絕望嗎？還是什麼都不想，就這樣一直奔跑著，只要前面還有方向，雙腳還有氣力，就一直跑下去。

螞蟻當然不會一直跑下去，一支煙工夫，他就被幾個漢子架了回來，把他按倒在八仙桌前。此時螞蟻已經血淚滿面了，衣褲的好幾處都拉破了。

「還跑嗎？」喊魂師低下頭問。

我以為螞蟻又要怪叫了，出人意料，他緊咬著嘴唇，不出聲。

螞蟻媽淚眼婆娑地過去給螞蟻擦拭臉上的血跡，螞蟻沒有掙扎，他甚至都不看我了，腦袋一直埋著。開始幾個漢子還不放心，看見螞蟻沒有了掙扎的跡象，都慢慢鬆開了按著螞蟻的手。螞蟻頓時鬆軟了，像骨頭被抽掉了一般，他鬆鬆垮垮地晃來蕩去。我有些擔心，想過去把他架住，剛跨出兩步，螞蟻忽然伸手抱住了八仙桌的一隻桌腿。

看螞蟻順從了，大家才慢慢散開去，各自操持自己的活兒。

黑夜終於抖擻著精神上來了。

洞坑邊燈火通明，每張八仙桌上多了兩根粗大的燭火。

「娃娃魂兒是在哪個方向丟的？」喊魂師問螞蟻爸。螞蟻爸轉頭看著我，我搖頭，說我不知道呀！他魂兒丟哪兒了我哪知道啊！說完我訕笑。

「就是螞蟻子跌倒的那個地頭，我沒進過城，辨不明方向。」螞蟻爸說。

我四下望了望，黑咕隆咚一片，我哪分得清是哪個方向。

我搖搖頭。

螞蟻爸急了，他說你想想呀，在城裡待了這樣久，哪能不知道方向呢！我瞥了他一眼，他的眼神焦急而憤怒。

「那兒！」我隨手指了指遠處一座黑黢黢的山梁。

老人臉色一下就舒展開了，他轉過去看著喊魂師，手往遠處一抬：「就在那座山後了。」

儀式自東方開始，喊魂師先恭恭敬敬上了一炷香。他的三個徒弟拿著各種物事立在他的身後，都一臉的嚴肅。

喊魂師先舉起白幡在空中比畫了幾下，那模樣像是畫了一道空符，接著他對著遠處的山梁高喊：「螞蟻子，你快回來，三魂七魄回家來；你要來，你就來，不要在陰山背後挨，陰山背後狂風大，一風把你吹下來。」

聲音高亢悲涼，穿透夜空，奔著遠方去了。

喊罷，喊魂師把手裡的靈牌往桌上一拍：「遠行之人丟了魂，全靠山魈來指引，如能順利回家轉，好酒好肉供奉您。」喊魂師退後，一個徒弟走上前來，將桌上的豬頭扔進了洞坑，另一個徒弟也跟著往洞裡倒了一大碗酒。

接著是南方和西方兩個方位，一樣的程序，一樣的號子，一樣的悲涼高亢。

我轉頭看了看螞蟻，他站在北方那張八仙桌邊，拿著一根細木棍捅桌案上豬頭的鼻孔，還發出咯咯的笑。之前的驚嚇彷彿已經隨著喊魂師的聲音飄走了，螞蟻又無憂無慮了，他目不轉睛地看著喊魂師和他的徒弟，還有他的親人和寨鄰，眼睛裡兩根燭火興奮地搖曳。只有在回頭看見兩個把他抓回來的漢子時，他才會有些不快。

抬起頭，他看見了我，他的目光瞬間變得柔和了，絲絲縷縷，點點滴滴。那是見到親人時才有的眼神，溫暖、信賴，沒有任何雜質。他的眼睛離開我一會兒就要回來一趟，他需要我在，我在他就會放心地用眼睛去看那些他覺得充滿危險但卻新奇的人和物。

東南西三方都喊罷了，喊魂師轉到了北方的八仙桌，我以為又該如法炮製了，沒想到喊魂師喝了一口酒，抽出兩炷香點上，一炷插進香爐，把另外一炷遞給螞蟻爸，說：「規矩你知道的，能走多遠走多遠，地勢越高越好，時間要掐準，成不成就看天意了。」

螞蟻爸點點頭，轉身對我說：「得求你了，你帶上螞蟻，跟著我。」我說幹啥呢？他說你別管，跟著就對了。我勉強點了點頭。走！他說。我過去拉上螞蟻，他開始有些不願意，半推半就，我狠狠瞪了他一眼，他才算邁了步。

黑夜在耳邊呼呼淌過。

我拉著螞蟻跟在螞蟻爸身後，不是走，是跑，沒命地跑。密實的火棘樹拉得手臉生疼，螞蟻爸跑在前面，喘氣聲和夜一樣凝重。我驚訝於他的體力，這樣的年紀還能在暗夜裡用這樣的速度奔跑，我都有些吃不消了。他手裡的那炷香在奔跑中發出耀眼的亮光，跟著他的身體一起顫抖。

終於跑出了火棘林，接著開始爬山，山勢很陡，抬頭望去，黑糊糊地插入夜空。前面的老人開始是跑，然後是爬。螞蟻在中間，也呼呼地喘著氣，他很配合，前面的慢他也慢，前面的快他也快。

終於爬到山頂，我全身都濕透了，有山風過來，吹得滿身的舒暢。我對螞蟻爸說歇歇吧，爬不動了。老人不答話，徑直跑到崖邊，撲通跪倒下來，把香插在地上，他對我招手，說快叫螞蟻子過來跪下。我過去把地上喘著氣的螞蟻拖過來，按下來和他爸跪在一起，螞蟻想掙扎，我照著他屁股猛踢了一腳，他才軟下來。螞蟻爸對著遠方磕了三個頭，喊：「螞蟻子，回家來，三魂七魄回家來！螞蟻子，回家來，三魂七魄回家來！螞蟻子，回家來，三魂七魄回家來！」

螞蟻爸就這樣一直反覆喊。聲音開始還響亮，喊到最後就低沉了，最後老人終於哭了，他癱坐在地，哭著說：「才多大點娃喲！就這樣把魂兒丟了，就這樣憨了，造孽喲！」

我過去挽住老人的胳膊，說起來吧，地上涼呢！老人一下翻起來，重新對著遠方跪下，扯著嗓子喊：「螞蟻子，回家來，三魂七魄回家來！螞蟻子，回家來，三魂七魄回家來！螞蟻子，回家來，三魂七魄回家來！」

反反覆覆喊了幾遍，老人看了看地上那炷香，說差不多了，我們回。站起來就往回跑，看見他跑，我沒法子，只好扯起螞蟻跟他跑，下坡路不好走，老人開始還算利索，過一個窄道時，他滑了腳，咕咚滾下去了。我慌忙梭下去，他卡在兩塊石頭中間，正咔嚓咔嚓打著火機，嘴裡喃喃地念叨：「這香可不能滅嘍，這香可不能滅嘍。」藉著火光，我看見他滿臉鮮血。

見我過來，他猛地一掙，硬生生把自己從石臼中拔出來，歪歪扭扭向那片火棘林跑去了。跑回洞坑邊，案桌上那炷香都到了根部，但還在裊裊地燃，老人兩腿一軟倒了下去，嘴裡還兀自喊著：剛剛好！剛剛好！狗日的螞蟻子有福氣。螞蟻的幾個親人過來把螞蟻爸扶起來，一家人嗚嗚哭成一團。

我坐下來，全身軟塌塌的，螞蟻媽走過來，擦著眼淚對我說：感謝你了。我說我還不知道跑來跑去幹啥子？

旁邊喊魂師說：「喊魂最要緊的一關，是丟魂人的至親要在北方開喊前跑到高處幫親人喊魂，山越高越好，離落魂的地方越近越好。只有一炷香工夫，近了，怕丟在外面的魂兒聽不見，遠了，回來香燃過了，那魂兒就回不來了！」螞蟻蹲在不遠處，不斷往洞坑裡扔石頭，扔完，就把耳朵湊過去很認真地聽那響聲，響聲消散了，他又興致勃勃地開始扔。兩個漢子站在他的身後，神經兮兮地看著他，生怕他生出跳進洞裡看個究竟的想法來。

那炷香燃完，北方的儀式開始了，和前面的幾個方位相比，這邊的內容就繁瑣了。前面和東南西方一樣，多出來的內容叫「看蛋」。喊魂師從掛在腰間的袋子裡摸出一個雞蛋，走到螞蟻旁邊，把雞蛋從螞蟻腦袋一直螺旋狀往下滾動，一直滾到腳，嘴裡還念念有詞，滾完了，回到供桌邊，供桌下已經燒起了一個熊熊的火盆，喊魂師把雞蛋放進火盆裡，然後就有劈啪爆裂的聲音傳來。慢慢地，那汪火熄滅了，喊魂師夾出燒好的雞蛋，剝去皮，湊到燭火邊，翻來覆去地看，足足看了一袋煙工夫。

「不要看我手裡拿的是個雞蛋，其實我握著的是娃兒的過去和將來呢！不管啥，都能從這個雞蛋上看出來。」喊魂師說。

半晌他又說：「娃兒的魂不是丟了，是被人帶走了！」

「被啥人帶走了？」螞蟻爸問。

「穿黑衣黑甲的人，你看——」喊魂師說，螞蟻爸把腦袋湊過去，喊魂師指著雞蛋對他說：「一隊穿黑衣黑甲的人，還騎著高頭大馬，捲起一陣煙塵往西邊去了，身後還跟著好些人，你看這一塊，跟在塵煙後跑著呢，衣衫襤褸的一群人。」

「螞蟻子在哪裡？」螞蟻爸問。

「應該在中間這一堆，也跟在後面跑，手裡還拿著梭鏢呢！」喊魂師說。

「能喊回來嗎？」螞蟻爸焦急地問。

湊過去仔細看了看，喊魂師對著人群無奈地搖了搖頭：「跑得太遠了！怕是回不來了！」

夜幕下先是一陣揪心的沉默，然後有了低沉的啜泣聲，啜泣聲很快蔓延開來，填滿了昏黑的夜。

這段時間，在這樣一個夜裡，我第一次感覺到悲傷，我也第一次感到了絕望。

十四

喊魂結束了，村莊忽然變得疲憊不堪，像一個陷入淤泥的人，掙扎了好久依舊徒勞無功後，只有沉默的絕望了。

其實，生活好像一直在繼續。每天一早依舊能看見螞蟻一家忙碌的身影，螞蟻爸還是要將豬圈裡的積糞一背簍一背簍地往地裡送，土已經翻好了，該把麥種播下去了。雖然他的背看上去更佝僂了，但他仍舊如一匹遠行的老馬，絲毫沒有停下來的意思，他好像連勞累時的喘氣聲都變得細微和不可捉摸了。螞蟻媽依舊站在屋簷下篩麥種，大多數時候她都隱藏在一團塵霧中，那是她雙手簸動簸箕後揚出來的灰塵。所以，我看不清她的臉，更無法看清她的表情。螞蟻的姐姐和姐夫照例每天過來看看老人，來時都會帶上一點東西，兩捆豇豆啊！半袋子糯米啊！甚至只是一塊黏鞋墊用的舊布。總之是不會空著手來的。來了也沒有多少話，把東西撂下來，伸手幫忙做些小事，又沉默著回去了。

田野裡，依舊能看見翻土背草的村人，只是沒有了遙遙相望時那種安適的相互招呼，有想說的話，都要動動腿腳，面對面了才開口說話。

彷彿一夜之間，笑容就被山那邊過來的風給帶走了。

除了螞蟻。

他依舊在田野裡奔跑，依舊放聲大笑，依舊騎在圍牆上揮動著馬鞭，依舊在曠野裡追逐蜻蜓。

又彷彿一夜之間，山那邊過來的風把螞蟻的快樂帶回來了。

我則隨著這個村莊陷入了沉默。

此刻，我坐在院子裡的杉樹下，檢閱著秋末特有的荒涼。我曾經渴望的離開也變得可有可無了，我希望一直這樣坐下去，直到有一天，兩眼一花，身子一歪，就完成了生與死的交接。看著田埂上呵呵笑著奔跑的螞蟻，我不知道他的魂到底是不是丟了，或者原本就丟了，現在才是真的回來了。

「日，日媽。」他指著遠處一個老人喊。

「歸來！」老人揚著手裡的鞭子喊扭向道路旁的老水牛。

手機響了，是高順的電話。

我摁掉了電話。

那天清晨，我悄悄走了。臨走前，我仔細看了看熟睡中的螞蟻，他的面容如孩子一般潔淨，連打呼嚕的樣子都洋溢著童真。我伸出手，想摸摸他的臉龐，伸到一半，我停住了。

把那沓錢放在枕頭下，我輕輕拉開門出來，天邊露出了溫暖晨曦。穿過村莊，鼻子裡全是鮮嫩動人的氣息。

客車在路上顛簸，透過車窗，能看到天邊那排隱約的綠。我忽然想起那個遙遠的電話：「兄弟，我是劉新民啊！你這號碼我是拐了好幾個彎才給弄到的，你還好嗎？我現在在新東縣辦了一個養豬場，還不錯，就是人手不夠——」

我慌忙打開手機，想把它翻出來，翻著翻著我絕望了，那個電話被擠掉了。

我哭了。

犯罪嫌疑人

一

這是一個屬於一九七六年的早晨。一個風和日麗，萬里無雲，空氣清新，舒適恬靜的鄉村早晨。

一大早，棺材匠從床上爬起來，還很詩意地站在屋簷下瞻仰了一陣鮮嫩的朝陽，接著他從牆上取下一掛水桶掛在肩上，踩著輕快的腳步往村東的大水井去了。

鄉間小道鋪著四四方方的青石板，有幼苗從石縫中探出頭來。棺材匠腳步輕盈，起起落落都顯出了奔放的時代氣息。棺材匠的性格可不像他的職業那樣凝重沮喪，好天氣激發了他樸素的革命樂觀主義精神，拐過兩道彎，清新的空氣中飄蕩起了口哨聲。在鄉村，口哨不算是莊重的藝術形式，但棺材匠吹響的內容卻莊重異常：太陽最紅，毛主席最親。口哨聲讓一片樹林變得無比生動，那些葉片上晶瑩的晨露，慢慢攏成一團，滑向葉尖，然後優美地墜落，浸入大地。

口哨聲是在一處開滿了水仙花的曠地上停止的。當時棺材匠一轉頭，口哨聲就被一刀兩斷了。

一片開得無比燦爛的水仙花叢中，橫臥著一具雪白的女人身體，身體四周的水仙花被壓得東倒西歪，身體上有星星點點的殘破的花瓣。這時，陽光薄紗般傾瀉而下，在女人身體形成了一層耀眼的橘黃。她的兩隻眼睛還大大地睜著，直視著通透高遠的天空，那片廣袤的湛藍中，有雄鷹在盤旋。

扁擔從棺材匠肩上悄然滑落，他瞪著眼睛看了一陣，使勁扭了扭脖子，收回了兩扇噘著的嘴唇，往前走了一步。

「喂！喂！」他輕輕喊了兩聲。

天地寂然，只有林間悅耳的鳥叫聲，好像是畫眉。

棺材匠回身就跑，跑的過程中，嘴大大張著，看樣子想喊，可沒有聲音。

跑出去好遠，村莊上空才響起了淒厲的喊聲：死人了。

和村東頭那個清澈碧綠的水潭一樣，龍潭村一直安靜沉默，祥和安寧，像一個閒聊時躲在牆角的聆聽者，不囉唆，不插話，悄悄來，悄悄走。就是運動最厲害那幾年，別的村子轟轟烈烈，烏煙瘴氣。再看看龍潭，老人們依舊坐在屋簷下，披著一身的陽光啪嗒啪嗒吸著旱煙，目光慵懶，盯著村莊的一草一木看，去找尋那些已經遠去的日子；女人們還是成群結隊去水潭邊洗衣服，沿著岸蹲成一排兒，東家長西家短，也會說些男女之間那些隱祕事兒，於是水面就蕩開一片肆意的歡笑；孩子們仍舊在月夜下奔跑，手一撈，就能把螢火蟲關進掌心，湊到眼前，張開手縫，亮光映著長長的睫毛，看夠了，手一鬆，目送著一汪螢火搖曳著遠去。

一聲淒厲，祥和不再，惶恐猶如暴雨前天邊陡然而至的黑雲，壓得一個村莊直不起腰來。

二

一共來了三個公安，一老兩小。老的叫老黃，兩個小的，一個叫小梁，一個叫小趙。生產隊長蕭明亮本來想問清楚具體的姓名，但看見老黃一直陰著臉，就打消了念頭。

龍潭和外面連接的只有一條青石鋪成的小路，三個公安是踏正步進來的。生產隊長早早就帶了一隊人在村口等。老黃走最前面，五十出頭，步伐沉穩有力；依次是小趙和小梁，兩人嘴上剛起來一層絨毛，小梁肩上掛了一個包。

站在眾人面前，老黃伸手擦了一把汗問：「生產隊長呢？」

蕭明亮舉起一隻手。

「說說情況。」老黃伸出一隻腳踩在路邊的石頭上說。

「要不先喝口水？」生產隊長說。

「你還真穩得住盤子哈，都死人了，還有這閒心。」老黃語氣裡含著譏諷。

生產隊長臉上起來一層灰白，忙說不是的不是的，我就是那個啥，看你們——語意含混，笨口拙舌。

「現場在哪兒?」老黃問。

「林子那邊。」生產隊長往遠處指。

「走。」老黃一揮手。

看到現場，老黃一張臉就黑了。

「毛毯是誰蓋上去的?」老黃問。

生產隊長又舉手。

「哪樣雞巴生產隊長?連點常識都不懂，誰讓你蓋毛毯了?你怕她冷啊?」老黃語速很快，每個字都像出膛的子彈。

蕭明亮心裡窩火了，龍潭沒人這樣和他說話。連旁邊的一干村民都有些憤憤，公安有雞巴哪樣了不起，說兩句話像噴糞，枉自披了一身公安皮子。

蕭明亮上前一步，冷冷地說：「姑娘光著身子呢!死的又不是一頭豬。常識我不是不懂，姑娘爹娘來了，死活要湊過去，是我喊人拉住的。」

老黃斜著眼看了看蕭明亮，哼了一聲：「喲!你還有理了呢，現場可留下你的腳印了，你不怕成嫌疑人?」

龍潭的生產隊長爆發了，衝過去對著老黃，兩張老臉之間只有一指的縫隙，四目相對了片刻，蕭明亮說話了，一字一頓，像往老黃臉上扔了一堆鋒利的石頭。

「就算是我，有本事拉我去槍斃。」

老黃沒說話，半天轉頭對兩個年輕公安說：「做事！」

黃昏如約而至，紅雲在天邊漫天翻捲，像個打翻的血盆。

蕭明亮坐在院子邊，悶著頭一直抽悶煙，老婆子喊他也不答應。眼前還是那張老臉晃來晃去的，他恨不得糊上幾磚頭，把他媽的砸成個爛柿子。不就是披了身皮子嗎？有啥了不起？

龍潭人有句話，叫恨誰見誰。這話還真不假，蕭明亮一抬頭，就看見那張老臉了，正氣粗地往自家院子走來。三個公安走進來，在蕭明亮面前站成一排，像等待他檢閱一樣。蕭明亮歪頭看了一眼，鼻腔悶哼一聲，低頭把旱煙咂得烽煙滾滾。

老婆子拉出兩條凳子，老黃坐下來，看著蕭明亮說：「對我有想法可以保留，我現在是和你說公事。有三件事要你幫忙：第一，騰間屋子給我們臨時辦公用；第二，馬上找人搭一個棚子，我們要驗屍；第三，通知村子裡所有人，沒有我們允許，這段時間誰也不能離開。」

生產隊長冷笑一聲：「你國家主席啊？你說啥就是啥啊？」

老黃也冷笑一聲：「你如果不同意，我只有回去彙報了。」

生產隊長又悶哼一聲。悶哼歸悶哼，悶哼完了還得顧大局，識大體，儘管不是很心甘情願。公安同志的臨時辦公室和豬圈一牆之隔，整晚能聆聽豬的豪言壯語。最鬧心的是不期而至的豬糞味，凶猛地從破爛的窗戶擠進來，吸一口，還滾熱著呢！臨時辦公地點是一扇一口氣都能吹倒的破門，雞啊狗啊的，文進武出，吼也不走，勝似閒庭信步。蕭明亮在院子裡偷偷樂：「你以為是公安牠就怕你啊？」

蠟燭滋滋亂炸，老黃盤著雙腳坐在床上，不敢動身，一動身，那床就哆嗦。身子往前傾了傾，說：小趙，你先說說。

小趙掏出筆記本，封面紅色塑料皮兒，老人家正站在城樓上揮手。

清了清嗓子，小趙說：「死者劉桂花，女，今年二十歲，是龍潭村劉老把大女兒。根據現場勘察和屍檢情況看，死者大約死於十六日晚七點至十點之間。從案發現場情況推測，死者有過激烈的反抗，罪犯可能是準備對受害人實施強姦。在犯罪過程中，因為受害人大聲呼救，所以用雙手掐住了受害人的脖子，導致受害人窒息死亡。從屍檢情況看，這應該是一起強姦未遂引發的殺人案。」

小趙念完，看著老黃，老黃點點頭，轉頭看了看小梁。

小梁翻開本本說：「根據走訪的情況，受害人在案發當天是從親戚家回來。據受害人父母說，受害人性格內向，沒有談過戀愛，也沒有和人發生過矛盾。同時，受害人親戚反映，受害人是一個人離開的，離開時間大約是下午五點，兩地距離大約三個小時路程。所以，基本可以肯定，受害人應該是晚上七點到九點之間遇害的。」

翻了一頁紙，小梁還沒開口，隔壁就嘹亮了。兩頭豬似乎是鬥毆，惡狠狠地嘶叫。小梁無奈地看著老黃，老黃齜著牙吼：再鬧，再鬧斃了你個豬日的。

隔壁躺在床上的生產隊長聽見了，癟癟嘴：「你試試？」

半天，兩頭豬才停止了哼哼。可能是掐架把圈裡的豬糞操翻了，哽人的糞味又溢滿了一屋。

老黃聳聳鼻子：「就當自己是時傳祥了。」然後一揮手，說繼續。

小梁把手從鼻子上拿開，咳了一聲繼續說：「根據走訪得知，全村共有四個人不能說清楚案發時段的活動情況。一個叫林北，男，未婚，二十二歲，村小學的老師；一個叫張維賢，三十四歲，已婚，有兩個女兒，妻子前幾年修房子被大梁砸斷了腰，至今癱瘓在床；一個叫毋光明，七十二歲，喪偶，左腳有殘疾；最後一個叫胡衛國，四十三歲，當過民兵連長，據群眾反映，胡衛國愛喝酒，醉酒後經常打老婆，後來老婆受不了，帶著兩個孩子遠走他鄉，至今下落不明。」

三

這段日子，老天像討好龍潭村似的，天天陽光明媚，龍潭人不買帳，個個陰著臉。特別是他們的生產隊長，霉豆腐樣，沒事就咕噥：媽的，自己的村子樣樣爭第一，春耕秋收，鋪路修橋，哪樣不走在前列？現在而今眼目下，卻出了這樣一件掉門臉的事情。花案啊！就像臉上長了痔瘡，眼現大了。

沿著村裡的石板路，蕭明亮低著頭，鼠目寸光地往前趕，這不是龍潭村生產隊長的德行。生產隊長以前走路都是前程無限的模樣，還會敞開衣領，露出脖子上那個駭人的傷疤。遇上好奇的，會問問傷疤的來源，生產隊長就一揮手：朝鮮戰場的紀念品，美帝國主義的刺刀留下的。於是問話的立馬起來一層敬仰，龍潭村屁大點地盤，竟然還有巴掌大一塊死肉和帝國主義扯上了關係，不得了啊！

有德兩口子在路上撿牛糞，看見生產隊長過來，有德直起腰喊：「隊長，去哪兒？」生產隊長兩手叉在腰上，模樣像要把自己提起來。自從看了《南征北戰》，生產隊長就愛上了師長這個動作，很革命，很領導，兩手一叉，氣勢恢弘。生產隊長和師長的差別在於，師長造型和話語都豪壯，生產隊長不同，叉好腰，看了看有德，半晌才小聲說：「你忙！」

經過劉老把家門口，蕭明亮停下了腳步。走進院子，咳嗽了兩聲，門拉開一條縫，露出了老把妻兩個壽桃樣的眼睛。兩口子出來，看見生產隊長就哭開了。老把妻一五一十地坐在生產隊長面前數：我家一不偷人，二不養漢，老老少少，規規矩矩，沒人說句屁話。桂花哪個出來不誇兩句，立春才剛滿二十歲，哪曉得？畜生啊！找出來了你看我不剝他的皮，抽他的筋。

劉老把倒碗茶遞給蕭明亮，說：「龍潭這麼多年，順順當當，沒出過惡人，這倒好，惡人出來了！」說完老把也嗚嗚哭開了。

蕭明亮嘆口氣：「都怪我啊！龍潭屁大點地盤，我沒能看好啊！王八操的，看上去個個都老實巴交，唉，畫龍畫皮難畫骨，知人知面不知心哦！」拍拍老把的肩，隊長安慰說：「你放心，人民的眼睛是雪亮的，壞人絕對沒有好果子吃。」

老把妻哭：「不管吃啥果子，也得把壞人挖出來啊！」

「沒見幾個黃狗皮正忙著嗎？」生產隊長說。

哼哼！屋簷下一張臉在陰冷地笑。劉小把，老把的兒子，桂花的弟弟，咬牙切齒地看著生產隊長。

「你小狗日的笑啥？你還信不過公安？」蕭明亮罵。

「卵公安，來了好些天了，壞人毛毛也沒找出一根。」

蕭明亮指了指劉小把，沒說話，站起來背著手走出院子，老把在後面喊：「找出人來了給我個信，老子活剮了那天收的。」

四

回到家，老婆子正在安排晚飯，蕭明亮背著手在廚房巡視了一圈，菜數還是老三樣：素酸菜，炒土豆片，牛皮菜拌水豆豉。

老太婆往鍋裡舀了小半瓢油，回頭看見蕭明亮，慌忙舀出一些放回油碗裡。生產隊長對著領導家屬和顏悅色地揮揮手，老太婆立刻堆滿了笑，重新把舀出來的油倒進鍋裡。在灶台邊轉了兩圈，隊長開始現場辦公。

「不是還有一截老臘肉嗎？」蕭明亮問。

「還剩個把把，想等你過生的時候再拿出來。」老太婆說。

蕭明亮說：「拿出來吃了算球。」

「給他們，你捨得？」老太婆聲音壓得低低的。

「我是怕把他們餓憨了，整點好的給他們脹，早點破了案好滾蛋，整天在眼前晃來晃去的煩人。」生產隊長說。

「老東西，鴨子死了嘴殼硬。」老太婆笑著說。

飯菜上了桌。老太婆把著門朝那邊喊：「黃公安，吃飯了。」

三個人魚貫而入。

老黃朝飯桌上看了看，臉像朵綻開的老臘梅。

「喲，莫非台灣解放了嗎？」

老太婆撩起圍裙擦著手驚訝地問：「真的？」

蕭明亮坐在牆角，斜眉吊眼看著老黃：「你解放的呀？」回頭又狠狠瞪了一眼老太婆，「人家涮你鐔子呢！憨婆娘。」

端起碗，老黃看著老太婆連聲說謝謝，老太婆不好意思地看著蕭明亮說是他的主意。老黃抬眼看了看蕭明亮，嘴動了動，半天才說，晚上請你過來一趟，我們有些情況想跟你了解一下。

豬糞味兒很濃烈，一股股往鼻孔裡鑽。

四個人圍成一桌。

老黃在桌上鋪開一張卷煙紙，摸出一個煙絲盒，煙絲盒是牛骨做成的，上面還搖曳著幾根熱帶的椰子樹。把煙絲均勻撒在卷煙紙上，老黃粗壯的手指把著煙紙一端，反捲，滾動，送到嘴邊，伸出舌頭在接縫處一拉，一根嶄新的卷煙誕生了。

把煙點燃，老黃對小梁說，你把情況說一說。

小梁轉過身子對著蕭明亮說：「蕭隊長，是這樣的，根據我們掌握的情況，案發當天，有四個人不能提供不在場的證據，這四個人是林北、張維賢、母光明、胡衛國，在我們正式傳訊這四個人之前，我們想請你先介紹一下這四人的情況，聽聽你對他們的看法。」

蕭明亮瞪大眼：「不可能，你們是不是搞錯了。」

老黃深吸一口煙，猛了，一陣炫目，煙卷燒了起來，火苗騰騰的。老黃慌忙拿煙卷往桌面上杵，杵滅了煙火，老黃對蕭明亮說：「我們沒說他們是壞人，就是先聽聽你的說法。」

「那你們就去調查，問我搓卵哦！」

老黃把劃燃的火柴吹滅，拿出叼在嘴上的煙卷，面帶慍色說：「請你搞清楚，這不是人民內部矛盾，這是敵我矛盾，像你這種態度，是對人民的不負責任，是犯罪。」

帽子有點大，兜頭罩下。生產隊長有點蒙了，半天才嚅囁著說：「主要講哪個方面的？」

老黃給生產隊長倒了一碗茶，說：「說說他們平時的表現。」

喝了一口茶，蕭明亮說：「這幾個都是本村人，林北早先在縣城上中學，運動開始後，學校停課了，林北就回來了。後來就一直在家務農，前年我看村小學缺老師，就讓他頂上了。他書教得好，曉得的東西多，三國，西遊，封神，聊齋，講起來一套一套的，娃娃們都喜歡他。平時也好打扮，整天整得油光水滑的，臉皮又白淨。不過我丟句話在這裡，這事不會是這娃娃幹的。」

「有啥依據？」老黃問。

「這娃娃，在村子裡最討姑娘喜歡，哪家姑娘看見他都一肚子心事。我聽他老娘說，林北床邊箱子頭鞋墊摞起來都到胳肢窩了，全是村裡姑娘們悄悄送的。隔三岔五就有媒婆上門，狗東西一直推，說還年輕，要趁年輕為祖國的教育事業多做貢獻，先大家再小家，弄得一大片肝腸寸斷。你說，姑娘排著隊等他挑的這樣一個人，會去犯花案？最重要的，是老把曾經託我給他家桂花說媒，對象就是林北。」

「他咋說？」小梁問。

「腦殼搖得像撥浪鼓，還跟我說，讓我不要操心了，他不會在村子裡找對象的。」

「這個張維賢呢？」小梁問。

「張維賢以前是個騸匠，整天提個馬騾子鈴鐺走鄉串寨。騸匠這活路，長久不落屋，這樣就難為他婆娘了。婆娘吃得苦，帶上人修房子，上大梁那天，梁沒支好，她運氣不好，被掉下來的大梁砸了，命是撿回來了，腰斷了，現在還癱在床上。婆娘出事了，張維賢痛哭流涕了一回，改行做麻糖了。麻糖出鍋，張維賢就站在村口喊一嗓子，大家就去他家換麻糖，三斤苞穀換八兩麻糖，兩斤大米換一斤麻糖，還有拿黃豆、高粱去換的。張維賢這人捨得，有時候遇上麻糖出鍋，有人家捨不得糧食，娃娃們嘴饞，就去張維賢麻糖鋪子前守嘴，張維賢看不過，就叮叮噹噹敲幾塊遞給娃娃些。」

「嗯，下一個。」老黃點點頭。

把半碗茶倒進嘴裡，蕭明亮橫著袖子拉乾嘴角殘留的茶水問：「下一個誰？」

小梁看了看筆記本：「母光明。」

「這個不說了吧！」蕭明亮說。

「為啥？」小梁問。

「老得像根糟了心的泡桐樹，七十多了，風大點就能給颳飛了。他要還能當強姦犯，龍潭的水田都能畝產三萬斤了。」

「胡衛國呢？」老黃重新點燃煙卷問。

「老酒鬼了，二兩黃湯灌下去，爹媽都不認得了。龍潭一號渾人，但要說犯花案，我看可能性也不大，狗日的眼睛裡頭只有燒酒。」

「這也不能說明他不會犯強姦案啊！」老黃說。

蕭明亮不屑地笑笑：「他要好這一口，會捨得把婆娘打得遠走他鄉。」

燭火滋滋炸，大家都陷入了沉默，倒是圈裡的肥豬在快樂地歌唱。

老黃眼睛投向窗戶，眉頭緊鎖，嘴裡的煙卷短得都快燒著鬍鬚了。

五

四個人在院子裡坐成一排。

有些悶熱，蟬停在院子邊一棵椿樹上，一陣漫長的聒噪後，停了下來，天地一下陷入了死寂。四個人額頭上都有細密的汗珠，陽光從高大的椿樹縫隙間投射下來，一排兒人都披著大大小小不規則的光斑，風懶懶地搖著樹葉，光斑也跟著變形，人就被搖成了一堆碎片。

生產隊長背著手從屋裡出來，立在四個人面前，眼睛從一堆碎片裡掃過說：「不做虧心事，不怕鬼敲門，老老實實把事情說清楚。」

四顆腦袋雞啄米似的。

「母光明。」裡屋傳來老黃的喊聲。

母光明顫巍巍站起來，伸手去撈拐杖，沒撈著，拐杖順著板凳邊沿滑倒在地。他扶著板凳去撿拐杖，一彎腰，幾個人都聽見了骨頭開裂的聲音。挨著他的張維賢連忙過去幫他把拐杖撿起來，接過拐杖，母光明偏偏倒倒進屋去了。

老太婆出來給三個人倒了一碗茶，三個人仰著脖子一飲而盡。

院子裡靜悄悄的，所有的眼睛都盯著那扇窗戶。

一聲咳嗽，三個人都吃了一驚。蕭明亮說看你們那樣兒，胯下夾個火盆樣的，身正不怕影子斜，沒幹壞事，還怕哪個咬你雞巴兩口？三個人伸長一直縮著的腦袋，強擠出一抹笑。看見幾個人的笑，生產隊長還是不滿意，說媽的逼，不就是公安問幾句話嗎？看你們笑的那樣子，比哭還難看。

又是一陣沉默，樹上的蟬變成了兩個，獨唱成了合唱，停頓也沒有了，樹葉蔫巴了，垂頭喪氣耷拉著。

日子像一場乏味而漫長的蘇聯電影。

門嘎吱開了，母光明艱難地邁出門檻，也許是陽光太刺眼了，或許是他在屋子裡待的時間太長了，陽光差點將他撲倒，身子晃了晃，他連忙伸手抓住門沿，才算穩住了身形。

林北跑過去把母光明扶過來坐在凳子上，母光明長嘆一聲。

「如何？」胡衛國問。

「不如何。」毋光明答。

「都問些啥？」

「雞零狗碎，啥時候出的門，誰看見了，反正拉泡屎都要問，只差問你拉的是乾貨還是稀貨了。」

三個人眼睛重新回到了那扇窗戶，三張面孔上跳躍著不安，彷彿待宰的羔羊。

生產隊長給毋光明倒來一碗水，毋光明接過來，喝急了，吭吭打著水槍，一張臉漲得通紅。老黃狗在院子裡撲騰兩隻雞，一陣撕扯，漫天雞毛。兩隻雞最後躲到生產隊長胯下，黃狗不依不饒地扯著沾滿雞毛的嘴撲過來，生產隊長站起來主持公道，飛起一條老腿，很革命地一踹，踹得強權者落荒而逃。

每個人都在等待，等待屋裡那一嗓子。等了半天，小梁出來了，說今天就這樣了，你們先回去吧！明天早上再過來。

幾個人站起來，規矩老實的坐姿搞得兩腿痠麻。抖抖腳，正準備離去，小梁又說：毋光明可以不來了，需要的話我們再找你。

晚飯兩個公安哥哥和一個公安伯伯吃得很快，吃完就回屋去了，飯桌上也沒有話。氣氛有些異樣。吃完飯，蕭明亮淤在牆角吧嗒吧嗒抽著旱煙，最後他決定過去問問。進屋來，三個人正在收拾東西。把煙袋從嘴裡拔出來，蕭明亮鼓著眼問：「這是？要走啊？」

老黃點點頭。

「事情不是還沒整清楚嗎？」蕭明亮說。

「暫時還沒搞清楚，不過快了。」老黃說。

裹好一個煙卷點上，老黃說：「明天一早就走，正好跟你通個氣，明早我們要把其他三個人帶走。」

「為啥？」

「根據走訪，除了四個人，其他人都有案發時間不在案發現場的證據，姓母的你也看見了，不具備作案條件，所以，可以肯定，凶手就是這三個人中其中一人。我們一併帶回去，讓局裡組織審問，另外，還需要技術上做一些鑑定。」頓了頓老黃接著說：「希望你配合一下。」

「如何配合？」

「我們需要一些繩子，結實些的。」

「要綁啊？」

「萬一中途跑了誰負責？」

「可這一綁，以後他們還怎麼做人？」

「找出凶手，剩下的不就清白了。」

生產隊長沉默一陣，說：「那好吧。」

老太婆在油燈下縫衣服，燈光不好，老太婆眼都要湊到布面上了。走幾針，就把縫衣針伸進頭髮裡磨磨。蕭明亮躺在床上，翻來覆去地嘆著氣。老太婆抬起頭，說看你，腸子都嘆淌出來了。蕭明亮坐起來，指指老太婆，嘴唇動了動，又仰面躺倒，說算了，給你說了你也不明白。

六

註定這是一個特殊的日子。

淩晨都還月明星稀的，天剛泛白，黑雲就從山那邊過來了，像往龍潭上空扔了幾床破棉絮。天一大亮，居然落起了毛毛雨。此刻，生產隊長家院子裡人頭攢動，就算平時開生產大會，人也不會這樣整齊。

捆綁對於林北來說，猝不及防得像夜晚床鋪上的一激靈。等醒過來，早就濕漉漉一片了。踏進院子時，三個人面色嚴肅地坐在屋簷下。林北禮貌地丟過去一個笑臉，屋簷下的不領情，年紀大的一揮手：捆了。

捆綁用的是鄉下人最信任的棕繩。別看它細拉拉的，但牢實。龍潭人管這種繩子叫牛繩，蠻牛都能被捆得服服帖帖的，更別說豆芽樣的鄉村教員了。

鄉村教員很快就成了一個粽子，捆牢了，就往堂屋裡一丟。林北蹲在牆角，他的心理在這個早晨完成了人生中最大的跳躍，像一條高低起伏的曲線，忽喇喇上，忽喇喇下，顛簸得讓他尋思的間隙都沒有。從惴惴，到驚恐，再到茫然，最後，只剩委屈了。他先是大聲申辯：「你們這樣亂綁人是犯法的，運動早過了。」接著質問：為什麼綁我？喊了兩聲，不見動靜，小學教員把斯文往兜裡一揣，大罵：「日你先人板板的，你們這些卵公安，有本事把我放開。」忽然，大門砰的一聲，光明被切斷了，同時切斷的還有林北的叫罵聲。

黑暗中，只有林北呼呼喘氣的聲音。

最後，他哭了，像一個受了委屈的孩子。

和林北烈婦般的抗爭相比，另外兩個被捆綁的就乖多了。

麻糖匠一進院子，就看見了院門邊的兩個年輕人，一左一右，像是尉遲恭和秦叔寶。兩個門神手裡都提著繩子。麻糖匠左右掃了幾個來回，像是明白了，然後他問，要綁啊？屋簷下的老黃點點頭。麻糖匠鼻腔抽了一下，又問，綁前面還是後面？左邊的小梁說後面。麻糖匠把雙手背好，轉過身對著小梁。

酒瘋子來之前喝了點早酒，熟麵條樣地從外面晃蕩著進來，剛進院子就癱軟下去了。可以肯定的是，不是被嚇趴的，因為好半天他才清醒了，動了兩下，好像感覺有些彆扭，把自己上下考察了一通，他才問：誰開這樣大的玩笑？

被綁得像節節蟲樣的三個人，在院子裡蹲成一排。

老黃站在屋簷下，對著黑壓壓的人群說：「大家不要誤會，綁上的不都是壞人，壞人只有一個。我們這樣做也是迫不得已，為了揪出壞人，好人有時候難免要做出暫時的犧牲。在這裡，我希望被錯綁的好人和家屬要辯證地看，等把事情弄清楚，我們敲鑼打鼓的把錯綁的人送回來。」

鬧哄哄的人群開始安靜下來，娃娃們把腦袋從大人的腋下伸出來，心驚膽顫地看著蹲在地上的三個人。他們的林老師沒有給他們講述過壞人的樣子，書上畫的壞人都是斜眉吊眼、凶神惡煞的呀！

那一天，濛濛細雨中，一根繩子從三個被綁牢的人腋下穿過，兩個年輕人一前一後拉著繩子的兩端，像拎著一串肥瘦不一的螞蚱。他們的腳步踏過石板鋪成的小路，慢慢向村外走去。經驗豐富的老公安老黃走在最前面。他背著手，腳步依然堅定。

人群跟著螞蚱串的節奏，聳動著往村外移。這樣的場面，龍潭只有姑娘出閣的時候才會有。在村人的心中，把一個姑娘送走是件傷感的事情。因為從此以後，她將去熟悉另外一塊土地。等有一天你和她再次邂逅，你會發現她已經變得陌生，她的打扮，她的聲音，甚至她的眼神，都滿含著讓人費解的氣息。每一次送別，都意味著失去。所以，姑娘出閣，總要敲敲打打、鑼鼓喧天地熱鬧一回，大抵是想驅散那種凝固的傷感。

今天的送別卻沒有一點聲息，雨靜悄悄地下，偶爾能聽見咳嗽聲，都收得緊緊的。

翻過埡口，人群停了下來。再過去，就是鄰村的地界了，以往送姑娘出閣，這裡就是分界線。三個人都停了下來，回頭看了看身後的人群。忽然，人群中衝出一個年輕人，過去揪著綁在最後的麻糖匠就是一頓亂打。麻糖匠本能地蹲下去避讓，他兩腿一屈，前面的兩人也跟著矮了半截。打人的是劉小把，受害人的弟弟，個子不大，但力氣足。麻糖匠剛蹲下去，劉小把照著他的腦袋就是一腳，麻糖匠立刻向路旁仆倒，前面的當然也跟著仆倒。變故來得太快，等三個公安反應過來，三個人都倒進了路邊的水溝。兩個年輕公安把劉小把架住，老黃衝過來，指著劉小把說：「再動連你一起綁。」劉小把鼓著兩個眼，氣粗地看著老黃說：「別擋我，我給姐姐報仇呢！」「報仇？你知道誰殺了你姐，你就報仇？」老黃吼。「反正就他們中一個。」劉小把也吼。「就算報仇也輪不到你。」最後，老黃一揮手，六個人被小路連成一串兒，慢慢向山下滑去。

生產隊長躲在屋後的草垛下抽悶煙，細雨密密麻麻地落在他的頭髮上，像早晨扯滿露水的茅草窩，他的眉毛一直蹙著。老太婆從草垛後探出腦袋說：「別躲了，都走了。」生產隊長沒有動，狠狠地吸了一口煙說：「媽的，捨不得孩子套不著狼，等兩個清白的回來，我給他們擺桌酒。」

七

白花花的太陽光，漫過綠油油的苞穀地，沿著後坡往山腳淌。

今天是交叉出工，另一個生產隊過來了四組人。在村口蕭明亮就檢閱過，都是壯勞力，男人個個牛高馬大，婆娘人人腰圓臂粗。這個生產隊的實力他知道，女人當男人用，男人當牛用，很少有下腳貨。薅起苞穀一陣風，其他生產隊的連一壟都還沒有過半，他們早就站在那頭喝甜酒水了。蕭明亮有點埋怨自己出的這個主意。以前各個隊幹各個隊的，就是他找另外三個生產隊的隊長，提出搞比學趕幫超，實行勞動交叉，今天你來幫我，明天我去幫你，工分各個生產隊自己計。幾個生產隊隊長都是要臉面的人，不願丟醜，每次派出的都是精兵強將，薅秧除草當打仗。

這個事情，比的不光是莊稼把式，還比賽歌。唱歌是文爭，幹活是武鬥，不找些文武雙全的，就會落下風，那樣腦殼好幾個月都抬不起來。

蕭明亮不怕，昨晚他已經做了周密的安排，還引經據典地給參加會戰的社員講了田忌賽馬的典故，整得一幫人群情激奮，鬥志昂揚。為了造成戰天鬥地的勞動效果，蕭明亮安排了三面鑼鼓，按他的說法：要讓勞動的鼓點翻越千山萬水，直達北京。

五月的日頭不晒人，看起來氣勢洶洶，黏在皮膚上沒有六七月那種灼人的辛辣。男女間雜著站成一排，面前的壟溝就算起跑線了。土坎上三面鑼鼓響了起來，開始還像老人的步點，漸漸就密集了。

壟溝前的莊稼把式們，往手心裡啐一泡口水，兩手搓搓，牢牢地攥緊手裡的鋤把，像一群準備衝鋒的戰士。

生產隊長一揮手，高喊：開始。

鋤頭上下翻飛，地裡很快漫開一片煙塵。

敲鼓的跳進地裡，跟在速度最慢的那人屁股後面，鼓聲如同密集的雨點，砸得掉後的人心急如焚。鼓聲裡，悠揚的薅秧歌跟著塵煙漫天飛舞。

前頭快來就是快，
快過日頭過村寨。
兩手握緊亮鋤頭，
男男女女來比賽。
看你慢得像隻鵝，
十年渡過小橋河。
不像農村蠻姑娘，
倒像地主小老婆。

落後的女人被唱得心焦，手忙腳亂地一陣揮舞，又把另一個甩在了身後。鼓聲跳過兩壟土，衝著落後男人的屁股一陣猛敲。

昔日桃園三結義，
匡扶漢室英雄氣。
今日結義三桃園，
只見胯下軟綿綿。
關公青龍偃月刀，
張飛丈八點鋼矛。
讓你提鋤薅根草，
偏偏倒倒惹人笑。

曠野下，歌聲、笑聲、鼓聲，還有鋤頭摩擦泥土的沙沙聲，有韻律地撞擊著人的耳膜。

早早跑完一壟的好把式，站在壟溝上自豪地看一眼雙手翻開的土地。深吸一口氣，全是新鮮的泥土味兒。把鋤頭往地上一倒，屁股掛在鋤把上，雙手接過姑娘們倒來的一碗甜酒水，骨碌碌灌了個透心涼。

一輪走完，抹一把汗，重新站在壟溝前，等待生產隊長那一嗓子。壟溝前的摩拳擦掌地剛握好鋤把，山響的鼓聲卻戛然而止。

三顆敲鼓的腦袋，齊齊地往山腳的小路看去。

生產隊長剛想罵娘，轉頭發現了三顆擺放整齊的腦袋。目光順著山勢滑下去，隊長就怔住了。山道上，走過來三個人。不錯的，是三個。生產隊長使勁揉了揉眼睛，還是三個。

歌聲，笑聲，鼓聲，剎那間都停滯了。

「應該是兩個才對啊！」生產隊長喃喃自語。

最前面的是林北，麻糖匠在中間，胡衛國被遠遠地拖在最後。從山上俯瞰，三個人彷彿幾粒耗子屎，慢慢騰騰地朝著村子的方向滾動。

生產隊長忽然覺得悶熱難當，他想解開對襟短衫透透氣。兩手抓住布扣子，鼓搗了半天仍舊沒能解開，把衣服狠狠一扯，他對眾人喊：今天就這樣了。

工分咋算呢？有人問。

隊長一擺手，吼，工分？還母分呢，就當義務投工投勞了。

順著彎彎拐拐的山路下來，隊長心情像路邊石縫裡營養不良的野草，枯黃乾焦。此刻，他糾結得像面前的兩排布扣子——不解開，悶熱，解開了，難看。

為啥還是三個呢？這個問題他一直問到晚飯上桌。老太婆就說他：「咕咕唧唧叫喚啥子？人家回來了就回來了，不曾死在裡頭你才高興？」隊長白了婦道人家一眼：「你懂屁，公安就是篩子，本來想靠他們把壞人篩出來。哪曾想，篩子眼眼太大了，最後還是好人壞人都給老子篩了回來。」

都回來了。這個信息先是在婦女們交頭接耳間傳遞，天還沒有黑盡，連老劉家傻子都知道了。於是，和月亮一起升起來的還有淡淡的不安，彷彿胯下的水疱，一轉身一抬腿都能感覺得到。等月亮卡在對面山上的松樹丫杈裡時，水疱被蕭明亮院子裡的一聲痛哭戳破了。

「姑娘，你好命苦喲，害你的畜生又轉來了。」哭喊把屋裡的隊長嚇了一跳。

兩口子出來，老把妻正跪在地上呼天搶地，老太婆慌忙過去把老把妻牽起來。

老把妻過來，扯著隊長胳膊說：「哪有這種整法？人都拉進牢裡了，拍拍屁股又出來了。」

隊長說：「你先不要哭，這樣處理有這樣處理的道理，等把事情搞清楚了再說。」

老把妻瞪著眼問：「處理？這就算處理？要是殺人放火就是這種處理法，我也去殺兩個擺起。」

蕭明亮本想教訓老把妻兩句，嘴動了動，沒有聲音。他想，這不是正事，他還有更重要的事情需要搞清楚。

八

又看見龍潭的模樣了，林北喉嚨硬邦邦的。還是龍潭好，一草一木都抖擻著，連懸崖上的松樹斜伸出來的枝椏都顯得親切。

林北走進院子裡，老娘正在窖酸菜。把綠油油的青菜摘回來，洗淨，放進滾熱的開水裡跑一圈，趁著熱塞進封釉的罈子，倒進半碗老酸湯，六七天就能吃上嘎巴脆的老酸菜。

老娘背駝得厲害，日復一日的勞作將她折彎了。去年還能下地掙幾個工分，邁過年關，風濕性關節炎讓她只能在家做一些簡單的活路了。老爹死得早，在林北的腦海裡沒什麼印象，只能通過老娘在油燈下的嘮叨構建起來一個大概。在裡面，面對沒日沒夜的問，沒日沒夜的答，還有懸掛在牆上的橡皮棍子和潮水般湧來的反幫皮鞋，每一次他都咬牙堅持。他只有一個信念，就是要回家。他怕自己一旦垮掉，老娘怕就過不去了，爛在家裡都怕沒人知道。

林北喊了一聲媽，老娘轉過頭，看了半天才看明白，說回來了，餓了吧？廚房裡還有剩飯。說完轉過去繼續往罈子裡塞酸菜，林北走過去蹲在老娘面前，眼淚正從老娘眼眶裡湧出來，啪嗒啪嗒砸落在罈沿上。

老娘伸出一隻手摸了摸林北的臉，說：「去吃點飯，你鹽吃得重，辣椒水裡頭再加點鹽，鹽罐在碗櫃頭。」

林北端碗飯蹲在簷坎上吃，老娘坐在門檻上，笑瞇瞇地看著說：「我就知道你會回來的，我娃娃不是那種人。」

九

麻糖匠張維賢坐在竹林裡，透過竹林，能見到自家的屋頂，屋子裡有他的老婆和兩個娃娃。該是吃晚飯的時候了，娘兒仨肯定有飯吃。他有兩個讓他落心的姑娘，雖然大小加起來還不足十八歲，但啥活都稱手，洗衣做飯，割草搗米，甭管男娃女娃的活路，都做得巴巴實實的。這兩年，兩姐妹把照顧老娘的擔子接過去了，張維賢可以一心一意熬麻糖了。

動了動身子，腦袋鑽心地痛，一張臉像霜凍的爛茄子。

遠處的山樹木稀疏，沒有了富貴飽滿，只有讓人揪心的瘦骨嶙峋。灌木叢唯唯諾諾地匍匐著，袒露著的土黃色像是一張營養不良的窮人面皮。張維賢扯著兩扇飽脹的嘴唇笑了笑，他發現眼裡的景致好有意思。以前，熬麻糖累了，就拉條凳子坐在院子邊看遠處，總覺得對面的景致邋裡邋遢的。現在不同了，那片焦黃像父親溫暖的巴掌，拍拍打打都是愛。在黑屋子裡，閉上眼，全是這方模樣。那些矮小醜陋的火棘樹，硬是把根扎下去，靠著薄薄的黃土層，一樣活得像模像樣。

站起來，腦袋一陣暈眩，把著竹子順了順氣，張維賢回家了。

一進屋就聞到了麥芽香，那是他出門前窖上的，等到麥芽潰了皮，就能熬糖了。這味道，還淡了些，證明麥芽皮還沒有完全潰掉，最多兩天，就能下鍋熬製了。

兩個姑娘坐在牆角剮玉米，沙沙的聲響讓小屋子充滿了煙火味。

看見父親進屋，兩個娃娃一怔，放下攤在膝蓋上的簸箕，過來抱著父親就嚶嚶地哭。摸了摸兩顆腦袋，麻糖匠說別哭，爸爸好著呢。

折進屋，女人已經淚盈盈地盯著門口了。

張維賢過去，蹲下來。抹乾女人的眼淚，他說：「沒事了。」

女人看著他，說看你這張臉，受委屈了吧？

「進去了，哪能沒有點磕磕碰碰的。」

「回來就好了，我知道你幹不來那種傷天害理的事。」

「我去把大鐵鍋洗一洗，明後天該熬糖了。」

十

蕭明亮推開胡衛國的門，胡衛國正咕嘟咕嘟往嘴裡倒酒。

看見蕭明亮，胡衛國抹了一把嘴說隊長來了。蕭明亮坐下來，胡衛國又往嘴裡倒了一通酒，他的一條胳膊掛在胸前，樣子看起來老了一輪。

「手咋了？」

「斷了！」

「斷了？咋斷的？」蕭明亮驚訝了。

伸出舌頭舔乾淨嘴角殘留的酒汁，胡衛國把瓶子放下來，對著隊長一揮手說：「你別小看那種軟不拉唧的皮棍子，砸在身上那叫一個痛，哪種痛法呢？對，緊實，痛得特別緊實，好長時間都散不去，我就是小看這種軟得像雞巴樣的棍子了。當時一棍子下來，我就伸手去擋，就這樣！」胡衛國伸出手往上一抬，做了一個遮擋的動作，「狗日的，咔嚓一聲，斷得乾乾脆脆的。」

蕭明亮盯著胡衛國，胡衛國似乎有些迷離了，他的臉上浮動著一種難以捉摸的神情，像一團飄蕩在村子上空的浮雲，轉瞬間，模樣就變了。開始和蕭明亮說話的時候，他一臉的不在乎，那模樣不像進了局子，倒像是去了一趟廁所；後來他哭了，向蕭明亮數落著裡頭的種種不是。最後他又笑了，笑得肆無忌憚，笑完了他說：「咋樣？我命大，斷手斷腳可以，讓我認帳不行，不是我幹的就不是我幹的。」

十一

蕭明亮起得很早，站在院子裡伸了一個懶腰，轉頭對屋子裡的老太婆喊，給我下碗麵，我要去公社開會。

麵條是自家擀的，看起來黑糊糊的，味道卻好得出奇。老太婆心疼蕭明亮，捨得下油，麵湯裡浮動著嫩嫩的朝陽和汪汪的豬油。蕭明亮端著碗沉思了半天。他想，等共產主義了，這豬油還得多，說不定啊！就光喝豬油了。想想又不對，鄉下人都知道的，豬油吃多了，能蒙住心的，就看不清楚子丑寅卯了。

到了公社蕭明亮才發現自己來得早了，偌大的公社院壩裡空空蕩蕩。公社兩層樓房，蘇式建築，樓板有些老舊了，踩上去咯咯嘎嘎響。穿過院壩，蕭明亮蹲在牆根下，裹好一袋煙開始抽，剛抽了兩口，公社書記從樓梯口伸出一個腦袋喊他。

書記把蕭明亮叫到二樓，先問了一些諸如莊稼長勢如何啊社員情緒高不高漲啊有沒有具體的增產措施啊一類的問題，最後公社書記才神色嚴峻地對蕭明亮說：「出了那事兒，今年的先進生產隊你怕是沒戲了，花案啊！」

蕭明亮垂下腦袋，嘆聲氣說：「丟醜了！丟醜了！」

「前兩天我去縣城開會，公安局的老黃找到我，讓我給你捎個話。」公社書記突然說。

哦！蕭明亮身子一聳，往前湊了湊問，他說啥？

公社書記以極高的革命警惕性左右看了看才低聲說：「讓你看住那三個人，不能讓他們離開你的地界，如果三個人有一個不見了，你這隊長就別幹了。」

「這個？」蕭明亮皺著眉，露出為難的樣子。書記拍拍他的肩膀說：「不能讓少數壞人破壞了大好形勢，就這麼辦吧，要開會了，我去準備一下。」

開會的內容是關於安排好縣放映隊送電影下鄉的事情。公社書記從好幾個方面論證了做好這項工作的重要性和必要性，聲音很洪亮，顯得格外的高屋建瓴。蕭明亮坐在最後一排的長條木椅上，思想活躍地開著小差，公社書記的指示他一個字沒聽進去，腦袋裡全是那三個影兒，晃來晃去，趕也趕不走，揮也揮不去。他只希望會議快點結束，好回去看看三個人還在不在。他怕自己一轉身的空兒，三個人就一個筋斗雲翻走了。

會一散，蕭明亮就一路小跑回了家。急歸急，隊長方寸沒有亂，氣喘吁吁的當頭他還想出了讓三個人不能亂跑的理由。就說，眼下你們都是嫌疑人，不能亂跑，亂跑人家還當你心虛呢！所以，把屁股牢牢黏在龍潭這塊地皮上，才能顯出自家的理直氣壯來。

十二

龍潭是放映的最後一站，沒辦法，出了這樣大的醜，哪還有臉面去和人家爭，以往縣上放映隊下來，龍潭都是第一站。隊長就罵：日你娘，放個屁的工夫，就從胯前轉到了腚後。

一早，隊長就派人去公社接人。放映員一共兩人，一台發電機，兩個大音箱，十六毫米放映機一台，拷貝五個。縣上下來的放映員自己扛不了這樣多設備，生產隊還得派人去。運動那陣子，扛設備這活是那些地富反修壞的專利，龍潭沒有這些特殊品種，都是隊長指派的年輕小夥。

社員們沒有隊長這樣崇高的榮譽感，輪次他們不關心，他們關心的是放啥電影。日子一路過來，枯燥得像咀嚼了一整天的甘蔗渣，唯一的娛樂活動就是夜晚吹燈後床上那點折騰。可折騰也不能天天堅持，也得隔三岔五吧。這樣，百無聊賴成了鄉村固有的調調，能趕上一場電影，就當過年了。一場電影就像一劑強心針，能讓村莊活蹦亂跳好一陣子。所以，鄉村對電影的期待，好比四十歲老童子對新媳婦的渴求。

葉片上的露水還沒有被太陽烘乾，接電影的就回來了，沿著石板路一路高喊：幹仗的，《鐵道游擊隊》，幹仗的，《鐵道游擊隊》。人們奔走相告，開始重新安排今天的生活，晚飯是一定要早的，除了爹媽蹺腳，再重要的事情都要撂下。孩子們更是早早就把小板凳夾在腋下，連吃飯都捨不得放下來。草草扒完兩碗飯，人流就開始往晒穀場去了，先來的精心挑選一個好位置，晚來的只能退到晒穀場後面的斜坡上，不過聽不見怨言，一派的歡欣鼓舞。

通往晒穀場只有一條小路，夾在溢滿水的稻田中間，人流像外出覓食的螞蟻，在細窄的小路上流淌。

銀幕掛起來了，天邊起來了一抹晚霞，金黃灑在銀幕上，耀眼得緊。

這個激動人心的黃昏，只有一個人對幹仗的鐵道游擊隊興趣不大。他蹲在離晒穀場不遠的土坡上，定定地看著迤邐而來的人流。他的旁邊還有幾個壯實的小夥，都是他的親戚，每個人眼裡都是騰騰的火氣，模樣像要吞下迎面而來的每一個人。

劉小把的手一直揣在兜裡，兜裡有把細窄的篾刀，他的手一直攥著刀把。

他在等，等那幾個讓他每晚都在夢裡殺過好幾回的人。

最先看見的是酒瘋子，夾在幾個老者中間，一隻手還懸在胸前，吊著手的白布都變得黢黑了。精瘦精瘦的胡衛國看上去又輕又薄，他走路的樣子也奇怪，沒有一腳是踩踏實的，彷彿飄著的一樣。等飄到土坡邊，劉小把擋住了他繼續飄遠的方向。

「好狗不擋路。」胡衛國說。

劉小把沒答話，兩眼血淋淋地盯著他。倒是後面一個後生說話了：「狗日的殺人犯。」

「哪個是殺人犯？請你管好你那張逼嘴。」看樣子，胡衛國來之前是喝了兩口的。

「你不是殺人犯哪個是殺人犯？」後生咄咄逼人。

「那他呢？」胡衛國往身後一指。

此刻，路上只有林北孤零零過來的影子。近了，林北往這邊瞥了一眼，沒說話，還沒有越過去，劉小把伸手攔著了他。

林北伸手擋開劉小把伸過來的手，徑直往前走，土坡上幾個人忽然縱身跳下來，把路封死了。

「我是殺人犯，他呢？」胡衛國問。

劉小把還是不說話，胡衛國哼了一聲，狠狠地撞上來，像是想突圍。劉小把一甩肩膀把酒瘋子甩了回去，猛地抽出了篾刀。然後他說：把你們三個畜生都砍了，殺人犯就沒了。

這個萬無一失的方案是劉小把昨晚在油燈下提出來的。吃完晚飯父母就開始了漫無邊際的長吁短嘆，自從三個畜生回來後，劉老把一家就沒有清靜過，不斷有人登門，開口就問老把這事兒咋搞。這時候的老把總沒話，他的話都在肚子裡，但說不出來。肚子裡藏了啥話，老把也理不抻抖。反正有話，還很多的話，像鍋糨糊，又像繞成一團的亂麻，順不出個趙錢孫李。於是老把就開始嘆氣，他發現只有嘆氣才能讓自己好受一些，嘆氣能排出肚子裡鼓脹的那些東西。劉小把不這樣，他有自己的打算，他血氣方剛，他年輕力壯，他不能像父母那樣只能毫無意義地做些吐納就完事。

油燈的燈芯有點細，一直沒能直起腰，燃得窩窩囊囊，最後順勢滑進了油碗。老把妻趕忙把燈芯挑出來，捻到碗沿靠好，屋子裡才慢慢有了輪廓。

「把三個都殺了，我姐的仇就能報了。」劉小把冷冷地說。

老把兩口子都嚇了一跳，老把妻想想就罵：「胡打亂說，這樣幹，你那小命也沒了。」

「你看三個狗日的，天天在寨子頭活蹦亂跳的，我姐眼睛啥時候能閉上？」劉小把吼。

兒子的話戳到了老娘的痛處，老把妻就哭，老把眼睛也紅了。

燈芯忽然劈啪一聲，炸開一團耀眼的紛亂。

篾刀很亮，看樣子剛磨過，刃口泛著青幽幽的光。刀橫在劉小把胸前，胡衛國沒敢跨過去。僵持了幾分鐘，胡衛國往後退了一小步，劉小把不領情，往前跨了一大步，兩人之間只剩下一把篾刀的縫隙。

電影開場了，按照慣例，先放映的是科教片。今天放的是稻穀的病蟲害防治，一個男人背個噴霧器在銀幕上呼呼地噴，一個看不見的女人在說話，說這是啥病，這是啥蟲。雖說這些和莊稼人息息相關，但銀幕下的不領情，巴不得背噴霧器的早點滾蛋。媽的逼，要槍沒槍，要炮沒炮，要首長沒首長，要轟隆隆沒有轟隆隆。依據放映員的說法，科教片才是正片，後面幹仗的那叫加映。可在莊戶人心裡頭，這兩者剛好被掉了個個兒。

放映機在滋滋地轉，銀幕下的都耐著性子。一些娃娃不耐煩了，嚷著要看打仗的。放映員不高興了，對著黑壓壓的人群吼，誰家娃娃？還不管好，猴跳舞跳的，耽誤了農技知識學習誰負責？這時候人群中有人弓著腰跑過去把叫嚷的娃娃抓過來，屁股上給兩巴掌，晒穀場上就只有銀幕上說外地話的女人聲音了。

終於，背噴霧器的男人走了，銀幕上開始出現了激動人心的數字倒數。游擊隊來了，還是鐵路上的。下面一陣歡呼，很快歸於平寂。眼睛死死盯著銀幕，像是見著了一大堆金子。

蕭明亮坐在電影機旁，這是他固定的觀影位置。放映員一般是不讓人靠近放映機的，所以，能坐在放映機邊上，是身分的象徵。他喜歡這個位置，一面聽著放映機滋滋的聲響，一面看著銀幕上的烽火連天，是一種十分獨特的享受。

劉洪隊長剛爬上火車，一個社員鬼頭鬼腦朝放映機這邊靠，放映員一把攔著，說退開退開，社員說我有重要事情找隊長。蕭明亮過去，社員把他拉到一邊，說不好了，劉小把和林北幹架了，都動刀了，你去看看吧。

隊長趕到的時候，一堆人還僵持著，像一個危險的火藥桶。劉小把依然不屈不撓地把小學教員和酒瘋子擋在面前，倒是幾個助拳的有些心猿意馬，腦袋不停地往晒穀場那頭轉，晒穀場正炮聲隆隆呢！幾個小年輕表情糾結，一副意欲開赴前線而不得的痛苦模樣。

「還幹上了呢！游擊隊啊？」隊長站在坡上喊。

劉小把回頭愣了蕭明亮一眼，沒答話。

「你個小狗日的劉小把，都學會提刀弄斧了，咋不學你劉洪爺爺呢，也弄支盒子炮耍耍。」隊長罵。

幾個想和劉洪隊長並肩作戰的小青年很配合地向後退了幾步。隊長是個勸架的老油條，看見了鬆動的部分，就開始分化瓦解。拿手往幾個年輕人一戳，隊長吼：「關你幾個卵事，還不去看電影。」幾個人一聽，呼啦散去了。

劉小把仍然沒有放棄，還橫在那裡。隊長對兩個人一揮手，說你們倆過來，看他還能咬你兩口。酒瘋子腦袋一揚，推開劉小把的手，徑直往晒穀場去了。林北沒有去，他轉身走了。

沿著小路，林北走得很慢。暮色四合，大地疲累得沒有一點聲息，倒是遠處的晒穀場槍聲四起，戰鬥激烈。

更遠處的土坎上，張維賢拉著兩個女兒的手，看著慢慢走來的林北。然後他對兩個女兒說，電影我們不看了，回家。兩個姑娘互相看了看，懂事地點了點頭。

十三

這些日子，林北總是起得很早，起來就提著彎刀到後山砍白楊。中飯時分，能背回來一大捆白楊條，拇指粗細的白楊條，順著院子扦插。沒兩天工夫，白楊條就將屋子圍成了一圈。白楊這東西爛賤，隨便折下一枝，往地裡一插，要不了多久就鬱鬱蔥蔥了。

插完最後一枝，林北先到水缸邊咕嚕嚕灌了一氣，洗了一把臉，順便把白汗褂洗了。剛把白汗褂掛好，老娘在屋裡喊吃飯。

中午飯很隨便，老娘下了兩碗麵，舀了半碗糟辣椒。老娘把麵條端上桌，返身給兒子撬來一坨白亮亮的豬油。老娘剛轉身，林北把還沒有融化的豬油挑出來塞進了老娘的碗底。等老娘抖抖索索回來，林北已經收碗了。老娘就責怪，說看你那樣兒，幾百年沒吃飯似的。林北抹抹嘴說媽我想去學校看看，好久沒去了，學校就三個老師，少一個都轉不過來。老娘點點頭，說你順便去公社稱半斤鹽巴。老娘坐下來，把麵條攪拌攪拌，碗底成了大慶油田，油珠子爭先恐後往上冒。老娘怔了怔，看著門外笑著搖了搖頭。

出門前，林北總是要打扮一番的。照例要穿上那件咔嘰布的中山裝，左上方的口袋裡插上那支珠江牌鋼筆。

到了學校，已經開始上課了，教室裡有朗朗的讀書聲。

滴答，滴答，
下雨啦，下雨啦。
麥苗說：
「下吧，下吧，
我要長大。」
桃樹說：
「下吧，下吧，
我要開花。」
葵花子說：
「下吧，下吧，
我要發芽。」
小弟弟說：

「下吧，下吧，
我要種瓜。」
滴答，滴答，
下雨啦，下雨啦。

林北順著走廊，往教室那頭走去。他用一隻手摩挲著老舊的木欄杆，走得很慢。欄杆很光滑，每次經過這裡，他都用手輕輕滑過去，像用指尖去觸碰一本老舊的歷史書。房子是以前一戶地主的，板壁房，雖說有些老舊，但還依舊牢實，漆工也好，風吹日晒沒能褪去那層黝黑。

唯一一間辦公室在走廊盡頭，光線不好，走廊很長。所以，穿過走廊的過程就是眼睛適應黑暗的過程。辦公桌還在，積滿了灰，上面還有一摞學生的作業本，已經批改完畢的，上面六個本子判了滿分。林北端起一摞本子，用手輕輕拂了拂上面的灰塵。打來一盆水，林北把桌子認真擦了一遍，然後他坐下來，側著耳朵聽，讀書聲嫩嫩的，興奮地撞擊著耳膜。

兩個小學教員對林北的到來還是顯出了一絲隱約的詫異。在走廊，兩人還有說有笑，折進屋，笑聲和笑容都凝固了，招呼也顯得淡淡：「來了？」然後縮在各自的一畝三分地，都不出聲。

「這段時間你們受累了。」林北說。

兩個人相互看看，嘴角慢慢拉開一線笑。

「熊老師，下面這節課我來吧！」林北說。

對面的熊老師點點頭，然後把身子傾過來，將敲鐘的鐵棒遞給了林北。

站在課鐘前，林北有些恍惚。噹噹噹，噹噹噹，頭道鐘過，操場上空無一人。頭道鐘和二道鐘間隔三分鐘，可林北覺得格外的漫長。

跨進教室門的那一刻，林北居然有些緊張。他不知道迎接他的會是一些什麼樣的眼神，他怕失去以前擁有的很多東西，雖說這些東西看不見，摸不著，但是對於一個老師來說，它比十二分工分重要得多。

定了定神，他昂首挺胸地跨了進去。

娃娃們剛才還像一堆出林的麻雀，看見林北走進來，瞬間變得鴉雀無聲。站在講台上，林北往下面掃了一眼。每個孩子都帶著笑，像見到了久別重逢的老朋友，前排的一個男娃娃還掛著一吊鼻涕朝林北甩過來一個鬼臉。林北喉嚨一下變得硬硬的，鼻子酸酸的。好半天，他才穩住了情緒，下面的娃娃們也不急，一直直視著他們的林老師。

翻開書，林北說同學們，今天我們學習第十九課〈數星星的孩子〉。

下面頓時嚷成一片，半天林北都沒有聽明白。他指了指前排吊著鼻涕的男娃娃說，你說。男娃娃站起來，面部一緊，把鼻涕縮回鼻腔，甕聲甕氣地說：「這幾課都上完了，熊老師上的，都到〈驕傲的孔雀〉了。」

林北點點頭，下面忽然有人小聲嘀咕：「熊老師沒有林老師上得好。」嘀咕聲剛落，一大堆立馬跟著附和。

林北覺得這是他上得最好的一堂課。儘管沒有備課，但是有種情緒驅使他上得格外賣力，簡直是使出了渾身的解數，下面的娃娃個個聽得眉開眼笑。此後很久的歲月裡，林北都會想起這堂課，四十分鐘裡的每一個細節他都記得，甚至板書到哪個字時粉筆斷掉了，走出教室先踏出的是左腳還是右腳。

散學後，林北去供銷社打鹽巴，還咬了咬牙給老娘買了一塊錢的水果糖。老娘牙齒不好，水果糖在嘴裡好久都化不掉，但就是喜歡含著，還跟林北說，含上一顆水果糖，從頭髮絲到腳拇指都是甜的。林北想著就想笑，滿滿一口袋水果糖，夠老娘甜上好一陣子了。

天氣怪得很，陰陽臉，山這頭黑雲滾滾，山那邊陽光明媚。林北在一堆黑雲下小跑著回家，得快些才行，這種架勢，暴雨說來就來。林北奔跑的姿勢很好看，雖然肩上掛了一個黃挎包，但看不出一點負重的跡象，騰雲駕霧樣的，彷彿一挫身就能飛起來。

迎面飄來幾件花衣裳，有藍格子花，有青碎花，都是寨子裡含苞待放的花骨朵兒。遠遠見到林北，剛才還搖曳多姿的花衣裳靜止住了，還相互把手攥在一起，警惕地閃到路邊。林北放慢了腳步，擦肩的一瞬，他側目瞟了一眼，姑娘們頭埋得很低，嘴唇緊張地咬著，臉色也不好，泛著白，樣子像是看見了不乾淨的東西。等林北的身子越過去，幾件衣裳很快就飄遠了。

以前，也有這樣的偶遇，但情形卻不太一樣。遠遠地，就能聽見一聲羞答答的「林北哥」，喊他的姑娘也低著頭，但是嘴角會掛著一線笑，臉上紅雲翻捲。林北這邊應一聲，那邊一甩頭，滿腹心事地跑遠了。還有準備得很充分的，或許就是專程等林北散學後來迎他的，羞答一番後，猛地把一個東西塞過來，然後扭頭就跑。不用說，鞋墊，姑娘們針線好，把心事都繡裡面了，一針一線都驚心動魄跌宕起伏。隱晦點的，繡對戲水的鴛鴦，奔放些的，乾脆直接繡上四個大字：心心相印。

林北腳步慢了下來，他飛不起來了，幾個姑娘把他騰雲駕霧的功夫給廢掉了。學生們純淨的眼神帶來的一絲慰藉也很快就隨風飄散了。以前沒覺得這有多重要，現在才發現，原來這是很重要的。

雲層越來越厚了，天色變得昏暗，隱隱還有雷聲，就差天邊的一道閃電了，等那束亮光劃過，就該驟雨傾盆了。

十四

張維賢很滿意剛出鍋的麻糖。他站在糖房裡，把剛剛凝固的麻糖繞在木棍上，一圈一圈地扭動。大女兒站在鍋邊，等木棍上繞滿了，伸出兩隻細細的胳膊，扯斷父親和糖鍋之間的藕斷絲連。小女兒往寬大的簸箕裡撒上一層玉米麵，張維賢將一團麻糖往簸箕裡一甩，彎下腰喘了兩口氣，然後就笑。拍打拍打還溫熱著的麻糖，張維賢說這鍋好，真好，姑娘們，你們看這顏色，多白啊！這白苞穀熬出來的就是比黃苞穀熬出來的強，顏色好不說，更甜呢！

吃完飯，張維賢給床上的女人抹了一把臉。坐在床沿邊，他興奮地對女人說：「做了這樣久麻糖，遇上一鍋最好的了，等明天凝乾了我抱來給你看，好白喲！味道也正。」女人笑笑，說是你手藝好。張維賢伸手摸了摸女人的額頭，女人看上去很憔悴，臉色也不好，長久不見陽光，讓她像一件易碎的白色瓷器。

等天氣好了，我抱你出去晒晒太陽。張維賢說。女人搖搖頭，說還是算了，我怕見光，刺眼，腦袋還會痛。再說麻糖出鍋了，打麻糖的人該來了，怕礙著你，等把這鍋麻糖打完了再說吧！天還沒有亮張維賢就起床了，先到糖房裡看了看，麻糖已經凝好了，伸手一按，硬邦邦的。他從櫃子裡把打麻糖用的鏨子、錘子和秤盤拿出來，先把鏨子用布抹了一道，然後把家什整齊地擺放在條桌上。

推開門，張維賢拉條凳子坐在屋簷下，他對這鍋麻糖充滿了信心。現在，就等天亮了。

終於，天邊出現了那輪破殼的蛋黃，聳動著從山背後爬上來。大女兒給張維賢打來一盆水，讓他洗臉，張維賢一揮手，說等我喊完了再回來洗。

爬上村口的高坡，村莊還沒有醒過來，還浸泡在一片耀眼的橘黃裡。張維賢清了清嗓子，雙手攏著嘴，對著村莊喊：麻糖出鍋了！麻糖出鍋了！

回來，兩個女兒正往外搬條桌。抹了一把臉，張維賢端條凳子往桌子後一坐，錘子和鏨子敲得叮噹響，一臉紅光地唱起了麻糖歌：

叮叮噹，叮叮噹，
麻糖香，麻糖甜。
走鄉串户換零錢，
老人舔舔眉眼笑，
娃娃舔舔笑開顏。
麻糖香，
哄人家姑娘
麻糖甜
哄人家零錢
叮叮噹，叮叮噹。

閨女蹲在水缸邊給老娘洗衣服，一直歪著腦袋看著父親笑。等張維賢唱完，大閨女站起來，甩甩兩手的水，說爸，裝糧食的籮筐你還沒有準備好呢，不曾你是想把換來的糧食裝進衣兜？閨女說完哈哈笑。張維賢脖子一直，慌慌點頭說是是是，姑娘沒白養，眼力勁好呢！

日頭慢騰騰地往上拱，熱悶勁兒也越來越濃。頂著日頭，身上很快起來了一層細密的汗珠，浸濕了衣服，黏在後背，難受得像揭掉了一層皮。

兩個閨女倚靠在大門的兩邊，一會兒看看父親，一會兒看看日頭。

日頭當頂了，麻糖匠成了一隻油鍋裡的蝦米。他坐在凳子上，左不是，右也不是，最後實在坐不住了，騰地站起來，力氣大了，把板凳都拉翻了。他也顧不得去扶翻倒的凳子，徑直跑到院子外，伸長脖子往小路瞧。窄窄的道路上有蜻蜓在飛舞，熱風搖著路邊的蒿草，送過來一陣陣悶人的黏糊味兒。

沒見過這樣的情形，以往一嗓子，能把一個莊子喊得生龍活虎，此刻院子裡早就人頭攢動了。男男女女，老老少少，手裡都提著一包糧食，眼巴巴地盯著麻糖匠叮噹作響的錘子和鏨子，生怕別人眼大肚皮小，一股腦兒把簸箕裡面的香甜給敲打走了，見到有闊綽的，旁邊人就大喊，留點兒吧，要甜大家甜。

張維賢坐在凳子上，眼睛死死盯著簸箕裡的一大團麻糖。日頭把他的影子從身前推到身後，最後瘦瘦長長地黏在簷坎上，如同一條抻細的麻糖。

夕陽西下了，沒人會來了。夕陽下去了，明天還會上來，而他的麻糖，卻永遠不會有人理會了。他沒有想到，一輩子最得意的一鍋麻糖，竟然成了絕唱。

那一晚，麻糖匠張維賢坐在一輪孤月下，月光映著他面前的一團雪白，風輕輕地揚著簸箕裡的豆麵，像平地起來的一層薄霧。兩個女兒坐在簷坎上，一直看著她們的父親，她們的父親彷彿陷入了沼澤地，正被一團柔軟慢慢地吞噬。

忽然，張維賢拿起鏨子和錘子，開始一小塊一小塊地鏨麻糖，鏨著鏨著，月夜下起來了歌聲：

叮叮噹，叮叮噹，
麻糖香，麻糖甜。
走鄉串户換零錢，
老人舔舔眉眼笑，
娃娃舔舔笑開顏。
麻糖香，
哄人家姑娘
麻糖甜
哄人家零錢
叮叮噹，叮叮噹。

一滴眼淚砸落在簸箕裡，洇出一個規則的圓圈。

十五

林北起得比老鼠還早，踏上去小學的路上時，田裡的蛙聲都還依然嘹亮。黎明前的山野有濕嗒嗒的味道，鼻子一抽，就能含住一團清爽。

小學教員的心情很好，一路噓風打哨。

到了學校，還不見人影。林北從黃挎包裡取出來一張折疊好的塑料布，將塑料布展開，鋪在空洞洞的窗框上比了比，用剪刀剪出一塊正方形，找來一塊斷磚，從包裡摸出幾枚細毛釘，乒乒乓乓，釘上了。太陽才冒出半個臉，兩個教室的窗戶已經釘完了。就剩一個教室了，林北站在操場上，得意地瞻仰了一下勞動成果。歇口氣兒，在上課之前就能把一個學校釘得密不透風。

把剪裁好的塑料布鋪上去，取下叼在嘴裡的細毛釘，按好，舉起磚頭正準備敲打，身後忽然有人喊。

「林老師。」

林北轉過頭，熊老師正站在身後，腋下夾著一沓本子。

「哦！熊老師來了。」林北笑著招呼。

熊老師咳嗽一聲，說林老師，先別忙了，我有個事兒跟你說一下。林北說不忙不忙，只剩兩扇窗戶了，等釘完再說吧！

「怕不行，這事有些急。」熊老師說。

林北回過身，把磚頭放在地。塑料布只有一顆釘子掛著，一放手，就斜掉下來，閃出一個大洞。拍拍手，林北說啥事你說吧。熊老師說還是到辦公室說吧。

一前一後回到辦公室，林北剛坐下來，熊老師就端條凳子坐在他的面前，雙腳併攏，兩肩上抬，面部也繃得緊緊的，嚴肅得像開公社大會。

「嗯，這事啊！咋說呢？我啊！」熊老師樣子很為難，報喪樣的難以啟齒。

林北笑笑，他從對面人的表情已經看出了一些端倪，他知道即將揭曉的肯定不會是好事，但如果是壞事，他不知道能壞到什麼程度。

「你說吧，沒關係。」

「是這樣的，公社書記讓我給你傳達一個公社的精神。」熊老師模樣很難看，咬咬牙，他接著說，「公社研究過了，不讓你再上課了。」

「為啥？」林北猛然起身，對著傳達公社精神的同志一聲大喝。對面凳子上的搖搖頭。林北情緒激烈，吼著喊：「就算槍斃，也該有個罪名吧？這可不是運動那陣子，可以胡亂扣帽子、定罪名。」

「你不要激動，這是公社的決定，我只負責傳達，我想，應該是那事兒吧！」

「啥事？」

「就是，就是那個事情。」

林北前傾的身子僵住了，像被凍在寒冬裡一般。他的臉也由潮紅變成了灰白，憤怒被抽空了，只剩下茫然。

屁股重新落到凳子上，林北怔怔地看了看對面的熊老師，然後他說，對不起，我不該衝著你吼的。熊老師嘴唇動了動，沒說話。

林北站起來，拉開抽屜，取出屬於自己的幾本書塞進挎包，然後向門外走去，走到門口，他忽然轉過身，從包裡摸出一把細毛釘遞給熊老師，說：「教室窗戶還沒有釘完，天氣要轉涼了，得給釘上才行，要不娃娃們受不了，剩下的就煩勞你了。」

上課鈴響了，操場上一陣喧鬧。林北靠在牆後，他沒有穿過操場，等到操場上安靜下來，他才順著牆根走出了學校。學校後面的山坡是片茶場，茶樹修剪得圓滾滾的。林北坐在茶林裡，目光穿過茶樹之間的縫隙，正好能見到他的班級，可惜窗戶給釘上了塑料布，看不見裡面的面孔。窗戶雖然釘上了，但沒能擋住朗朗的讀書聲：

一隻烏鴉口渴了，到處找水喝。烏鴉看見一個瓶子，瓶子裡有水。可是瓶子很高，瓶口又小，裡邊的水不多，牠喝不著。怎麼辦呢——

林北忽然喉嚨一哽，他哭了，先是嗚咽，繼而號啕。就是被綁走的那天他也沒有這樣哭過。上一次這樣的號哭，還是六歲那年，母親懷疑他偷了家裡的東西，痛打了他一頓，他才這樣驚天動地地哭過。

哭完了，他就躺在茶林裡，閉著眼，聆聽學校裡點點滴滴的聲息。打完最後一道鐘，喧鬧漸漸散去了，天地一下陷入了無邊的沉寂。黃昏急不可待地爬上來，溫暖逐漸退去，涼意順著脊背鑽進身體，那一刻，林北覺得自己如同一具已經完全僵硬的屍體。

十六

一進傍晚，鄉村就被愜意和舒適包裹住了。吃完飯，男人們騎著兩片拖鞋，鬆鬆垮垮搖晃到晒穀場，找一片舒適的地頭坐下來，捲上一支煙，雲山霧罩地吸；女人們手裡總有活兒，納鞋底的，縫縫補補的，最搶眼的就是那些哺乳期的女人們了，懷裡摟個嫩苔苔，屁股掛在晒谷場邊的石凳上，撩開上衣，拉出白花花的乳房就開始餵奶。男人們話題總是宏大，真三國，假封神，說起西遊笑死人之類的。肚子裡有典故的，還會說些薛剛反唐啊薛仁貴征東啊這樣偏僻的古事。爭論是難免的，諸如三打白骨精的順序，三英戰呂布的地點等等，輕則面紅耳赤，重則日媽操娘。

等月亮上來，晒穀場就聚滿人了，東一攤西一攤。娃娃們在大人堆裡奔跑，笑聲、罵聲、喊叫聲此起彼伏，倒是不遠處的莊子反而顯得冷清了。

胡衛國是踏著月光來的，胡衛國能順利地混進人群，並成功躲在老得連自己三個兒子都不太分得清楚的秦二爺身後很久而不被發現，就是因為月亮的昏黑。月亮終究不是太陽，雖說都盤子樣大小，光亮卻差得遠了。所以要把偉大領袖比作太陽，而不是月亮。如果不是胡衛國迫不及待地跳出來想冒充知識分子，他也不會被發現。群眾的眼睛再雪亮，在兩眼一摸黑的狀況下還是會暫時分不清楚東南西北的。

當時討論的是《三國演義》。東邊一個說，論武功，呂布第一，接下來就該是關張趙馬黃。大家都點頭，表示通過。秦二爺身後忽然傳來一聲冷哼，一個聲音陰陽怪氣地說，不要忘記了，許褚和馬超可是大戰了一百多回合未分勝負的，還有典韋、張遼、徐晃，哪個是吃素的？

眾人回頭，一下全愣住了，灰白的月光映著灰白的臉。本來大家以為，暴露了身分的胡衛國應該灰溜溜走掉了才對，可胡衛國不，他大馬金刀地把枯朽的秦二爺一撥，掀出一個空位坐下來，對著眾人一板一眼地說：「說到講三國，龍潭哪個敢和林北比，跟你們說，林北單獨給我說過三國，算是嫡傳了吧？所以我的這個才是正宗的，三國名將，光比幹仗還不行，還要比帶兵，說到帶兵啊！就不得不說——」

給老子滾！人群中忽然有人說。

胡衛國把腦袋歪過去，說你說啥？我沒有聽清。

滾！滾蛋的滾！那人說。

憑啥？

憑啥？就憑你是個殺人犯。那人冷笑。

胡衛國把兩條腿掰開，叉著胯也冷笑：「我還跟你們說，老子是進過班房的，日子雖說不長，但也算背了這個名分。沒聽過那句話嗎，『不怕虎，不怕狼，就怕對方蹲班房。』就算我是殺人犯，能把我咋的？跟你們說，在班房頭，老子是提起板凳跟公安幹過的。」

又一個人冷笑：「真是吹牛不上稅，跟公安幹，被公安幹還差不多。」

胡衛國一下站起來，呼呼喘了兩口氣，氣勢洶洶地指著那人說：「日你媽，有本事你起來，看老子不打你個紅花朵朵向陽開。」

那人看了一眼胡衛國，沒吱聲。胡衛國一甩手，大踏步走了，走出去幾步，就唱起了凱旋歌：穿林海，跨雪原，氣沖霄漢——

等胡衛國走遠了，那人才低聲吼：有本事不要走，回轉來，老子照樣揍你個狗日的烏蒙滂沱走泥丸。有人就奚落他，說要不我把他給你喊回來，那人慌忙扯住說話人的衣袖，說算了，我怕揍死他。

胡衛國走了，一陣短暫的沉默後，大家漸漸舒展開來，笑聲又起來了。

生產隊長蕭明亮躺在床上，晒穀場上的笑聲不時撞進屋來，撞得一盞油燈忽明忽暗。老太婆還保持著剛成親時的習慣，輕易不出門，更不去晒穀場，她聽不慣噴糞樣的玩笑，總是床上那點破事兒。想想，老得連脫褲子都費死天力了，哪還有富裕力氣幹那些閒事。生產隊長喜歡老太婆這習慣。在鄉村，女人喜歡亂串，叫擺寨，是個貶義詞，好多是非都是擺寨擺出來的，還有擺到其他男人床上去的呢！蕭明亮盯著他的老太婆，和剛結婚那陣子一個樣兒，正在油燈下一針一線地走。老太婆納鞋底的功夫好得很，密密匝匝的，鞋幫都爛掉了，鞋底照樣硬實。

「公社把林北的小學教員給抹了。」蕭明亮忽然說。

呀！老太婆一驚，把針從腦門上拿下來，看著蕭明亮問：「為啥呀？」

「還不是那事兒。」

「那事不是過串了嗎？咋還這樣呢？」

「過串，怕是一輩子也過不了串。」

唉！老太婆長嘆一聲。把縫衣針別在鞋底上，她幽幽地說：「造孽啊！聽說張維賢熬了一鍋麻糖，一塊都沒有換出去。」

蕭明亮翹起身來，斜靠在床頭，他正色地問：「你說，三個人之中，有一個是壞人，有兩個是好人，是該把他們都往好人裡頭扒拉呢？還是都往壞人裡頭扒拉？」

「好人有兩個，占大頭，我看該往好人裡頭扒拉。」老太婆說。

「可這樣就便宜了那個壞人。」蕭明亮心有不甘。

「按你這樣說，都往壞人裡頭扒拉，那不是可憐了兩個好人。」

「日他娘的，複雜啊！比結算一年的工分還要複雜。」蕭明亮一聲長嘆。

不是所有人都像生產隊長那樣為難，他們用行動證明著自己歸類的簡單明瞭。走在路上胡衛國就想好了，回家燙一個腳，灌二兩酒，唱三首歌，然後就睡覺。胡衛國的理想很樸實，他憧憬過，等共產主義了，他也要奢侈一回，燙腳的水裡得加幾片生薑，喝酒每次半斤，睡覺得有床印著牡丹花的被子。

爬完一個斜坡，月亮隱到雲層裡去了，道路變得影影綽綽。不過還好，拐個彎就能到家了。拐彎的當口胡衛國果斷地打亂了回家後的安排，還是先喝酒，唱歌和泡腳一併完成。雲層很厚，道路變得更依稀了，只有些模模糊糊的白。剛拐進彎道，胡衛國就什麼都看不見了。一個麻袋兜頭罩下，接下來胡衛國聽見了劈劈啪啪的捶打聲。從敲打的聲音和疼痛的程度，胡衛國感覺擊打他的凶器有鋤把，有腳桿，對了，還有扁擔。擊打很有力，是敵我矛盾的打擊法。胡衛國忽然覺得，泡腳和喝酒變得很遙遠了，他很後悔，出門前應該先喝上二兩的。

十七

天剛亮，赤腳醫生蕭德學打開門，看見院子裡草堆裡睡著一個人，血糊糊的，一動不動。仔細看，一條血線往外延伸，血已經凝固了，死黑色。蕭德學是見過大陣仗的人，剿匪那陣子，他給解放軍當過臨時醫護，斷胳膊斷腿見得多了，所以他沒有慌。他先把披著的衣服穿好，才慢慢靠過去。草堆裡的人面朝下撲著，只見著一個鼓鼓的後腦勺。蕭德學併起兩指，搭在耳根下探了探，然後站起來朝屋裡喊：娃兒他媽，起來看稀奇了。

女人套著個肥嘟嘟的汗衫出來，站在大門邊伸了一個懶腰，伸到一半就僵住了。半天，女人才像烤化的蠟像，兩手垂下來，她問：死了？

蕭德學站起來答：還有一口氣。

誰啊？女人又問。

蕭德學翻烙餅樣地把地上的人翻轉過來，轉來轉去打量了好一陣子才笑笑說：「原來是他。」

女人跑過來，仔細看了看也笑：「都成塊血豆腐了，不是不報，時候未到啊！」

「你去通知蕭明亮，我看著。」蕭德學說。

女人愣了一眼男人：「莫非你想救他？」

男人白了一眼女人：「逼話多，讓你去你就去。」

女人甩著兩扇屁股跑遠了，蕭德學蹲下來，給地上的把了把脈，眉頭就蹙起來了。他先伸手把胡衛國的衣服解開，然後把褲子褪到膝部。

生產隊長跑來院子，赤腳醫生正坐在大門檻上看朝霞，滿面的紅光，像個鍍金的鄉下菩薩。

「你狗日的閒心還好呢！」蕭明亮罵。論輩分，蕭明亮是蕭德學的叔。蕭德學笑笑，指著天上的太陽說二叔你看，太陽帶暈了，雨水怕是要密集了。

蕭明亮沒有理會他，徑直過去蹲下來，看了看轉頭問：「死了？」

「差不多！」

「死了就是死了，啥叫差不多？」

「如果不馬上救他，他就完蛋，如果救得及時，他還有緩過來的可能。」

蕭明亮嘆氣：「誰幹的？這是。」

蕭德學也嘆氣：「誰都有可能。」

蕭明亮抬起頭，眼睛順著血痕看過去，站起來嘆了一口氣說：「狗日的是拼著最後的氣力爬過來的，看樣子是不想死啊！」然後他轉過頭問蕭德學：「咋個才能救活他？」

「這個模樣，要下血本，需要的家什都是寶貝。」

「哪些寶貝？」

「他這模樣，首先要護住心，準確地說要護住心包，心包是心臟最重要的部分。打個比方，龍潭是個心臟，生產隊長就是心包。」蕭德學笑笑，接著說，「中醫祖宗把心包比作宮殿，所以又叫心宮，像他這樣嚴重的外傷，需要下藥讓心包不至於移位。」

蕭明亮有些不耐煩，嚷著說：「不要和我念磕嘴經，老子懂不了那些彎彎繞，就說需要啥子藥吧！」

「牛黃、犀角、黃連、黃芩、生梔子、朱砂、冰片、明雄黃、鬱金。」一口氣數完，蕭德學斜著眼看著蕭明亮，「少一味都不行，哪樣不是金寶卵？」蕭明亮倒吸一口氣，他撓撓頭說：「犀角這一味最金貴，窮鄉僻壤哪裡有，看來狗日的是死定了。」

「也不一定。」赤腳醫生叉著腰看著地上的活死人說，「我試過，可以用水牛角代替，藥效幾乎不受影響。」

這個時候，赤腳醫生的院子裡已經聚滿了人，三三兩兩聚成一堆一堆的說著悄悄話。最後，劉老把和劉小把父子倆也來了。小把扒開人群，過去瞧了瞧地上的胡衛國，還伸出腳踢了一下地上血糊糊的腦袋，地上的修養好得很，一點聲息沒有。報應啊！老把仰天長嘆。

赤腳醫生過來了，對著眾人喊：「來兩個漢子，幫我把他抬到屋裡去。」

院子裡安靜了下來，大家都看著蕭德學，但是沒人動。蕭德學又喊了一聲，還是沒人動。蕭明亮站出來，伸手按圖釘樣地點了三個漢子，說你們過來幫忙。

三個人還沒站出來，劉小把先站出來了，他橫起袖子在鼻子上一拉，問：「想幹啥？」

「幹啥？救人！」蕭明亮說。

劉小把腦袋一偏，吼：「殺人犯你們也救？」

蕭明亮還沒開口，人群開始騷動起來，有聲音大的：「管他搓球，成龍上天，成蛇鑽草。」

赤腳醫生往前兩步，蹲下來撈住胡衛國兩條胳膊，準備將他立起來。

劉小把忽然衝上來，抽出一把明晃晃的篾刀，對著蕭德學喊：「今天我劉小把放句話在這裡，誰要敢救這天殺的，老子活剮了他。」

蕭德學抬頭斜了一眼劉小把：「你公社書記啊？」

有人上來勸赤腳醫生：「這種渾人，不值得，就當他被槍斃了。」

劉小把紅著眼，怒火沖天地盯著蕭德學。怕兒子嘴上無毛，辦事不牢，劉老把帶著幾個親戚也氣勢洶洶地加入了進來，撈腳挽手地站在劉小把身邊，像往一架熊熊燃燒的火堆上添了幾根乾柴。蕭德學站起來，左右看了看，然後他低沉著對眾人說：「我蕭德學是個醫生，眼睛裡只有活人和死人，沒有好人和壞人，我今天也放句話在這裡，胡衛國我救定了，誰要敢阻攔，就試試。」

劉小把篾刀一橫，兩眼噴火：「你是不是想試試我這篾刀快不快？」

蕭德學朝人群喊：「娃兒他媽，我要鍘藥了。」

女人應一聲，轉進耳房，一轉眼又閃出來，騰騰騰跑到赤腳醫生面前，兩手一伸，把一把兩尺來長的鍘藥刀遞了過去。蕭德學接過鍘刀，刀鋒朝上，伸出大拇指輕輕橫在刃口刮了刮，有輕微的滋滋聲，彷彿寒風掠過髮膚。莊稼人都知道，這是屬於鋒利的聲音，磨刀的時候，都用這種方式測試刀鋒。

「要狠是不是?老子提著鍘刀砍土匪的時候，你還不曉得在哪個偏坡等投生呢!」蕭德學的聲音和手裡的鍘刀一樣鋒利。他一揮手，對著女人和隊長喊：「過來幫我一把。」

蕭明亮扒開人群，過來對劉小把吼：「收起你那根燒火棍。」扭頭又對劉老把吼：「你劉家父子難道想農民起義?惹火我了，一併給他媽的專政了。」

「桂花不能白死了呀!」劉老把又傷心了，眼淚突突地冒。

赤腳醫生老婆和生產隊長一頭一尾把胡衛國撈起來，跌跌撞撞往屋裡去。劉小把大喊一聲，揚起手裡的篾刀就往前衝，剛衝出兩步就被拽住了，回頭剛想翻臉，一看是爹，眼淚花花的爹，兩手拽住他的衣服，一字一頓地哀嘆：「算了，這天下都成壞人的天下了。」

蕭德學提著鍘刀站在大門口，儼然轉世做了赤腳醫生的關公。

人群慢慢散去，往院子裡丟了一地的冷嘲熱諷。

「曉得的是殺人犯，不曉得的還以為是他蕭德學的親爹。」

「這樣下去，這寨子遲早要成土匪窩。」

「救得活一次，總救不活他一世。」

十八

龍潭的冬天總有幾撥像模像樣的雪，不僅來勢凶猛，持續時間也長。被皚皚白雪抹去容貌後，天地間就見不著人跡了，只有逼眼的煞白。莊稼人的冬天是愜意的。圍著火塘，丟一把玉米在火塘沿邊，劈劈啪啪炸開一粒粒的玉米花，夾起來，吹吹灰塵，丟進嘴裡，就能嚼出滿嘴的清香。倒是老人們，冬天總讓他們憂心忡忡，萬物凋零了，入眼的殘敗如同即將走完的人生，觸景生情，只剩下憂煩和緘默了。好多身有疾患的老人，多數都在冬天離世，天氣的惡劣不是主要的，要命的是一望無際的凋敝。

火塘上的藥罐咕嚕嚕翻騰，蓋子是片厚紙板，上面還插了一根筷子，藥沫從罐沿戧出來，把火焰澆成了黃色。林北小心翼翼地把藥倒進碗裡，放到窗台上，輕輕把窗戶推開一條縫，風就湧了進來，吹得碗口的熱氣四處飄蕩。裡屋傳來了老娘的咳嗽，咳嗽聲很虛弱，像一汪即將到頭的燭火。林北折進屋去，把被窩給老娘掖好，剛想轉身，老娘一把抓住他的手，老娘的手有透骨的冰涼。林北轉過去看著老娘，老娘想說話，但發不出聲，只是喉嚨裡有咕咕的聲響。林北把耳朵湊過去，他聽得很努力，但是依然聽不明白老娘的話，他只能一個勁兒地點頭，點了兩下頭，林北眼淚就下來了。他清楚，老娘怕是挨不過這個冬天了。

老娘的病來得讓人猝不及防。公社抹掉林北的小學教員後，林北只能扛著鋤頭下地掙工分。

站講台的時間長了，讓他的莊稼把式很不成模樣，臉紅筋脹努力一天，也只能掙得七八個工分。想想站在講台上的日子，文緆緆一天就能掙滿滿的十二分。這不是要命的，要命的是沒人願意和林北站在一塊田土裡幹活，男男女女離他遠遠的。休息的時候，遠遠一群人說說笑笑，只有他，一個人孤零零坐在土坎邊。無聊了，扯根茅草放進嘴裡嚼，嚼得滿嘴的清苦。收工回家的林北沒有話，從早到晚都顯得淒淒惶惶。老娘就勸他，說人是三節草，三起三落才到老。林北就嘆氣，像被人扔進了見不到底的深淵，下落，一直下落，就是落不到底。悲傷很快傳染了，漸漸老娘也跟著嘆氣，接著就病倒了。進入臘月，連說話都困難了。

赤腳醫生蕭德學來看過幾次。最後一次是四天前，搭完脈，蕭德學就下判決書了：「回天無力了，準備後事吧！」蕭德學走後，林北一個人蹲在屋簷下，看著天地間的一片慘白，痛哭了好長時間。爹死得早，他沒什麼印象，如今老娘也要走了，就剩下他一個人了。

老娘是臘月十九落的氣。這個時間林北一直守在老娘床前，讓林北驚奇的是，老娘落氣前的迴光返照很是振奮和清晰。夜晚，一直昏睡的老娘忽然兩眼一睜，一把抓住林北的手，口齒清楚地對兒子說：「么兒，我要走了，你爸都等我好久了，這頭實在容不下你了，你就早點過來。」那一夜，林北抓住老娘的手一直坐到天亮。雞叫了，林北把老娘搬到堂屋停放完畢後，雪又開始下了。

搓根麻繩繫在腰上，林北開始挨家挨戶地請人。龍潭有這個規矩，家人離世了，孝子要挨家挨戶請人幫忙安葬，磕一個頭，抹一把淚，人家就會把你扶起來，說一聲節哀，扛上桌子板凳就往你家來了。

踩著厚厚的積雪，林北挨家挨戶跪了一通。情形都差不多，跪在院子裡喊一聲，屋裡出來一個人，斜著眼看看跪在雪地上的人，轉身折進屋去了。還是有心軟的，看見林北腰上那根麻繩，四下張望一番，才點點頭說知道了。

最好的待遇是在生產隊長和赤腳醫生家，兩個人都過來把林北扶起來，都嘆了一口氣，都拍了拍林北的肩膀，都表示馬上就過來。

經過劉老把家門口，林北沒敢跨進去，留下幾個淩亂的腳印，一直往前去了。

回到家，林北先給老娘點上一盞過橋燈，跪在地上燒了一沓紙錢，然後坐在門檻上，定巴巴地看著蜿蜒遠去的那條胖乎乎的小路。

赤腳醫生先到，肩上扛了一張桌子，接著是生產隊長，腋下夾了一根板凳，再接著就是幾個沾點親帶點故的了。

幾個人坐在屋簷下，沒人出聲，靜靜地看雪花在天地間翻捲。一直到黃昏，生產隊長才站起來，扭扭硬直的脖子說，估計沒人會來了，不管如何，得先把道士先生請進屋。

喪事和節氣一樣蕭索，人手不夠，不敢葬得太遠，在屋後隨便挖了一個坑，幾個人連拖帶拽才算把林北老娘落了坑。

十九

好多年後還有人說，那場大火啊！燒得那叫媽逼的一個乾淨。

正值三伏，烈日早把一草一木都晒得乾脆了，放個屁都能震出一陣煙來。那些黃得透骨的乾草，彷彿放進手裡一搓，就能握住一把火。這樣的節氣，正是火神革命熱情高漲的時候，稍一疏忽，就還給你一個乾乾淨淨。

忙活了一天的生產隊長光著身子躺在篾席上，烙餅樣地翻了十多個來回，都沒能睡過去。倒是隊長家屬耐得住暑氣，大仰八叉躺在一邊，鼾聲氣勢恢弘。隊長暗暗罵了一句，翻起來走到院子裡。沒有風，依然悶熱，隊長跑到水缸邊，舀瓢涼水灌下去，才算有了半絲愜意。反正睡不著，蕭明亮乾脆拉條凳子坐在院子裡，瞪著一輪月亮搖扇子。

遠處有狗叫，斷斷續續的，接著就有了火光。開始蕭明亮以為是燒山灰的，自從高舉廣積肥促生產的旗幟以來，家家戶戶燒山灰，這活輕鬆，一背簍山灰就能換回三天的工分，所以社員們積極性高漲。

慢慢地，蕭明亮發現，遠處的火光有些不對勁了，半個莊子都染紅了。他猛地立起來，踮起腳尖往起火的地方看，看了一陣他明白過來了。轉身衝進屋子，對著老婆子喊，起來，快起來，有人家燒起來了。

老太婆翹起來，迷迷瞪瞪地問，燒了，誰燒了？

蕭明亮吼，我先過去看看，你快起來喊人，挨家挨戶喊，要快。說完跑出去，跑到院子邊又折回來，從水缸邊撿起洗臉盆，往火光沖天處跑去了。

離近了，蕭明亮才看清楚，起火的是麻糖匠家，半邊茅草屋已經被舔乾淨了。遠遠地，熱氣就撲面而來，嗆得人一陣眩暈。

隊長紅光滿面地站在院子裡，看著上竄下跳的火苗，隊長平生第一次感覺到無助和渺小。衝到水缸邊舀了一盆水，端著水呆呆看著劈啪炸響的房子，他不知道該往哪裡潑。最後，他怪叫一聲，狠命把水拋上屋頂，一道水亮的弧線鑽進火苗，連聲嗤響都沒有，彷彿往奔騰東去的大河裡撒了一把泥土。

幾步跑到屋後的土坡上，蕭明亮扯著嗓門對著莊子聲嘶力竭地大喊：快來人，起火了。喊了好久，一個莊子死去了一般，見不到半個人影，一直喊到喉嚨發癢，才看見有人從遠處跑來。隊伍規模小了點，六七個人，但齊整，老中青三代都有。跑在最前面的是赤腳醫生蕭德學，尾巴上是蕭明亮的老太婆，每個人手裡都提著一個臉盆。

麻糖匠媳婦做了一個夢，夢見自己在溪水邊洗衣服，河面很寬，兩岸有山，很高的山，擣衣聲在兩岸之間清脆地迴響。蹲在河邊淘洗衣服的時候，不小心，一件衣服跟著水流漂走了，女人慌忙跳進水裡，彎著腰去撈那件衣服，老搆不著，她往前探了一步，腳下一滑，水就到脖頸了。女人慌了，拼命往岸邊爬，剛要跑到岸邊，女人驚奇地發現，河水忽然變得滾熱，還黏糊糊的，像一鍋麵湯。女人驚叫著舉起雙手，令她更驚惶的是，高舉著的兩隻手成了兩副可怖的骨架。

女人在驚叫聲中醒來，睜眼就看見了頭頂上耀眼的火光。她掐了掐臉，生生地疼，這不是夢了。她就大聲喊張維賢和兩個姑娘的名字，喊了兩聲她就沮喪了，她的麻糖匠四天前就背著騸匠箱子出門了，兩個姑娘去娘家那頭吃喜酒去了。本來兩個姑娘商量，讓姐姐去，妹妹在家照看老娘，可她不依，讓兩個姑娘都去。她有自己的想法，一是路途遙遠，兩個人一起有個照應；二是這些年兩個姑娘只能在家照顧自己，她想讓她們出去透透氣。反正就一天工夫，她讓姑娘們把吃的用的給她放在床頭，還吩咐她們放心去耍一趟。

女人沒有驚慌失措，她看了看火勢，應該是從左邊的偏房開始燒起來的，堂屋還沒有完全燃著，只要快，還有逃生的機會。女人咬著牙把兩條腿搬到床沿邊，閉著眼費力一滾，噗嗤一聲砸落在地上，落地很實，疼得她眼淚都下來了。稍微緩過氣，她就開始朝門邊拼命地爬，爬進堂屋，她四下看了看，高興了，堂屋還沒有燒起來，呼吸也順暢了許多。又歇了一口氣，她終於爬到了大門邊，雙手抓住大門的底端，只需要輕輕一拉，她就能逃脫劫難了。

女人沒能拉開那道門。

她開始大叫，門被她砸得砰砰亂響，努力了一陣，徒勞無功。女人反而安靜了下來，她艱難地翻過身，靠著大門，看著火勢一點一點把堂屋吞噬掉。煙霧從四處湧來，很快就什麼都看不見了，只有耀眼的紅光。

生命快到盡頭的時候，女人徹底安靜了下來。她有些後悔，後悔沒有把那件白色的的確良襯衫給穿上，那是張維賢給她買的，她嘴上說費錢，心裡卻喜歡得不得了，做好都快半年了，她還一次都沒有穿過呢。

濃煙奪走她意識的最後一刻，她看見張維賢牽著兩個姑娘站在她面前，一直咧著嘴大笑，笑得沒規沒矩的。

幾個人站得遠遠的，火光映著他們的臉，表情都被火給烤化了，流湯滴水。

他們努力過了，水缸裡的水空了。赤腳醫生蕭德學全身濕漉漉的。衝進院子，他先跑到水缸邊往身上澆了一盆水，然後低著頭就往火裡衝，衝了三次都被火苗給逼了回來。

晚了，太晚了。蕭德學看著開始垮塌的房屋嘆氣。

不知道屋子裡有幾個人？生產隊長也嘆氣。

幾個人就這樣看著，他們先是站著，然後坐著。一架屋子劈里啪啦地燒，一直把天邊燒紅了，燒得一輪紅日噴薄而出，火才徹底熄滅了，只剩下一灘難看的焦黑和裊裊飄蕩的青煙。

蕭德學走近那片黑色的廢墟，大門還嵌在門框上，雖然已經烏黑，但還能看到門從外面給扣上了。蕭德學高興了，朝著院子邊大聲喊：屋裡沒有人。

幾個人跑過來，蕭明亮眨著血紅的眼睛問，你咋曉得沒有人？

你看，蕭德學指著大門說，門從外面給扣上了。

蕭明亮點點頭，伸手推了推大門，沒推開。

一個小年輕喊，退開，然後飛起一腳，大門轟然倒下。

老太婆看見門板下露出的那條焦黑的人腿，當場就哭了，她跑到院子裡，把手裡的盆子往地上一砸，哭得更傷心了。

生產隊長用腳踢了踢摔落在地上的門鎖，黑著臉說：「火是從外面燒起來的，下手的人把門都扣上了，看樣子是不想留活口了。」

此刻，在五十里外的趙家堡，重新撿起騸匠行當的張維賢剛開始今天的第一單生意。一頭五花大綁的豬崽被按在他的腳下，鮮嫩的陽光照著張維賢笑吟吟的臉。他從箱子裡取出騸豬刀抹了抹，主人家端來一盞油燈，騸豬匠把刀子放在火焰上過了幾道，一隻手撈起豬崽兩個蛋蛋，騸豬刀輕輕一劃，一抹，一帶，一扣，就擻住了兩粒雪白。把兩顆蛋蛋遞給主人家，張維賢呵呵笑著說，加一把芹菜，就能炒一盤味道鮮美的豬卵蛋了。

縫合完畢，洗淨手，張維賢接過主人遞來的一塊八角錢，把箱子往肩上一甩，說好了，圈裡頭的從今以後就只能一心一意長肉了。

走出不遠，張維賢取出鐺鐺，小木棍一敲，聲音脆脆的，噹噹噹，噹噹噹。

騸豬匠，走四方，
晒太陽，敲鐺鐺。
你家豬兒不長膘，
快快請我來幫忙。
一刀割掉兩蛋蛋，
過年豬油一水缸。

蕭明亮鐵青著臉，背著手，從石板路上嗒嗒地走過。憤怒讓他的臉都變形了，怒氣沉積在胸口，像塞了一把乾穀草，他吞吐不順暢了，嘴大大張著，胸口的積鬱就是排不出來，終於，龍潭的生產隊長發蠻了。

他狠狠地踱到晒穀場，往空蕩蕩的壩子中間一站，一手叉腰，一手指著不遠處的寨子，背著一輪朝陽開了黃腔。

哪個狗日的幹的？有本事你站出來，我騸了你個豬日的。還有你們這些男男女女，都給老子聽好，你們不配在這地頭吃喝拉撒。裝睜眼瞎是不是，自古以來，遇火潑水，就算遭火的是你殺父仇人，都得先救火對不對？現在好了，殺人犯房子燒光了，婆娘也燒成炭棍棍了，惡有惡報了，你們心頭安逸了，世界太平了。你們這些爛賤貨，良心都讓狗吃了。老子日你們先人板板，老子日你們先人板板，日一百遍，一千遍，一萬遍。

寨子裡頭有擔著水桶往水井去的男人，聽見晒穀場的叫罵，側著耳朵聽了聽，快著步子跑遠了；還有起來打掃院壩的女人，剛把一堆腌臢攏成一堆，晒穀場的咒罵隨風飄來，聽不多久，扔掉手裡的掃帚，慌慌地逃進屋裡去了。

蕭明亮站著罵，走來走去罵，最後坐下來罵。一直把太陽從身後罵到頭頂，他都還在罵。最後，蕭明亮哭了，嗡嗡地啜泣。一隻螞蟻從他腳邊爬過，他憤憤低下頭，一泡濃痰就把昂首挺胸的螞蟻給水葬了。

二十

又到薅頭道苞穀的時候了，從龍潭山頂放眼望去，半邊山坡全是昂揚的戰天鬥地。鋤頭飛舞著，刨起漫天的塵土，和塵土一起飛揚的，除了鼓聲，還有整齊的號子。

日出東方啊！咳呵！
照亮四方啊！咳呵！

拓土開荒啊！咳呵！
顆粒歸倉啊！咳呵！
哎喲喂，哎喲喂。

這樣動人的勞動場面中，總有一個不協調的音符，一壟過去，又一壟過來，他都一如既往地堅守在最後。他也不是不努力，瞪著眼，流著汗，抖著腿，但鋤頭不聽使喚，沒有高明的莊稼把式的從容瀟灑，有的是拘謹、笨拙，慌不擇路。還會串壟，薅著薅著就薅到別人的壟溝裡去了。最要命的是剷苗，剷苗又叫斷根，是專指那些生瓜蛋子在薅苗的過程中，把幼苗給剷掉了。生產隊對剷苗有嚴格的控制，薅一天苞穀，如果剷苗超過五棵，這一天你就白幹了，一個工分沒有不說，還得給你記一次紅叉。一年累計紅叉到了十個，年終你卵毛都別想分到一根。

剛進午後，轉行後的鄉村教員已經剷掉了三根幼苗。第三根本來可以避免的，他已經把這棵可憐的苞穀苗給伺弄好了，草也除了，土也鬆了，護苗的土坯也刨好了，於是他拖著鋤頭走向下一棵，剛在下一棵幼苗前站好，後面傳來一聲咳嗽。

咳嗽聲是劉月仙發出來的，她的咳嗽能讓人魂飛魄散。劉月仙是生產隊的記分員，手裡端著一個紅本本，紅本本上統帥和副統帥一起站在城樓上揮手。副統帥摔死後，記分員很悲憤地把瘦精精的副統帥腦袋給挖了一個黑窟窿。

林北轉過頭看著身後的女人。每次看見她，林北都會驚奇。他弄不明白在糧食這樣精貴的歲月裡，這個女人是如何把自己餵得一肥二胖的。他仔細觀察過，女人身上的油膘都是貨真價實的，絕不是營養不良凸起的浮誇。她胖得很踏實，步子稍微大一點，竟然有了顫巍巍的富態。不幸的是，女人的臉很小，還有密集的雀斑，像是不負責任地往上面撒了一大把黑芝麻。這樣，龐大的身軀和狹窄的面孔形成了讓人驚恐的反差。不過，女人讓社員們驚恐的倒不是這種反差，而是她手裡那支呲了舌頭的灌水筆。

在很多社員心裡，記分員的權力在生產隊長之上。所謂縣官不如現管，別看生產隊長平時總是牛皮哄哄地叉著腰指手畫腳，可都是虛的。記分員呢，一筆下去就能決定你吭哧吭哧幹一天，甚至幹一年的收成。女人能得到這個高貴的活路，源於她有個高貴的親戚，公社書記是她表哥。展示自己和公社書記的關係，成為女人生活和勞作中極其重要的部分，甚至都成了她表述某件事的前綴，格式是這樣的：我表哥跟我說——

林北看著劉月仙，劉月仙也看著林北，四目相對，林北有了一個激靈。女人眼睛很小，卻光芒四射，彷彿沙漠裡飢渴的旅行者突然看見了一彎綠洲，又像是常年飢荒的莊稼漢發現了一塊可供耕種的肥土地。林北本能地躲閃了一下，想避開女人黏稠的目光，但女人的目光依舊熱辣辣得跟了過來，甩都甩不掉。

「心虛了？」女人說。

林北慌忙搖頭。

女人指著林北屁股後面說，自己看。

林北慌忙轉過頭，臉一下就白了，剛剛薅完的那棵幼苗，被拖著的鋤頭齊根拉斷了。

「我不是故意的。」林北急忙說。

記分員詭譎地笑：「我表哥跟我說，要隨時提防壞分子對大好形勢的破壞。你要是故意的，罪就大了，那就不是畫個叉叉這樣簡單了，怕就該扭送公社了。」

我我我，林北笨嘴拙舌，講台上的口若懸河都讓狗吃了。

女人昂首挺胸，一副公事公辦的架勢，本本一翻，林北一眼就看見了自己的名字，名字後面有兩根細黑的棍子，一橫一豎，女人計分用「正」字，挖斷一根一橫，再挖斷一根一豎，好多英雄漢，在這一橫一豎間連大氣都不敢出。女人橫著畫了一道，筆尖呲開了，沒出水兒，女人惱怒地甩了甩，還是沒出水兒。林北跨上前，從衣兜裡掏出自己的珠江牌鋼筆遞過去。女人有了短暫的驚訝，把筆接過去，遲疑了一下，然後她似笑非笑地看著林北，模樣兒很怪，彷彿面前的落難秀才沒有穿衣服似的。

上上下下曖昧地打量了一番面前的小夥子，女人才歪歪扭扭地問：「記，還是不記？」

林北囁嚅著。「說啊！」女人雙乳一挺，歪著腦袋說。笑了笑她接著說：「林老師，你說不記就不記，我聽你的。」

在林北印象裡，這個女人不是這樣的。還站講台那會兒，林北和劉月仙偶爾路遇，她都會禮貌地喊一聲林老師，不歪腦袋，不挺胸脯，喊得賢惠，喊得敞亮，哪像現在這種肉包子打狗的喊法。

林北怔了怔，往後退了一步，冷冷地說，你記吧。

女人嘴角一拉，扯出一線冷笑，果斷地在筆記本上狠狠地添了一橫。

把鋼筆遞回來，女人湊過來悄聲說：你這筆真好使，不曉得下面那支筆是不是也一樣好使？說完哈哈大笑。

林北面紅耳赤，不敢接話，把筆裝好，慌忙轉過身繼續薅苗。

收工的時候，夕陽已西沉，留一把緋紅在天邊。林北坐在山梁上，收工的社員們有說有笑，迤邐在山腰那條狹窄的松林小道上。

收工前，林北成功挖斷了今天的第六根苞穀苗，不僅白忙活了一天，還多了一個紅叉。已經第八個紅叉了，再努一把力，就能成功地白幹一年了。

林北呆呆地看著天邊，那片緋紅彷彿很遠，遠得是那樣的虛無，又彷彿很近，近得一伸手就能撈一把緋紅在手裡。還有殘留的霞光，從山那邊筆直地投射出來，刺透雲霞，蕩開耀眼的漫天血紅。

扯一根青草放進嘴裡，林北慢慢咀嚼。林北喜歡這種草的味道，丟一根在嘴裡，苦、酸、甜接踵而至，最後融合成一種說不清道不明的混亂。草的名字叫鋪地葉，爛賤得很，立春後，就能漫山遍野鋪開一片嫩綠。一直到第一撥雪來臨，其他的花花草草都枯黃了，只有鋪地葉還在咬牙堅持。所以龍潭的冬天不是決絕的蕭索和殘敗，放眼望去，山前山後都還能覓到一些生命的頑強。林北嘗試了多種野草，還是鋪地葉好嚼，還好找，隨便一坐，一抓，都能握一把在手裡。

嚼完最後一根，林北站起來，把鋤頭扛在肩上，往山下去了。

下完坡，就是龍潭的松林了，被太陽炙烤了一天的松林，此刻正散發著幽幽的松香味，跟著晚風一陣一陣蕩過來。一隻松鼠鬼頭鬼腦地從樹後跑出來，在厚厚的松針上抬起前爪看著林北，林北蹲下來，也看著松鼠。

林北想找塊石子嚇一嚇小松鼠，低著頭四下環顧，他沒有看見石子，卻看見了一對帆船樣的大腳。

林北猛然立起來，然後他看見了碩大的身軀上安放著的那顆微型腦袋。

劉月仙的目光是熾烈的，甚至是急切的，像六〇年的餓殍看到了半斤肉包子。

「我一直等著你。」

「等我幹啥？」

「我不繞彎彎了，我喜歡你，好久以前就喜歡你了。」

「說話注意些，你是有男人的人了。」

「我表哥跟我說過，我男人配不上我。」

「對不起，我要走了。」

「我可以給你重新記工分，要不你一年就白忙活了。」

「我不需要。」

「你還想不想站講台改本子？」

遲疑了一下，林北肯定地答覆：「不需要了。」

說完他提起鋤頭往前走，女人一邁步，一道肉牆橫在面前。

「你敢走我就敢喊。」

「喊啥？」

「說你要強姦我。」

「就你？誰相信？」

「都會相信，不要忘了，你是殺人強姦犯。」

「胡說八道，我不是。」

「已經是了，龍潭人都認為你是，我只要一喊，你就更是了。」

林北像一朵枯萎的花，他縮著脖子問：「為什麼要這樣幹？」

「以前，龍潭哪個姑娘的眼睛不在你身上？就算有了男人的，誰在心裡不跟你野一回，那陣子像我這樣的，想都不敢想。現在好了，你在龍潭早就成泡臭狗屎了，可我不嫌你，我不管你是不是殺人犯，我就想跟你野一回。」

讓開，林北大吼。女人斜著眼說，你敢邁出一步，我就喊。

林北左腳邁出。

「來人了！」聲音高亢激越，驚起一林飛鳥。

林北蹲下來，傷心地哭了。女人懂事地彎下腰安慰林北，說你不要哭了，倒像是受了多大委屈樣的。我跟你說，要不是我一直惦記你，這地頭誰會嫁給你，只怕你到死那天也不知道女人是啥子味道呢！我不嫌棄你，你倒嫌棄我了。

女人伸出胖乎乎的手，拉著林北的手說，來吧，跟我來，地方我都找好了，松針好厚的，軟和著呢！

那個迷人的黃昏，天地在林北的眼裡完全褪色了，那些曾經的驕傲和美好，在女人起起伏伏的姿勢裡被一點一滴地抽取了。女人的汗水滴落在他蒼白的臉上，砸得他鑽心地疼。他突然發現，一切的憧憬原來都是虛幻，虛幻得像天邊的一抹雲，眨眼間，就被扯得七零八落。他側著頭，不敢看女人扭曲變形的臉。一隻松鼠從樹後跑出來，探頭探腦，還抬起前爪抹了抹臉。最後，女人起來了一聲酣暢的尖叫，嚇得松鼠掉頭就跑。林北不知道，這隻松鼠還是不是剛才見到的那隻，牠們的模樣太像了，一樣的毛色，一樣的尾巴，一樣的表情，一樣的自由自在。

迷人的鄉村夏夜，田地裡蛙聲一片，白亮亮的月光鋪開一地，還有風，能把每一個毛孔都吹開。進入下半夜，晒穀場上的喧鬧逐漸散去了。男人女人走在回家的路上，走出去很遠了，環顧一下左右，發現娃娃們還在晒穀場追逐，就扯起嗓子吼：挨千刀的，還不快點回家，晚了看不打斷你的狗腿。奔跑著的娃娃就停下了，把小路上遠去的咒罵聲聽真切了，像是真怕狗腿被打斷，就往回家的小路跑去了。

最後，晒穀場只剩下一地清寂的月光。

三個人散落在晒穀場上，離得遠遠的。

這片地頭只有下半夜才屬於他們，人聲鼎沸的場景在他們的記憶裡已經模糊了。

最先來的是胡衛國。他瘸了一條腿，高高低低地從昏黑裡走來，找一塊石墩坐下來，接著就是斷斷續續的咳嗽聲。赤腳醫生蕭德學救活了他一條命，但沒能保住他一條腿，從床上下地後，龍潭在他眼裡就變得高低不平了。農活是幹不了了，蕭明亮就對社員們說，還是要廢物利用，讓他去守水庫，每天能掙個半大娃娃的工分。雖然只有成年人的一半，還是勉強能活命了，只是燒酒沒得喝了，連肚子也只能混個囫圇飽。

張維賢離他不遠，背靠著炕房，縮在一片陰影裡，得仔細看，要不你都發現不了。張維賢的新家就在晒穀場不遠處的土坡上，一個松枝搭成的窩棚，剛搭成那陣子老漏雨，蕭明亮批了幾捆稻草給他，加蓋了稻草，緊湊多了。房子燒掉以後，他把兩個姑娘分別送到了兩個姨媽家。一個人住在窩棚裡，他覺得還算踏實，就是做飯不太方便，露天的，罈罈罐罐都在窩棚外，逢上落雨，就只能餓肚子了。除了房子變窄了，張維賢話也變得少了，有時候半個月沒有一句話，下地就埋著腦袋幹活，幹完了埋著腦袋回家，回了家埋著腦袋睡覺。他發覺自己腦袋越來越重了，脖子越來越瘦了，走路都只能盯著腳背了。

曬谷場邊有幾架風簸，風簸是用來揚稻穀的，一人來高，頂上一個大豁口，底下兩個出穀口。揚穀的時候，先把卡子卡死，把曬乾的稻穀倒進大豁口，手把著卡子，慢慢把穀子放下來，手搖動扇葉，一架風簸就風起雲湧了，秕穀和塵土從風簸後面的出口飛揚而去，沉甸飽滿的穀子就滑進下面的籮筐。林北以前最喜歡幹揚穀這活，就是當小學教員那陣子，他都會在農忙季節來曬谷場幫一把手，他覺得這實在是個天才的發明，體現了勞動人民無窮的智慧。他站在一架風簸前，輕輕搖著把手，思緒跟著扇葉骨碌碌轉。那時他也這樣轉著把手，前前後後都是年輕姑娘，笑吟吟地看著他，眼神裡都是歡喜。想了很多，搖了一陣，林北靠著風簸坐了下來。

這個時候的曬穀場，隱祕得像躲進雲層的月亮。

此刻，三個人都舉著頭，看著月亮在雲端上飛奔。

昏黑裡，曬穀場起來了歌聲，是胡衛國，他的聲音很小。

月亮出來亮汪汪，

從生到死愁斷腸。
人說人生三節草，
三窮三富見閻王。

胡衛國唱罷，咳嗽一聲，張維賢在屋簷下的陰影裡接上唱：

一十三歲離家後，
漂泊一生好淒涼。
見只見：
泥瓦匠，住草房。
紡織娘，沒衣裳。
賣鹽的，喝淡湯。
種糧的，吃穀糠。

林北把歌聲接過去，聲音已經遠離年齡而去，蒼老渾濁。

等到白髮染銀霜，
兩腿一蹬見閻王。
閻王老爺台上坐，
善惡終有一本帳。
刀山火海不得去，
全賴有根好心腸。

唱完了，天地重新陷入沉默。

這樣一人一段的低歌，不知道是從哪天開始的，反正很久了。沒有約定，沒有招呼，顯得格外蹊蹺。第一次，也是一個月亮很好的夜晚，張維賢坐在他的窩棚前，聽著一壩子的閒聊打鬧逐漸散去。他的表情不再生動，像塊旱得脆硬的老板土。他的心思也不再活泛了，好的壞的都不想，過去現在也不想。盯著一根草，或者一汪水，他都能定定地盯上大半天，心思還不會跑，一直跟著，風搖著草，心思也跟著左搖右晃，水安靜地攤開，心思也安靜地攤開。這樣很好，沮喪、絕望都被擋住了，就百毒不侵了，就不會有軟塌塌的感覺了，步子也邁得開了，鋤頭也掄得圓了。看見路邊交媾的兩條狗，還會會心地笑一個。可就在那一晚，詭異得很，張維賢竟然想去晒穀場坐一坐，這個念頭一起來，他拔腿就走。

到了晒谷場，張維賢才發現，昏黑裡早就坐了一個人。胡衛國坐在青石墩子上，不停地咳嗽。兩個人相互看了看，沒有招呼。張維賢徑直走到屋簷下，把自己藏進了一團黢黑。最後，林北也來了，晃晃悠悠地走進晒穀場，去鼓搗壩子邊的風簸，鼓搗了一陣，也坐了下來。三個人枯坐了好久，胡衛國忽然有了歌聲。

唱詞是龍潭連五歲娃兒都能唱全的花燈調兒。胡衛國唱完第一節，就埋頭開始咳嗽。歌聲沒有停止，張維賢接過去了，張維賢唱了幾句，不唱了，中間有了曖昧的斷裂。過了好久，林北的歌聲才響起來。

接下來，這個古怪而蹊蹺的儀式被保留了下來，晒穀場的上半夜給了喧鬧，下半夜給了歌聲。

月亮西斜，該是回家的時候了。

三個人艱難地站起來，拍打拍打，準備離開。晒谷場邊忽然傳來咳嗽聲，蕭明亮來了。其實他不是剛來，他一直都在，蹲在一根火棘樹後，聽夜晚升起的歌聲。三個人的歌聲在月夜下彷彿寒霜一般，刺透皮膚，直抵骨髓。這哪是歌聲，簡直就是挨了槍子的野狼在林子裡發出的哀號。蕭明亮聽到了很多，除了歌聲，他還聽到了三個人長時間的沉默，聽他們有氣無力的心跳，聽那些聽不見的東西。早些時候，有晚歸的娃娃給他說，晒穀場半夜有人唱燈調。開始他不信，後來說的娃娃越來越多，他才決定來看看的。

看見隊長站在壩子邊，三個人都驚訝了，然後他們慢慢圍攏來，隊長像寒冬裡的一堆篝火。

決定幾乎是在瞬間完成的，往地上啐了一口痰，蕭明亮對面前的人說：「兩個好手好腳的，你們走吧！能走多遠走多遠。」

三個人沉默，長時間的沉默。要知道，以前張維賢和林北好幾次都提出來要搬離這個地頭，隊長不同意。每次都罵，出去了就是心虛了，再有，萬一上頭問起來，我如何交代？

隊長看了看拄著拐杖的胡衛國：「你是走不了了，不過你狗日的沒皮沒臉，抗擊打能力強，就這樣賴活著吧！」

隊長說完，轉身走了。走出去幾步，他又回頭：「走的兩個，明天來我家一趟，我還有些糧票。」

林北接過話：「我們不要你的糧票。」

隊長一跺腳，有了火：「日你先人板板，我是怕餓死你狗日的些。」

隊長走出去好遠了，張維賢忽然在身後問：「我們還回來不？」隊長停下來，身子定了定，沒答話，投進一片朦朧。

二十一

今年晒穀場的熱鬧來得格外早。往年，都是秋收冬藏後，各家各戶按照工分分取實物的日子，才會有這樣的人聲鼎沸。今年水稻剛剛揚花，晒穀場就鬧騰開了。偌大的晒穀場堆了幾大堆雜七雜八的東西，鋤頭、犁鏵、糞籮、背篼，大到打穀用的灌斗，小到一把鐮刀。和往年分取東西的日子相比，今天沒有了興高采烈和歡天喜地，每個人臉上都是茫然。

那些臉，老的，嫩的，正徘徊於老嫩之間的，瞪著一壩子的東西，目光游離，神情惶然。晒谷場邊一排整齊的洋槐樹上，一排兒拴了十多頭耕牛，老的瘦的，高的矮的，黃的灰的。和焦躁的人群相比，牛群倒是顯出了一貫的淡定和從容，牠們悠閒地甩著尾巴，左左右右，驅趕著討厭的蒼蠅。

早晨起來還能看見一頭的烏雲，等把東西搬放完畢，烏雲就像水田裡被耙子耙散的積糞，變成了烏亮亮的稀稀拉拉。進入正午，太陽羞答答拱出來了，但不敞亮，只有淡淡的一個圓圈。

晒穀場連夜搭起來一個台子，台子不高，像課堂裡的講台。生產隊長是新的，蕭明亮卸甲後，推薦了他。新的生產隊長個子不高，站在台子上沒能顯出更富裕的高大，冒出的一小截腦袋讓後排的人都瞻仰不到。幸好隊長聲音洪亮，滾雷似的，一出聲，槐樹下的牛背上騰起一片蒼蠅雨。

隊長說：昨天晚上我一夜沒合眼，就想今天該怎樣給大家說這事情。這事情很複雜，一句兩句說不抻抖，想了好些文件上的詞兒，都感覺不對路，就只好漂白了說。是這樣，根據上面的想法，我們伺候莊稼的式樣要變。一句話說完，單幹，不一窩蜂了。田土、農具、耕牛這些叮叮噹噹都分下去，把國家和集體該交的交齊了，剩下的就是自家的了。從今以後，多勞多得，少勞少得，不勞不得，那些幹飯端大碗，幹活靠坎坎的懶漢，好日子算是到頭了。隊長話落，人群成了馬蜂窩，嗡嗡嚶嚶，都在竭盡全力地表達著。

和熱鬧的晒穀場相比，寨子倒寂寞了，狗們全都在樹蔭下閉著眼睡覺，牠們不知道，政策變了，土地下放了，好日子要來了；蜻蜓成群結隊地盤旋在半空，簇簇擁擁，拉幫結夥，怕是大鍋飯還沒吃夠吧！

老隊長蕭明亮坐在院子邊的老槐樹下，沒去晒穀場，他讓老太婆去了。他不願意去，他累了，他現在就怕嘈雜，嗚嗚哇哇，耳朵都鬧麻了。

何況，他還有客人。

客人坐在他面前，稀疏的頭髮黑黑白白地間雜著，端起茶碗喝了一口，瞇著眼看著遠處的晒穀場。

「老黃，真退了。」蕭明亮問。

老黃點點頭。然後他呵呵笑，指著豬圈邊上那間屋子說：「我還記得你家的豬糞味兒啊！」

蕭明亮雙手合十，連說：「對不起，對不起，你這一提啊！我都臉紅啊！」

老黃擺擺手，他表情凝重，凝視著蕭明亮的眼睛，半天才低沉地說：「唉！該說對不起的是我啊！該臉紅的也是我啊！」

「老黃你這話怎麼說的？」

老黃目光移到遠處，莽莽蒼蒼的大山往遠方蜿蜒而去。

「我這趟來，是趕著來給胡衛國道個歉。」

蕭明亮呵呵笑，說你給他道什麼歉？這歉道不了了，也不用道了。

為啥？老黃問。

死了！年初死的，肝腹水。蕭明亮答。

老黃往後一仰，一聲長嘆。

蕭明亮把身子往前湊了湊，對老黃說：「還有一件你想不到的事情。」

哦！老黃也往前湊了湊。

「他死前跟我說，那件事是他幹的。」蕭明亮說。

「他給你說是如何殺人的了嗎？」老黃問。

蕭明亮搖搖頭說，這倒沒有。頓了頓他又說，都承認了，承認了就行了。

老黃笑著擺擺手說：「那就不會是他幹的。」

「人之將死，其言也善，鳥之將亡，其鳴也哀啊！」蕭明亮說。

沉默一陣，蕭明亮忽然說：「兩個跑到外地的這下可以回來了。」指指遠處，他又得意地說，「分的東西兩個人都有份。」

老黃低沉著說：「回不來了。」

為啥？蕭明亮問。

「兩個都死了，病死的。我去調查過，都是癌症，一個肝癌，一個肺癌。那個小學老師，死的時候只有六十多斤。」

老黃從兜裡取出兩個信封，往蕭明亮膝蓋上一拍，說：「兩個人死之前給公安局寫的信，都說那事是自己幹的。」

太陽升得老高了，晒穀場的熱鬧還在持續，家家戶戶都守著一堆東西，笑容跟著陽光一起流淌。分完這些叮叮噹噹的東西，就該分土地了，那才是真正的激動人心呢！龍潭人覺得，好日子真是來了，雙臂一伸，就能把幸福抱得結結實實，無論如何，都是跑不脫的了。

後記——當夢想照進現實

很小的時候，父親是個鄉村教師，訂閱了很多文學期刊。刊物上好多都是文學史無法繞過的名字。捧著書就想，當個作家該是如何榮耀的事情啊！有次小學語文老師問我：你的理想是什麼？幾乎沒有思考，我說我要當個作家。老師立刻就笑了。我不怪他，他差不多六十歲了，問過很多學生這個問題，那些小時候豪言要做科學家政治家的，最後都做了農民。我的老師笑完後，又問我：為什麼要當作家呢？我說當作家有面子。我的老師很真誠地對我說：其實，當個村支書更有面子。

我的童年屬於典型的放養。父母總有忙不完的事情，根本沒有時間對我們兄妹幾個進行有效管理。夜晚歸家，從大到小點一遍，只要還活著就阿彌陀佛了。雖然在物質上極度貧乏，但是精神卻很自由。就拿讀書來說，我都讀到五年級了，我父親還不知道我連兩位數的加減法都捋不順溜。

放養有放養的好處，父母的不作為讓我擁有了極大的精神空間。很多稀奇古怪的想法總是主宰著我。放牛的時候我就想，如果村子裡的人一夜之間都變成了牛，會不會遭到這些原本就是牛的傢伙的排擠；看見村子裡面最邋遢的那個人，就想他身上的蝨子會不會為了搶奪一塊肥沃的地盤而進行群毆。

沒日沒夜的遍地亂跑，讓我和那片土地建立了樸素而深厚的感情。如今，一旦空閒下來，我就會回到那裡住上一段時間，聽老人們絮叨往事，看風掠過村莊，聞烈日下苦蒿的味道。我小說的場景和人物，幾乎都和那片土地有關，只要一想到他們，我就特別來勁。

後來，父親調到鎮上做了一名中學老師，我也跟著到了鎮上。做了中學教師的父親這個時候騰出手腳準備教育我，但是為時已晚。放養時間太長，圈養幾乎不可能了。我的初中生涯和課本關係不大，眼睛長年累月都在一個女孩子身上。女孩是我鄰居，漂亮得慘絕人寰（後來進城開了眼界才知道，這屬於誤判）。不過很遺憾，由於我姿色平平，整個青春期一直被密集的青春痘籠罩，所以那個女孩對我幾乎就沒有正眼瞧過。我愛的人不愛我，弄得我極度自卑，就開始把大把的時間用來閱讀。

那陣子我們鎮上有個租書的小鋪子，裡面有金庸全集，借回來就開始讀。按理說，初中二年級文化水平閱讀金庸小說已經綽綽有餘了，可悲的是那些書全是盜版，而且盜得還很不要臉，有時候一整段都不知所云。於是先怒火萬丈地問候了盜版者的祖宗十八代，接著就開始自己組織文字，儘量讓上下文能有效地銜接。等把金先生的十五部村級盜版書讀完，我的作文水平居然冠絕全班。老師一次在給同學讀我作文的時候很興奮地表示：肖江虹的作文有濃郁的古典氣息。

整個初中生涯，我最接近文學的一次經歷發生在生機勃勃的初春。在一次全省的作文比賽中，我居然獲了一個優秀獎。除了拿到五十塊錢的獎金，那篇作文還刊載在了省裡面一本很有名氣的教育類雜誌上。聽說有獎金，就謀劃著無論如何得買條香煙孝敬我的輔導老師。等獎金到手，這個計畫早就忘得一乾二淨了。一群狐朋狗友三下五除二就把獎金消滅得乾乾淨淨。吃人嘴軟，一幫人抹著嘴對我阿諛奉承，說你將來肯定是個作家。本來還心有戚戚，一聽這話，立刻就樂得屁顛屁顛的。前段時間搬家，我居然在一個舊箱子裡翻出了那篇文字，才讀了一段，就掉了一地的雞皮疙瘩。

上高中後，學校有個小型圖書館。讀得最多的古代典籍，最喜歡《三國演義》，這本書至今都是我的最愛，讀了多少遍記不住了。反正很多精彩段落都能背誦，比如隆中對，比如舌戰群儒，比如罵死王朗。我甚至能說出書中每一個人的名字，包括那些一出場就給幹掉的可憐蟲。

不用說，閱讀讓我的語文成績一騎絕塵。每次考完試，我的語文老師拿著我的試卷笑得花兒都謝了。其他科目就慘了，到高三畢業，我連一個簡單的化學方程式都配不平，化學老師有次咬牙切齒地對我說：我敢肯定，你的腦髓是豆渣捏的。

嚴重的偏科，上好大學是不可能了，最後上了一所師範院校。我特別沮喪，父親卻高興得又唱又跳，逢人就說：後繼有人了，後繼有人了。

我的大學波瀾不驚，唯一驕傲的事情就是讓我的同桌成了我的妻子。記得寢室夜談的時候還有室友跟我說：兔子不吃窩邊草。我反擊他：肥水不流外人田。大學這個唯一的成果為我後來的寫作生涯奠定了堅實的基礎。這些年來，不管我寫得好不好，我妻子都一直默默支持我，她經常對我說：商人官員常見，作家不常見，你要真成了作家，就相當於我們家養了一隻大熊貓！

大學畢業，我被分配到一所鄉中學當了一名語文老師。開始幹得特別起勁，調動起自己多年的閱讀儲備，每堂課都上得風生水起，學生們更是興致勃勃。可一考試就慘了，那些把課上得讓人想投湖自盡的老師，考試成績好得一塌糊塗。獎金自然是沒有了，還會遭人白眼，暗地裡還要貶撻你：學生喜歡又如何？還不是花架子。慢慢地，興致沒有了，自己也熱愛上了全國通行的填鴨式。學生精氣神沒有了，但是分數卻節節攀升。這樣的結果，鬱悶是難免的，然後就把自己的一些思考寫成文字寄給縣裡的一份報紙。

磕磕絆絆寫了兩年，電腦裡有了一個專門堆放文學作品的文件夾。反覆斟酌，挑出一個中篇，叫〈百鳥朝鳳〉，心想不鳴則已，一鳴驚人。要給就給大刊物，要給就給名編輯。又聽說《當代》有個叫周昌義的，對無名之輩特別關照，找來郵箱地址，咬牙切齒把小說發了過去，還附了一句外厲內荏的話：聽說你是現在最牛的編輯之一，給你投稿有些心虛，心虛的不是我東西不好，心虛的是怕你不看，能不能發表我不在乎，能得到你的指點我很在乎。多年後我在北京見到了周昌義老師，我說起這件事，問他是不是這句話讓他讀了那篇小說，他笑笑說誰的稿子我都會認真看，你這一套早過時了。

曾經一段時間，對作品的產量有近乎變態的追求，上一個剛寫完，就開始迫不及待地謀劃著下一個。一段時間文學期刊上沒有自己的名字，就會陷入一種莫名的恐慌，就怕別人把自己給忘記了。於是沒日沒夜地寫，寫得手腳痠麻脖子僵硬兩眼發直還不罷休。瘋狂製造了一堆殘次品，沒有一個突出，只有腰椎間盤最突出。

到了不得不思考的時候了。夜晚躺在床上，捫心自問，對文學，你還抱有虔誠和敬畏嗎？對生活，對人心，對人性，你認真思考過嗎？對自己的文字，你有十年磨一劍的耐心嗎？

閒時翻閱那些曾讓自己沾沾自喜的文字，居然全身冰涼，心如死水。

在這個屬於速度的時代，每個身影都保持著一種前傾的姿態。滾滾人流中，我們早就喪失了對經典的追求，對厚重的渴望，對深度的營造。

慢一點，再慢一點。這才是文學創作最基本的態度。

也許，我用一輩子的時間，最後只能證明一件事，那就是我原來根本就成不了一個真正的作家。

但我還是想試一試。

無他，因為熱愛。

肖江虹創作年表

二〇〇七年　在《雨花》第五期發表短篇小說〈陰謀〉。

二〇〇八年　在《山花》第八期發表短篇小說〈求你和我說說話〉。

二〇〇九年　在《當代》第二期發表中篇小說〈百鳥朝鳳〉。先後被《小說選刊》、《中篇小說選刊》、《新華文摘》、《北京文學·中篇小說月報》轉載，收入當年中國作協創聯部主編的《二〇〇九年度中篇小說》以及《小說選刊》雜誌社主編的《中國年度中篇小說排行榜》和《二〇〇九年中國年度小說》。

二〇〇九年　《天涯》第六期推出「肖江虹小說專輯」，發表短篇小說〈平行線〉、〈家譜〉。

二〇〇九年　在《山花》第二十三期發表短篇小說〈天堂口〉。《小說選刊》二〇一〇年第一期、《新華文摘》第八期轉載。

二〇一〇年　在《山花》第十九期發表中篇小說〈喊魂〉。《中篇小說選刊》年末專輯轉載。並收入《小說選刊》雜誌社主編的《二〇一〇年度短篇小說排行榜》和《二〇一一年中國年度小說》。

二〇一一年　在《天涯》第三期發表短篇小說〈當大事〉。《小說選刊》第七期、《新華文摘》第十八期轉載。入選二〇一三年文化藝術出版社出版發行的《中國當代文學經典必讀（短篇卷）》（吳義勤主編）。

二〇一一年　在《中國作家》第十一期發表中篇小說〈我們〉。

二〇一一年　在《鍾山》發表長篇小說〈向日葵〉。

二〇一一年　在《當代》第五期發表中篇小說〈犯罪嫌疑人〉。《小說月報》年末專輯、《北京文學·中篇小說月報》第十期、《作品與爭鳴》第十期轉載。

二〇一二年　在《芳草》發表短篇小說〈內陸河〉。

二〇一三年　在《人民文學》第六期發表中篇小説〈蠱鎮〉。《小説月報》第八期、《中華文學選刊》第八期轉載。並獲二〇一三年「人民文學獎」。

二〇一三年　在《中國作家》第十三期發表中篇小説〈天地玄黃〉。

二〇一四年　在《人民文學》第九期發表中篇小説〈懸棺〉。入選中國小説學會年度中篇小説排行榜。收入謝有順選編的《二〇一四中國中篇小説年選》。

二〇一六年　在《人民文學》第九期發表中篇小説〈儺面〉。《新華文摘》、《小説選刊》、《小説月報》選載。入選二〇一六年「《收穫》年度中篇小説排行榜」。並獲得第二屆「華語青年作家獎小説類主獎」。

人間

書訊

當代大陸新銳作家系列——

01 **在雲落**　張楚著　二〇一四年十二月出版

二〇一四年魯迅文學獎得主張楚第一本台灣版小說集

河北作家張楚的《在雲落》以現代主義筆緻，書寫北方小縣城裡面貌模糊、生存堪慮的人們面對生活中種種困阨與苦難時的現實選擇與精神狀態。無論是〈曲別針〉裡既是殘暴凶手也是慈愛父親的宗國，或是〈七根孔雀羽毛〉裡吃軟飯的宗建明，甚者是〈細嗓門〉裡因不堪長期家暴殺了丈夫後，被捕前到了閨蜜所在的城市，想幫閨蜜挽救婚姻的女屠夫林紅；張楚既逼近他們的生命創傷又滿含悲憫，寫出他們絕望的黑暗與卑微的精神追求，介乎黑暗與明亮間蒼茫的生存景觀。

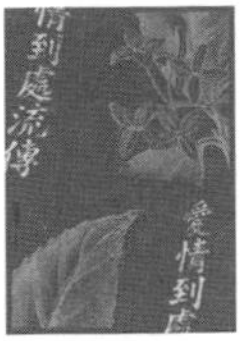

02 **愛情到處流傳**　付秀瑩著　二〇一四年十二月出版

被譽為具有沈從文之風的七〇後女作家

在《愛情到處流傳》中，北京作家付秀瑩以沉靜的目光靜看「芳村」，遙念「舊院」，不管是「芳村」系列中農村大家庭裡夫妻、母女、贅婿們之間的愛情與競爭，或者是〈小米開花〉裡，小米的性啟蒙與看待身體的方式，無一不精準的抓到鄉村人們特有的、微妙的人際關係、獨特的處世方式與世界觀。另一部分作品則是書寫都市人們精神與情感的隱密曖昧：〈出走〉裡男性小職員亟欲逃離瑣碎平庸日常生活的衝動；〈醉太平〉中學術圈裡浮沉男女的利益交換、欲望追逐；〈那雪〉則寫出了都市女性的情感缺憾。付秀瑩以傳統溫柔敦厚的溫暖剔透筆法，書寫了這人世間的岑寂荒涼。

03 **一個人張燈結彩**　田耳著　二〇一四年十二月出版

當魯蛇（loser）同在一起！

《一個人張燈結彩》具有鮮明的通俗色彩，來自湘西鳳凰的田耳筆下的人物都是現實世界中的失敗者、邊緣人、被損害者，他們在陰鬱、沒有出口的情境中，群聚在一起，以欲望反抗現實困阨的生存法則，以動物感官吹響魯蛇之歌。他們欲以魯蛇之姿，奮力開出一朵花。

04 愛情詩　金仁順著　二〇一四年十二月出版

與衛慧、棉棉、陳染齊名的七〇後女作家

二〇〇二年的〈水邊的阿狄麗雅〉造就了二〇〇三年張元、姜文和趙薇的電影《綠茶》。二〇〇九年的〈春香〉又開啟了朝鮮民間傳說的故事新編。不管是朝鮮族的金仁順、女作家的金仁順，或是編劇的金仁順，她總面對著愛情，描繪著孔雀開屏時的美好與幸福，以及華麗開屏背後的殘酷與幽微。

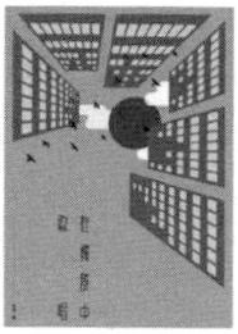

05 在樓群中歌唱　東紫著　二〇一四年十二月出版

山東作家東紫擅長日常生活化敘事，在《在樓群中歌唱》一書中，她敏銳細膩地觀察人情百態，寫出各階層人物在近乎無事日常生活中的情感空虛與心靈創傷。〈白貓〉藉由一隻白貓介入初老失婚男性與闊別十年的十八歲兒子重聚的生活，帶出父親對兒子期待又戒慎恐懼的情感、初老失婚男性枯寂冷漠的生活與對生命的回顧與甦醒。〈在樓群中歌唱〉中，透過喜歡唱著「我在馬路邊撿到一分錢，把它交到警察叔叔手裡邊」的清潔工李守志無意間撿到十萬元所引發的波瀾，寫出消失中的德性與安於本分的快樂。東紫的作品看似庸常，卻宛若「顯微鏡」般總能於瑣碎中見深刻。

06 狐狸序曲　甫躍輝著　二〇一四年十二月出版

剛滿三十歲的甫躍輝來自中國南方邊陲保山，大學考上了上海復旦大學，從此開始了一個鄉村青年的都市震撼教育，也開啟了他的創作之路。身為作家王安憶的學生，也為現在大陸最受注目的八〇後青年作家之一，他的小說主人公多數和他自身一樣，是外地移居上海的異鄉人，他們孤寂，他們飄零，他們邊緣，他們是大城市中的一點浮塵微粒，他們存在，但並不擁有這個世界。然而，這群浮塵微粒也有過去，因此，他也喜寫老家保山，這個孕育他想像力的故鄉。在這些鄉村書寫中，可以察覺出他對幼年時代農村生活的懷念。然而，懷念亦表示這群浮塵微粒再也回不去了，他們註定在這個世界中繼續飄零。

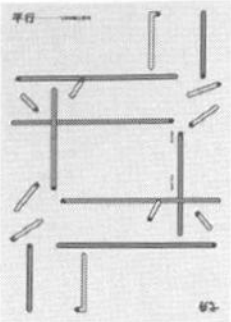

07 平行　弋舟著　二〇一五年十一月出版

蘭州作家弋舟寫作題材多元，他描寫愛情、親情、友情，他勇於直面社會的不公、時代的不義、人身肉體的老朽、愛情的逝去、親情的消融、友情的善變。弋舟用他充滿愛情的眼光，深情的注視著這些生活中的起承轉合、陰晴圓缺，然後執筆，將這一切化作一句句重情又深刻的文字。

08 走甜　黃咏梅著　二〇一五年十二月出版

杭州七〇後女作家黃咏梅擅長從日常出發，透過一點一滴、細水長流般的生活細節，描繪出單身大齡女性的複雜心理和細緻的情感流動。她筆下的女人們，多數生活在狹小的南方騎樓。她們煲湯，她們喝粥；她們有情有義，有哀有怨；她們不死去活來，不驚天動地；她們放下浪漫，立地成佛；她們在平凡的日常中，過得有苦有甜，有滋有味。

09 北京一夜　王威廉著　二〇一五年十二月出版

定居廣州的八〇後作家王威廉喜從哲學思辨出發，透過他筆下的一個一個人物、一篇一篇故事，討論人的存在意義，並對虛無和絕望進行巨大的反抗。如此，王威廉的作品成為在思想與藝術張力之中，又隱含著深奧迷思的詭祕綜合。

10 春夕　馬小淘著　二〇一五年十二月出版

北京女作家馬小淘小說中的角色幾乎都是伶牙俐齒的新世代少女，她們多數從事廣播工作，透過作者幽默犀利的對話和明快聰慧的筆調，表現出這批新世代年輕人的機靈、俏皮與刁鑽，字裡行間充盈著八〇後的生猛活力。然而，她們並非不解世事。在一些世故卻又淡然的細節和收束中，我們又可以看出這些新世代少女直面低工資、無情愛、蟻族困境等日常生活壓力時的韌性和勁道。

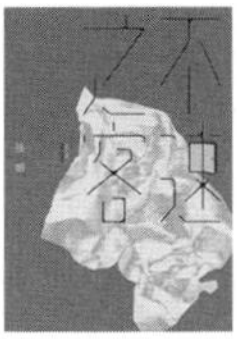

11 不速之客　孫頻著　二〇一五年十二月出版

太原八〇後女作家孫頻迥異於一般女作家溫柔婉約的陰柔寫作特質，以極具力道和痛覺的陽剛式寫作方式，創作出一篇篇討論底層人們生存與死亡、尊嚴與卑微、幸福與苦難的作品。透過這些懷有強烈敘述美學和文字魅力的作品，孫頻展現出在人間煉獄中，人們用殘破的肉身於黑暗與光明中穿梭、抗爭的力度、堅韌與尊嚴。

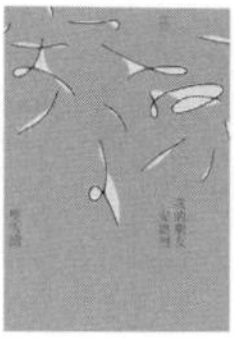

12 某某人　哲貴著　二〇一五年十二月出版

溫州作家哲貴運用他曾經擔任過經濟記者的經驗，創造出「住酒店的人」、「責任人」、「空心人」、「賣酒人」、「討債人」這五種類型的人物，並透過這些人物描繪出中國改革開放之後的巨大社會困境，以及由此帶來的人心的徬徨與荒涼。這群人在被他命名為「信河街」的經濟特區中，在各大高檔會所、高爾夫球場、高級餐廳中進行巨大的資金、商業交易和利益交換，然而經濟危機讓他們無法從中脫身，他們躁動不安、騷動無助，他們漸漸的迷失於商業數字中。最後，在大環境一步一步的侵逼之下，人心只能深陷於迷惘、浮動、空心和荒蕪中，無法自拔。

13 世間已無陳金芳　石一楓著　二〇一六年九月出版

七〇後的石一楓被認為是踵繼王朔的「新一代頑主」，寫作上呈現著戲謔幽默的京味語言，敘述風格亦莊亦諧。本書收錄他的兩篇中篇小說〈世間已無陳金芳〉和〈地球之眼〉。前者透過農村姑娘陳金芳的命運，揭露我們這個時代最深刻的祕密，也透過陳金芳的遭遇，唱出一首全球化下失敗青年的黑色輓歌。後者則在探討人的成功與失敗問題，特別引人注意的是，圍繞著主人公安小男的遭遇所呈現出來的資訊時代的道德意識問題。

14 我的朋友安德烈　雙雪濤著　二〇一六年十一月出版

評論家祁立峰說，以奇幻小說《翅鬼》得到ＢｅｎＱ華文世界電影小說首獎的雙雪濤，本次在《我》裡收錄的短篇小說，更具純文學質量。故事以聲線清晰、節奏明快，突梯而無以名狀的情節，荒謬卻神來之筆的衝突，以及看似蔓衍出來無意義的角色，隱約指向了短篇小說最具文學性的沉重、純粹與荒涼。《我》書中的短篇大多以是少年成長作為題材，如少年成長小說特有的疏離與異化、破繭而出的必要之痛、欲說還休萌萌噠之性啟蒙……透過作者非常態非典型的故事拼貼，草蛇灰線，埋伏千里。就在他的那些簡潔乾淨，流暢而不多加雕琢的透明處，挖掘到了生活或人生最不可解的無限與雜質。

15 氣味之城　文珍著　二〇一六年十一月出版

大陸八〇後女作家文珍擅長用縝密樸素的情節和細膩舒緩的文字，刻畫現代大城市中平凡普通人的大情與小愛、青春與滄桑、愛欲與庸常。不管是〈銀河〉中那一對被一通通房貸催繳電話纏身的私奔出軌男女，或是〈安翔路情事〉中麻辣燙女孩和灌餅鋪男孩的愛情心事，或是〈氣味之城〉中在妻子消逝之後、渾身滿溢孤寂感的丈夫，或是〈我們夜裡在美術館談戀愛〉中那一對具有時代鴻溝的跨世代戀人，抑或是〈第八日〉中青春乾涸、肌黃如紙、內心荒蕪的八〇後少女，透過文珍的筆力和見微知著，描繪出一幅幅如同現代都市浮世繪般的生活與情感日常。

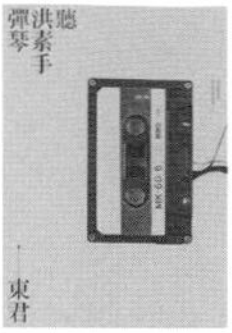

16 **聽洪素手彈琴**　東君著　二〇一六年十二月出版

東君在中國當代作家系譜裡誼屬七〇後創作者，作品開始發表迄今約有十六年，本書乃是作者「從各個時期，擷取了幾篇代表性作品」所輯，大抵以東甌為小說場景，寫溫州一帶的歷史掌故或當代人物。他的小說形式、風度不拘一格，既有沈從文《邊城》色彩，又略有幾分錢鍾書《圍城》的影子。同時也展現了帶有野史、民間文獻的風格之作，也有鄉野傳奇的況味。作者還將對古典文學與宗教的熱愛，融入其筆下創作。書中既有中國式的古典意蘊，但亦非脫離現實的仿古之作。

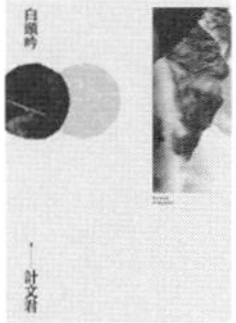

17 **白頭吟**　計文君著　二〇一七年一月出版

計文君的中篇小說大都選擇與作者對位關係明顯的女性角色作為聚焦人物和主人公。作為敘述視角和觀察世界的切入點，這一女性角色是敏銳的、易感的，她的「知曉方式」能輕而易舉地將讀者引領到世界的深層，即人的心靈世界。它是一個有關女性成長的精神分析學結構，女性的創傷、焦慮、掙扎與成長是在與男性「他者」和同性助體的交流與對話中被體現，女性主體性建構是這種內在性對話的結果。

18 **白色流淌一片**　蔣峰著　二〇一七年一月出版

本書記錄了一個人、一個家庭的三十年，這也是變革中國的三十年。在過去三十年間，世界日新月異、變化多端，且正在以誇張、扭曲的形式，加速旋轉著向下墜落。極富理想主義情懷的許佳明以自身的成長見證了當代中國近三十年諸多怪現象。從本質上說，本書還是青春敘事，只是作者蔣峰的青春更帶著些現實的諷喻。小說標題所指的「白色」是一個人精神世界的高度濃縮，同時隱隱投映出其命運的走向。

國家圖書館出版品預行編目 (CIP) 資料

天堂口 / 肖江虹作. --初版. --臺北市：人間,
2019. 01
336面；14.8 x 21 公分
ISBN 978-986-95141-4-9 (平裝)

857.63　　106021747

天堂口

作者　肖江虹
執行編輯　曾菂筑
校對　張宥勝、陳筱涵、曾菂筑
封面設計　仲雅筠
內文版型設計　黃瑪琍
排版　仲雅筠

發行人　呂正惠
社長　陳麗娜
總編輯　林一明
出版　人間出版社
台北市長泰街五十九巷七號
電話　（02）23370566
傳真　（02）23377447
郵政劃撥　11746473・人間出版社
電郵　renjianpublic@gmail.com

定價　三五〇元
初版一刷　二〇一九年一月
ISBN　978-986-95141-4-9

印刷　崎威彩藝有限公司
總經銷　聯合發行股份有限公司
新北市新店區寶橋路二三五巷六弄六號二樓
電話　（02）29178022
傳真　（02）29156275